» LA GAJA SCIENZA «

VOLUME 1452

LA CASA DELLE LUCI

Romanzo di
DONATO CARRISI

LONGANESI

Longanesi & C. © 2022 – Milano
Gruppo editoriale Mauri Spagnol

www.longanesi.it

ISBN 978-88-304-5352-4

LA CASA DELLE LUCI

alla mia mamma,
che raccontandomi
mi ha insegnato a raccontare

Regole del *gioco degli omini di cera* o *gioco dei ceri* o *gioco dei c'eri* (*e non ci sei più*):

1. L'omino di cera insegue i viventi.
2. Chi viene toccato diventa un omino di cera e insegue i viventi.
3. Agli omini di cera è proibito parlare. Possono solo fischiare.
4. Il gioco finisce quando l'ultimo vivente dice la parola « Arimo ».
5. Se l'ultimo vivente non dice « Arimo », il gioco non finisce *mai più*.

ARIMO

Pietro Gerber era morto il primo lunedì di luglio, verso le dieci e trenta di una calda mattina d'estate.

Eppure quell'evento avrebbe rappresentato appena un episodio nel computo finale della sua vita. Col tempo sarebbe stato ridotto alla consistenza fugace di un aneddoto da catalogare nella memoria insieme a tanti altri. Era perfino errato definirlo « un ricordo », poiché di quel momento Pietro Gerber avrebbe rammentato ben poco.

Solo i dettagli che avevano preceduto l'evento fatale.

La camera lilla al primo piano della villa a Porto Ercole. Il profumo di lavanda. Il letto rifatto. La finestra spalancata sul giardino, con le tende di pizzo che fluttuavano come fantasmi verso il cielo azzurro. Quella specie di gemito emesso dalle sue logore scarpe da tennis sulle mattonelle di cotto, mentre correva a rifugiarsi sul balcone, inseguito da un'orda di coetanei determinati a catturarlo per far terminare il gioco. Il sudore che gli grondava dall'attaccatura dei capelli sulle guance accaldate mentre attraversava la stanza. Il gusto salato delle goccioline che gli finivano in bocca. Il fiatone e il sorriso ignaro che gli illuminava il viso mentre si voltava per un istante a controllare gli inseguitori alle calcagna. I calzoncini corti. La maglietta sbiadita di Pikachu. Le croste alle ginocchia per le troppe cadute in bicicletta. La pelle abbronzata. Il sapore di rosmarino nascosto nell'aria dell'estate.

La spensieratezza dei suoi undici anni, tre mesi, sedici giorni, dieci ore, ventinove minuti e una manciata di secondi.

Le braccia protese verso la balaustra di ferro battuto che, secondo le sue previsioni, avrà il compito di frenare la sua corsa. La ringhiera che sembra svolgere a dovere quella mansione appena Pietro vi si appoggia con tutto il corpo, ma che poi ondeggia inaspettatamente, come fosse fatta di gomma. E assurdamente, ribellandosi all'immobilità a cui è stata costretta per decenni, si disancora dal muro della vecchia casa, iniziando un viaggio verso l'ignoto come se si sentisse in grado di smentire la forza di gravità e, addirittura, di volare. Il relitto di metallo che lo trascina con tutto il proprio peso nell'abisso, mentre lui si tiene ancora aggrappato. Il sorriso di bambino che gli si spegne sulla faccia mentre affondano insieme nel vuoto. Gli occhi che si riempiono di terrore quando vedono avvicinarsi velocemente la ghiaia bianca del giardino. Il colpo dell'impatto, che uno si aspetta simile a una fragorosa esplosione, ma che invece è solo il suono cupo e netto di qualcosa che si spezza e che precede il buio.

Eppure, andando a ritroso, la giornata estiva del 1997 era iniziata nel migliore dei modi per il giovane Pietro.

Il cugino Maurizio era arrivato al mare per stare

con lui, il padre e Adele, la governante che si occupava di loro. Pietro era rimasto orfano di madre prima di compiere due anni e il padre non si era mai risposato. Era figlio unico, perciò Maurizio, che da sempre in famiglia tutti chiamavano Iscio, era ciò che più si avvicinava a un fratello, anche se in pratica avevano la stessa età.

Quell'anno, poco dopo la fine della scuola, il cugino era stato spedito dagli zii a Porto Ercole per trascorrervi l'intera estate. Da quando l'aveva saputo dal padre, Pietro non stava nella pelle: due mesi interi con Iscio, da luglio a settembre. C'era da non crederci, sarebbe stato grandioso averlo nella banda.

In quell'agglomerato di case di villeggiatura a ridosso del promontorio, con vista sul borgo e sul mare, bande di bambini si davano regolarmente il cambio di generazione in generazione. Il passaggio del testimone fra un gruppo e un altro avveniva, più o meno, a ridosso dell'adolescenza, quando di solito si perdeva interesse per certe attività legate all'infanzia e i più grandi preferivano passare il tempo in spiaggia o riunendosi in piazzetta, con la scusa di un gelato al bar Roma, o la sera davanti al King's prima di andare a ballare alle Streghe.

Iscio si aggregò alla piccola combriccola di coetanei che, dai primi anni Novanta, aveva assunto il controllo della zona nel periodo delle vacanze. A parte Pietro e il cugino, c'erano solo altri sei membri che provenivano da varie parti della Toscana.

Visto che avevano quasi tutti undici anni, fra loro si

percepiva il malinconico presagio che quella del 1997, probabilmente, sarebbe stata una delle ultime, se non proprio l'ultima estate dell'infanzia. Per questo motivo, fin da subito, era come se si fossero riproposti di viverla al massimo, godendo di tutte le possibilità concesse al loro status di bambini, prendendosi libertà che non avrebbero mai più avuto. A settembre si sarebbero salutati come sempre per rientrare nelle rispettive città, dandosi appuntamento al luglio seguente. Ma al loro ritorno a Porto Ercole, al posto dei vecchi compagni di gioco avrebbero ritrovato degli estranei. L'amicizia avrebbe certamente resistito alla prova del tempo, tuttavia anche solo il pensiero di dedicarsi a determinate attività li avrebbe fatti vergognare.

Ma adesso potevano ancora fregarsene e fare gli scemi finché gli andava.

Nel gruppo c'era Deborah di Siena, l'unica femmina, anche se gli altri non avevano mai dato troppo peso al sesso d'appartenenza. Sarebbe accaduto l'estate successiva, quando una Deborah sbocciata li avrebbe messi a disagio, facendo scoprire loro pulsioni insospettabili.

Ettore veniva da Fiesole e aveva l'abitudine di lanciarsi in ripide discese con la bici, frenando solo all'ultimo momento con i piedi.

Carletto era il meno assiduo della compagnia perché la madre lo costringeva a lunghe sessioni di studio anche durante le vacanze. Il resto dell'anno abitava a Grosseto, portava gli occhiali e trovava sempre il modo per farsi del male.

Giovanni di Empoli, detto « Giovannone », era perennemente affamato, indossava la stessa taglia del fratello di sedici anni ed era famoso per i tuffi « a bomba ».

Dante veniva da Lucca e aveva la mania di distruggere le cose. Diceva che voleva vedere come erano fatte dentro.

Poi c'era Pietro Zanussi che, a causa dell'omonimia con Pietro Gerber, veniva sempre chiamato da tutti con nome e cognome. Aveva tredici anni ed era il veterano del gruppo. Per via di un'incalzante metamorfosi ormonale, già dall'anno prima si stava progressivamente sganciando dalla banda, avvicinandosi ai ragazzi più grandi. Nell'estate del 1997, il suo posto fu preso dal fratello, anche se questi aveva appena compiuto cinque anni.

Zeno Zanussi era entrato nella compagnia non per diritto ereditario o perché dimostrasse di essere molto più maturo della sua età, ma perché lo aveva deciso Deborah, che lo considerava il suo protetto.

Zeno era tifoso sfegatato della Fiorentina e, tranne quando la madre lo obbligava a togliersela per lavarla, indossava sempre una maglietta viola con il numero 9 del suo idolo, Gabriel Batistuta, da cui aveva preso il soprannome « Batigol ».

Durante le vacanze all'Argentario, ai bambini accadeva qualcosa di prodigioso: dimenticavano l'esistenza di tv, videogame e di tutti i passatempi che caratterizzavano i pomeriggi trascorsi a casa in città e, incredibilmente, si dedicavano alle stesse occupazioni che avevano tenuto impegnati i genitori quando avevano la loro stessa età.

Pietro, Iscio e la piccola compagnia di amici di Porto Ercole avrebbero scandito le ore fra l'alba e il tramonto tra tuffi al Triangolo, discese in bici sui sentieri sterrati, battaglie di gavettoni, pesca ai granchi e infinite partite di calcetto sulla spiaggia sotto il sole cocente.

Ma c'era un gioco che non era mai annoverato fra quelli, per così dire, « ufficiali », anche se era quello che facevano più spesso. Serviva a riempire gli intervalli fra un'attività e l'altra, nell'attesa che qualcuno si facesse venire l'idea di un nuovo svago che mettesse d'accordo tutti. Aveva lo scopo non dichiarato di impedire alla noia d'insinuarsi nei tempi morti.

La noia è la principale nemica delle estati dei bambini.

Se ne sta in agguato, in attesa di qualche nuvola di passaggio che oscuri il cielo anche solo per un momento o di un chiodo arrugginito che s'infila nel copertone della bici o di un pallone rapito dalle onde del mare perché calciato con un po' troppa foga.

I bambini di Porto Ercole di tutte le epoche sapevano che il rimedio più efficace per tenere lontana la noia era *il gioco degli omini di cera* o, per praticità, detto anche *gioco dei ceri*, che in alcuni casi diventava *gioco dei c'eri* (*e non ci sei più*).

Si trattava della versione toscana di un passatempo

diffuso in ogni angolo del globo. Una via di mezzo fra « acchiapparella » e « nascondino ». Un designato – il primo omino di cera – aveva la missione di scovare gli altri – i viventi – per trasformarli in omini di cera semplicemente toccandoli. Gli sfortunati che non riuscivano a sottrarsi al fatale destino da quel momento potevano contribuire alla caccia. Il tutto senza poter parlare e quindi senza potersi scambiare indicazioni sul nascondiglio di quelli da acciuffare.

Per comunicare, infatti, i ceri potevano soltanto fischiare.

Chi violava la regola moriva davvero di morte violenta entro tre giorni. E, anche se nessun bambino ci credeva davvero, tutti si guardavano bene dal contravvenire a quel precetto.

Fra i ragazzini di Porto Ercole ancora si narrava la leggenda di un bambino di Pisa che, non avendo potuto terminare il gioco perché era il suo ultimo giorno di vacanza, era partito per tornarsene in città con la maledizione ancora addosso e da allora, per non morire in modo atroce, si esprimeva soltanto coi fischi.

In teoria, il vincitore del gioco avrebbe dovuto essere l'ultimo sopravvissuto. Però non bastava catturarlo, perché questi avrebbe anche dovuto pronunciare una determinata parola per liberare i ceri dall'obbligo del silenzio.

Arimo.

Era il termine misterioso da cui derivava un potere gigantesco, con cui sfinire gli avversari e farsi beffa di loro.

Nessuno conosceva la provenienza di quella parola o sapeva cosa significasse realmente. Probabilmente il termine si era trasformato nel corso del tempo passando di bocca in bocca, di generazione in generazione, fino a perdere l'esatta pronuncia e il senso originario. Ma ai bambini non interessava cosa volesse dire. Bastava sapere che pronunciarlo metteva fine alle ostilità. E, se l'ultimo sopravvissuto si rifiutava di dire «Arimo», di solito gli amichetti lo bloccavano e lo tormentavano di solletico finché non si arrendeva.

Come accadeva spesso, anche quel primo lunedì di luglio, il giorno della morte di Pietro, nessuno propose il gioco dei ceri. A volte non era nemmeno necessario. Era sufficiente che qualcuno toccasse qualcun altro per far scattare gli inseguimenti. Forse era stato proprio Iscio a compiere la prima mossa. La sfida aveva avuto inizio sul piazzale della villa dei Gerber, che affacciava sul promontorio boscoso.

Pietro era contento che finalmente Iscio l'avesse raggiunto al mare. A detta degli zii, il cugino invece era un po' triste perché la primavera precedente era morto il suo barboncino.

Pietro, perciò, aveva il compito di fargli scordare Saturno.

Nelle settimane che li attendevano avrebbero condiviso un sacco di cose. Alcune abitudini estive si ripetevano fin da quando erano piccolissimi. Come quando a tarda sera leggevano i fumetti con una torcia in una tana sotto le lenzuola o quando catturavano i ragni della soffitta per nasconderli nei cassetti della povera Adele. Quella mattina, il padre di Pietro aveva promesso una gita in gommone all'Isola del Giglio con merenda al sacco comprendente pane, salame e Coca-Cola ghiacciata.

Così, per riempire il vuoto nell'attesa di imbarcarsi, lui e Iscio si erano ritrovati con gli altri amici della zona, venuti a salutare l'ultimo arrivato.

In verità, a Pietro non andava nemmeno tanto di giocare ai ceri. Forse era una specie di presentimento, forse soltanto un po' di pigrizia. Però la giornata era talmente limpida e calda che, alla fine, non si era tirato indietro.

Nessuno si aspetterebbe di morire in un giorno così. Tantomeno un bambino.

Oggi voglio essere l'ultimo vivente, si era detto, mentre gli altri già si rincorrevano. Voglio avere io l'Arimo e costringerli a inseguirmi finché i polmoni non gli bruceranno e avranno i crampi ai polpacci. E ce l'aveva messa tutta per non farsi prendere dagli omini di cera che iniziavano a diventare sempre più numerosi.

Il giardino della villa di Porto Ercole era ideale per il gioco dei ceri: siepi e arbusti offrivano ai partecipanti sempre nuovi nascondigli. In realtà, il posto era perfetto solo per quell'attività poiché, proprio a causa dell'intricata vegetazione, godeva anche della terribile fama di impossessarsi di ogni palla, pallina o pallone, senza mai più restituirli al legittimo proprietario. Tant'è che i bambini, che spesso erano tornati a casa a mani vuote, l'avevano ribattezzato «il giardino senza speranza».

Ad ogni modo, il giovane Pietro quel giorno si sentiva già con la vittoria in pugno.

Si era rifugiato in vari posti ma l'avevano sempre scovato ed era stato costretto a fuggire di nuovo. Un paio di volte aveva avvertito su di sé lo sfioramento delle dita di uno degli amici, che in quei frangenti così concitati sembravano davvero viscide appendici di cera. Ma, probabilmente, si era trattato di una sensazione dovuta allo spostamento d'aria, perché poi nessuno aveva dichiarato il tocco. A un certo punto, rintanato sotto un sedile di pietra del gazebo, Pietro aveva capito di essere rimasto il solo sopravvissuto perché ormai nessun altro bambino parlava più: sul giardino senza speranza era calato un sinistro silenzio e i ceri si limitavano a chiamarsi l'un l'altro fischiando.

Sapevano che ormai c'era soltanto lui e lo stavano cercando.

Allora, Pietro aveva spostato lo sguardo verso la casa, scorgendo la portafinestra della cucina che era semplicemente accostata. Fino a quel giorno, nessuno aveva mai osato uscire dal perimetro del giardino e il gioco dei ceri aveva sempre risparmiato l'interno della villa. Ma forse era giunto il momento di cambiare quella regola non scritta. Certamente nessuno di loro se l'aspetta, si era detto.

Voglio che mi inseguano fino al primo piano. Voglio vederli ammassarsi dietro di me sulla scala ripida, aggrappati al corrimano con la bocca spalancata e gli occhi che gli escono dalle orbite. Voglio che si accascino sui gradini, rantolando per la fatica.

Così decise: spuntò fuori dall'ultimo nascondiglio e si mise a urlare per segnalare la propria presenza. Gridando, corse verso la grande casa. I ceri sbucarono fuori da ogni dove, ruggendo come belve fameliche e con una scintilla diabolica nello sguardo. All'inizio, come previsto, erano stati colti alla sprovvista. Ma poi, scattando nella sua direzione, formarono subito una truppa compatta.

Lui si infilò rapidamente nello spiraglio della portafinestra della cucina, ritrovandosi davanti Adele che, per la sorpresa, prima gettò un piccolo urlo stridulo e poi, dimentica delle buone maniere, gli imprecò dietro in toscano stretto. Pietro si scusò ma non poteva fermarsi. La scala era proprio davanti a lui. Iniziò a salire i gradini due alla volta, nel petto una sensazione che solo i bambini conoscono: il terrore che si mischia con la gioia. Si guardò alle spalle una prima volta e la scena era proprio come se l'era immaginata, con gli inseguitori che arrancavano.

Ma Iscio, che al momento comandava i ceri, non sembrava avere alcuna intenzione di mollare.

Pietro non aveva pensato a cosa avrebbe fatto una volta arrivato di sopra. L'idea iniziale prevedeva che i nemici si sarebbero arresi sulle scale. Adesso era costretto a escogitare qualcos'altro.

Così scorse la finestra aperta in fondo alla stanza lilla, che un tempo era di sua madre.

Pietro ci entrava di rado. Pur non avendo praticamente alcun ricordo di lei, visto che era morta prima che la sua mente di bambino fosse in grado di fissare memorie durature, la camera da letto aveva comunque un che di sacro per lui. Lì dentro, per esempio, c'era una consolle su cui era esposta una collezione di profumi da donna. Tante boccette colorate e dalle forme eleganti, posizionate l'una accanto all'altra, in un ordine misterioso. Ogni tanto, di nascosto dal padre, Pietro si intrufolava nella stanza lilla per annusare qualcuna di quelle essenze. Con gli anni, molti di quei profumi erano evaporati o avevano perso la fragranza e nei contenitori di vetro non rimaneva che del liquido torbido ormai inerte. Tuttavia, Pietro si ostinava comunque a cercare una parvenza, un residuo d'odore, nella speranza di far emergere anche un piccolo ricordo della donna che lo aveva messo al mondo. Adesso, diretto verso il balcone al culmine del gioco dei ceri, mentre passava davanti alla consolle si accorse che il sole si era insinuato fra le boccette di cristallo che, come tanti piccoli prismi, proiettavano raggi colorati sulle pareti circostanti.

La vista di quel segreto prodigio gli diede un momentaneo senso di pace.

Se ne dimenticò quasi subito perché ora il suo obiettivo era la finestra. Affacciandosi, avrebbe urlato subito l'Arimo con quanto fiato aveva in gola, onde evitare la cattura e la tortura del solletico. Quel grido sarebbe stato liberatorio per gli omini di cera e anche per lui.

Ma l'impatto con la fragile balaustra di ferro battuto vanificò tutti i propositi. Non ebbe la sensazione di precipitare. Fu come se il mondo avesse improvvisamente cessato di trattenerlo e tutte le cose materiali si stessero allontanando velocemente alle sue spalle, abbandonandolo all'abbraccio del vuoto.

Silenzio e buio.

Quando riaprì gli occhi, faticava a respirare. Era come se qualcuno gli avesse infilato a forza in gola un pugno di terra marcia. In un alone di luce solare abbacinante, riconobbe i volti dei ceri che lo circondavano. Erano chini su di lui, le mani appoggiate alle ginocchia: lo scrutavano come quando si guarda un rospo appena investito sull'asfalto, ma senza il coraggio di avvicinarsi troppo e, soprattutto, senza dire una parola. Quel silenzio lo atterrì.

«Arimo» disse con un filo di voce, pur di sentirli parlare.

I loro sorrisi di sollievo gli fecero capire che era ancora vivo. Poi riuscì a muovere il capo quel tanto che bastava per scorgere suo padre inginocchiato accanto a lui, sulla ghiaia. Il volto pallido per lo spavento. Aveva il fiatone come se avesse corso per chilometri senza fermarsi ed era fradicio di sudore. Teneva ancora le mani intrecciate sul suo torace e continuava a premere ritmicamente sullo sterno, come uno stantuffo.

Accortosi che il figlio aveva ripreso conoscenza, l'uomo si bloccò. Era esausto.

Cosa era successo? Pietro ricordava a malapena la caduta. Poi fu travolto da un'ondata di dolore, come se il suo corpo fosse andato in mille pezzi. Avvertì il sapore metallico del sangue, aveva un cerchio alla testa e non riusciva a muovere la gamba destra.

Però l'aria calda dell'estate aveva ripreso a riempire i suoi polmoni.

Per quanto gli adulti della sua famiglia e quelli del vicinato parlassero dell'incidente come di un fatto che lo riguardava, a Pietro pareva sempre che i loro discorsi si riferissero a qualcun altro. Non era capace di elaborare l'idea della propria morte, forse perché era ancora solo un bambino.

Il suo cuore si era fermato per circa mezzo minuto.

Essere scampato al pericolo, però, non era affatto consolatorio rispetto alla condanna di trascorrere il resto della bella stagione su una sdraio con una gamba ingessata. Vedere i compagni che intanto si divertivano era un'insopportabile pena aggiuntiva.

All'inizio, gli amichetti avevano sviluppato una certa curiosità per ciò che gli era accaduto e, con la scusa di apporre la loro firma sul gesso, andavano da lui per domandare cosa avesse provato in quei secondi e se avesse visitato l'aldilà oppure se avesse incontrato Gesù, la madonna, il diavolo o magari qualche fantasma.

Per non deluderli, Pietro provava un po' a girare intorno alla verità. Ma poi si sentiva costretto ad ammettere che nel buio in cui era stato scaraventato non c'era proprio un bel niente.

Così, presto l'interesse intorno a lui era scemato e gli amici erano tornati a faccende ben più leggere, tipo godersi il dono meraviglioso che Dio fa di solito ai bambini: l'estate.

Ma, a quanto pareva, Dio non aveva alcuna considerazione del povero Pietro, visto che non gli sarebbe costato nulla costringerlo all'immobilità nei mesi in cui, per esempio, doveva andare a scuola.

Ogni tanto il cugino Iscio si sganciava dalla compagnia e si concedeva per una partita a carte o a Cluedo, ma più per compassione e non perché ne avesse davvero voglia. Pietro era stanco di quell'elemosina, oltre che della tortura del prurito alla gamba che non poteva grattarsi e dell'umiliazione di dover chiedere ad Adele di accompagnarlo al gabinetto.

Per alleviare la condizione d'infermità, il padre, che ogni giorno andava e veniva da Firenze per lavoro, gli aveva portato da casa il Nintendo. Ma nemmeno Super Mario e Luigi, compagni fidati dei pomeriggi invernali, riuscivano a risollevargli il morale. Nel giro di un paio di settimane, Pietro aveva perso quasi tutta l'abbronzatura e ormai si avviava ad assumere lo stesso colorito che aveva a gennaio.

« Come va oggi? » gli chiedeva ogni giorno il padre.

« Meglio » rispondeva lui, senza sapere nemmeno se fosse vero.

Da quando aveva rischiato di rimanerci secco, l'atteggiamento del genitore nei suoi confronti era cambiato. E, al di là della vaga domanda che gli rivolgeva ogni dì, aveva iniziato a osservarlo in modo strano.

C'erano molti aspetti di suo padre che Pietro non comprendeva. Era sempre piuttosto schivo con il figlio. Con gli altri, invece, si trasformava. Era gioviale, un amicone. Specie coi bambini. Il padre era uno psicologo infantile e i suoi piccoli pazienti si rivolgevano a lui chiamandolo « *signor B.* ».

Il *signor B.* era sempre arruffato. D'inverno indossava un trench, come i commissari di certi libri gialli, e d'estate orrendi e buffi sandali. Aveva le tasche piene di leccalecca e palloncini. E con gli estranei si esibiva in una risata fragorosa.

Dopo l'incidente che avrebbe potuto costargli la vita, Pietro si rese conto che, oltre al singolare modo di guardarlo, il padre gli girava accuratamente alla larga. Pietro non riusciva proprio a capire cosa gli fosse preso.

Dal fatidico primo lunedì di luglio, spesso di notte lo sentiva camminare nel corridoio fuori dalla sua cameretta. Contando a mente i suoi passi, aveva capito che il *signor B.* arrivava fino alla soglia. Poi, però, non trovava mai il coraggio di entrare.

Pietro aveva tentato di immaginare il motivo per cui il padre si comportasse con lui in maniera tanto strana. Forse anche il *signor B.*, come i suoi amichetti, avrebbe voluto domandargli cosa avesse provato nei trenta secondi in cui era morto. Avrebbe voluto sentirsi dire che c'era qualcosa, una speranza ad attenderci tutti dall'altra parte. E forse desiderava solo una risposta per placare il dolore innominabile che lo accompagnava da quando aveva perso la moglie. Era dura dover convivere con una simile sofferenza e doversi comunque sforzare di essere l'uomo più allegro del mondo, pensava Pietro. E si disse che gli avrebbe raccontato una bugia pur di saperlo finalmente pacificato. Ma il padre ancora non gli poneva alcuna domanda.

Nel pomeriggio dell'ultima domenica di luglio, l'afa era opprimente e gli adulti sonnecchiavano rinchiusi al fresco nelle case. Solo i più piccoli resistevano alla canicola, che non poteva certo scalfire la voglia di stare insieme.

Così, dalle quattordici alle sedici, i bambini erano gli unici padroni del mondo.

Come i coetanei, Pietro non sentiva alcun bisogno di dormire per sfuggire al caldo, ma la gamba ingessata lo costringeva comunque a un riposo forzato. Appostato alla finestra di camera sua, le braccia sul davanzale per posarvi il mento, l'aria sconsolata, guardava i suoi amichetti che, pochi metri sotto di lui, si rincorrevano e si davano la caccia per acchiapparsi.

Subito dopo l'incidente, i genitori del vicinato avevano vietato ai figli il gioco dei ceri. Troppo pericoloso, dicevano. Ma, col trascorrere delle settimane, il divieto era stato dimenticato. E lo svago proibito era tornato a occupare il proprio posto tra i divertimenti dell'estate, senza che nessuno se ne lamentasse o si arrabbiasse.

Crudeltà del destino, il giardino dei Gerber era ancora il posto ideale per una bella sfida fra omini di cera e viventi. Dopo quanto era successo a Pietro, la casa era definitivamente interdetta. Ma all'esterno un labirinto di siepi di ligustro, nonché sedili e piante ornamentali potevano ancora offrire nascondigli perfetti.

Incuranti di ciò che avrebbe provato il loro amico infortunato guardandoli mentre se la spassavano, i sette superstiti della banda si accanivano nel gioco. C'era perfino Carletto, che per una volta era riuscito a sfuggire ai compiti di algebra e al controllo della madre. Mancava quindi solo Pietro, che infatti provava una punta d'invidia mista a insopportabile noia. Unica consolazione era che, da quella posizione privilegiata, aveva una visione ottimale della gara che si disputava senza di lui.

Il ruolo del primo omino di cera era toccato a Dante, che aveva acchiappato subito Giovannone. Ma la scena a cui aveva assistito Pietro rivelava ben altro: il suo robusto amico non riusciva quasi mai a celare la propria stazza e si era praticamente consegnato al nemico. Ora i due si scambiavano informazioni sulla probabile ubicazione degli altri partecipanti: come da regolamento, lo facevano soltanto fischiando.

Pietro valutò che Deborah aveva trovato un buon rifugio dietro un mucchio di sterpaglie che il *signor B.*

aveva accumulato mentre ripuliva il prato. Anche Iscio e Carletto erano ben nascosti. Ettore, invece, sarebbe stato il prossimo a essere catturato. Il piccolo Zeno, che in teoria in quel gioco avrebbe avuto il vantaggio della statura dei suoi cinque anni, era ancora indeciso sul nascondiglio e si aggirava spaesato con la solita maglietta viola di Batigol che lo rendeva facilmente individuabile.

Generalmente, nelle prime battute tutto procedeva in maniera quasi tranquilla. Poi, nel momento esatto in cui il numero dei ceri superava quello dei viventi, la partita si accendeva e poteva accadere qualsiasi cosa.

Capitò proprio questo allorché alla squadra degli omini di cera si unirono Ettore e Carletto. Deborah fu individuata, tentò la fuga ma finì per essere accerchiata. Per lei non ci fu scampo. Ovviamente, ogni cattura avveniva in un fragore di risate. Ed era proprio quel suono a ferire maggiormente l'inabile Pietro. Quando infine anche Iscio fu preso, si guardarono tutti l'un l'altro, stupiti.

A quanto pareva, l'ultimo vivente rimasto era Zeno Zanussi.

Il più piccolo della compagnia aveva già avuto in passato l'onore di pronunciare l'Arimo, ma solo perché ogni tanto gli altri gli avevano bonariamente concesso la gioia di vincere. E lui, dal canto suo, non era stato nemmeno lontanamente sfiorato dal sospetto di essere stato agevolato.

Mai, però, era riuscito ad arrivare fino in fondo senza il loro aiuto.

I sei amici in giardino iniziarono a fischiare per condividere la propria incredulità. Contemporaneamente, si separarono per scovare l'ultimo superstite che, come era prevedibile, si sarebbe fatto solleticare fino alle lacrime prima di pronunciare la parola magica che avrebbe messo fine alla disputa, nonché alla regola del silenzio e alla minaccia di una morte violenta entro tre giorni se qualcuno si fosse azzardato a fiatare prima dell'Arimo.

Pur essendo escluso dal divertimento, dalla sua postazione Pietro riusciva a essere felice per Zeno.

Doveva essersi nascosto proprio bene visto che i ceri non riuscivano a scovarlo. Passavano i minuti e, ormai, i sei in giardino pensavano di vederlo spuntare da un momento all'altro: la sua magliettina viola da campione sarebbe stata perfetta per il trionfo che lo attendeva.

Ma, in quell'uggioso pomeriggio di una qualsiasi domenica di luglio, non sospettavano ancora che Zeno Zanussi non sarebbe mai riapparso per liberare tutti. E che, di lì a poco, quella tranquilla zona di villeggiatura si sarebbe riempita di auto con i lampeggianti e uomini in divisa che avrebbero fatto loro un milione di domande. Non immaginavano che nei giorni e nelle settimane successive, gruppi di volontari avrebbero perlustrato senza sosta i boschi che circondavano Porto Ercole. E che la foto del loro amichetto di cinque anni sarebbe addirittura apparsa in televisione. Non sapevano che negli anni a venire, in occasione dell'anniversario della scomparsa, in paese sarebbe stata celebrata una messa per chiedere a Dio di far almeno conoscere ai genitori e al fratello maggiore la verità su che fine avesse fatto il bambino.

Zeno Zanussi, detto Batigol, non sarebbe più tornato per pronunciare l'Arimo nel giardino senza speranza, né altrove. E i suoi migliori amici sarebbero rimasti prigionieri della maledizione del gioco dei ceri. Per sempre.

Tutti. Perfino Pietro Gerber.

1

23 febbraio

« Tommi, ti va di raccontarmi di nuovo la storia del disegno? »

« Devo proprio? »

« Sì, per favore. »

« È successo durante la ricreazione. Non siamo usciti in cortile perché pioveva, allora siamo rimasti a fare merenda in classe insieme alla maestra. »

« C'erano tutti i tuoi compagni, giusto? »

« Federico e Gaia erano andati al gabinetto » puntualizzò il bambino.

Pietro Gerber annotò sul taccuino quel dato apparentemente irrilevante. La precisione di Tommaso dimostrava che avesse ben chiara la scena proiettata sullo schermo delle sue palpebre abbassate.

Il piccolo paziente era perfettamente immerso nell'esperienza ipnotica. Stava guardando con gli occhi della mente.

« Allora, cosa è accaduto? » lo incalzò il terapeuta, mentre il metronomo elettronico continuava a scandire un tempo esatto, rilassante.

« Giulio ha disegnato una giraffa alla lavagna, poi si è voltato e ha detto: 'Questa è Ginevra'. »

« Perché Ginevra è molto alta, giusto? »

« La più alta della classe » confermò il piccolo paziente, continuando a cullarsi sulla sedia a dondolo. « Abbiamo tutti riso perché era vero. Anche la maestra ha riso. »

« E Ginevra si è offesa per essere stata paragonata a una giraffa? » chiese Gerber che intanto, dalla poltrona, osservava attentamente ogni minima reazione di Tommaso.

« No, anche lei rideva insieme a noi. »

« E poi cosa è successo? »

« Giulio ha continuato a disegnare: Luca era una tigre, Manuel un gorilla, Virginia era una zebra... » Mentre elencava i compagni di classe, Tommaso sembrava tranquillo.

Lo psicologo infantile continuava a prendere appunti: rapide vergate della stilografica sul foglio ruvido, eleganti come fendenti di fioretto. « E quando è arrivato il tuo turno? »

Il bambino si bloccò un istante. « Giulio ha detto che io ero un uccello. »

« Perché un uccello? »

« Non lo so » ammise il piccolo, con una smorfia di fastidio.

Gerber smise di scrivere e, con la mano con cui stringeva la penna, si sollevò gli occhiali, portandoseli sulla fronte. « Non è male essere paragonati a un uccello » disse con convinzione. « Gli uccelli possono volare: dev'essere bello poter guardare il mondo da lassù, non trovi? »

« Gli uccelli fanno la cacca sulle persone e sulle cose » replicò il bambino, stizzito. « E poi io volevo essere un leone » concluse, visibilmente contrariato.

A sette anni quell'atteggiamento era del tutto naturale e Gerber non avrebbe dato tanto peso alla reazione se non avesse nutrito il sospetto che, in realtà, dietro di essa si celasse qualcos'altro. Perché, nel pronunciare le ultime parole, il tono di Tommaso era cambiato, perdendo l'innocenza dell'infanzia e virando gradatamente verso note più astiose.

Quella non era più la voce di un bambino.

Ormai già da un po' di sedute, lo psicologo aveva iniziato ad avvertire i segni di qualcosa che si agitava nel profondo della psiche del giovanissimo paziente.

Una collera innaturale per quell'età.

Non era il primo caso del genere in cui si imbatteva. Aveva già visto accadere qualcosa di simile, in passato. E non gli piaceva per niente.

Lo studio nel sottotetto dell'antico palazzo, a pochi passi da piazza della Signoria, era come un ventre caldo e accogliente per i bambini che si alternavano sulla stessa sedia a dondolo dove adesso era semidisteso Tommaso. Il caminetto acceso, le travi in legno, la grande libreria, il tappeto rosso cosparso di giochi, fogli e matite colorate: il luogo perfetto per farsi raccontare una bella favola. Solo che in quella stanza i bambini erano i narratori e spesso le loro storie erano popolate di mostri segreti e, a volte, non avevano un lieto fine.

Oltre a Pietro Gerber, erano presenti altri muti

spettatori. Peluche, bambole e *action figures* celavano occhietti elettronici che videoregistravano le sedute.

Dopo aver fatto immergere i piccoli pazienti in se stessi con l'aiuto del metronomo o di un'altra tecnica di rilassamento, l'ipnotista li guidava con l'ausilio della propria voce, scegliendo accuratamente le parole per farli sentire sempre protetti e al sicuro.

« Vorresti essere un leone » asserì, ribadendo il desiderio di Tommaso.

« Sì, è così. »

« E, invece, essere un uccello come ti fa sentire? »

Il paziente non ebbe bisogno di pensarci troppo. « Arrabbiato » disse. Il suo volto si deformò in un ghigno d'ira, e strinse i pugni.

« Sei arrabbiato con il tuo compagno Giulio? » continuò a provocarlo Gerber.

« Sì. »

« Vorresti che fosse punito o che la maestra lo sgridasse? »

« Giulio deve morire » affermò il bambino, senza esitare.

L'ipnotista fece trascorrere qualche secondo prima di intervenire di nuovo. « Non ti pare un po' esagerato? In fondo, non mi sembra che il tuo compagno abbia fatto qualcosa di grave. »

Stavolta il bambino non rispose.

Un mese prima, i genitori di Tommaso si erano rivolti a Pietro Gerber perché il figlio continuava a fare la pipì a letto. Solitamente, il problema si risolveva con un ciclo di sedute. Ma, già dopo la prima, lo psicologo si era reso conto che qualcos'altro non andava. Sotto ipnosi, nel bambino si era rivelata un'insospettabile aggressività repressa, che sempre più di frequente sfociava in dichiarazioni ostili simili a quella che aveva appena riguardato il compagno di scuola. Avevano tutte alla base motivi futili, spesso puerili. Gerber aveva chiesto ai familiari se per caso ci fossero stati atti vandalici nel vicinato senza che si riuscisse a risalire ai responsabili o se, ultimamente, fossero avvenuti incidenti domestici. Il padre di Tommaso gli aveva confermato che intorno alla villetta in cui abitavano, in un sobborgo di Firenze, aveva rinvenuto i resti di piccoli fuochi appiccati a rifiuti o sterpaglie. Poi aveva aggiunto che nel loro garage si era verificato un principio d'incendio che, per fortuna, era stato subito domato. L'uomo non capiva come quegli eventi potessero ricollegarsi al fatto che il figlio di sette anni bagnasse ancora il letto. D'altronde, come avrebbe potuto darsi una spiegazione?

Solo uno specialista poteva interpretare quei segnali. Enuresi notturna e piromania erano sintomi.

Poi Gerber aveva domandato se possedevano animali e la risposta era stata che la sorellina di Tommi aveva un piccolo acquario con i pesci rossi ma, siccome di solito non sopravvivevano per più di una settimana, avevano smesso di acquistarli.

Il terapeuta aveva raccolto quei dati per iniziare a comporre un quadro clinico, ma non era ancora sicuro della diagnosi, perciò azzardò: «Tommi, sei stato tu a uccidere i pesci di tua sorella?»

«Sì» confessò senza problemi il bambino sotto ipnosi.

«E perché l'hai fatto?»

«Non lo so» ammise, candidamente.

Ma Gerber era certo che mentisse: il bambino lo sapeva eccome ma, nonostante lo stato di trance favorisse il rilassamento dei freni inibitori, la sua psiche tratteneva l'informazione. A quanto pareva, Tommi era ancora padrone della capacità di ingannare e dissimulare. «Come hai ucciso quei pesci? Vuoi raccontarmelo?»

«Ho infilato un braccio nell'acqua e li ho presi in mano» disse quasi con sufficienza. «Scivolavano ma non potevo stringerli troppo.»

«Perché?»

«Perché se no loro se ne accorgevano...»

«Loro chi? I tuoi genitori?»

«Sì, mamma e babbo non devono capire che sono stato io. Così io tenevo il pesce nella mano e lo guardavo finché non smetteva di muoversi.»

Gerber annotò sul taccuino:

Premedita l'atto: calcola attentamente i rischi ed escogita modi per cancellare le prove e prevenire le probabili conseguenze.

«Cos'hai provato vedendo quel pesce che moriva nella tua mano?»

Nonostante il bambino fosse sempre immobile, il suo respiro accelerò e le pupille sotto le palpebre si mossero in maniera frenetica. Gerber sapeva cosa significavano quelle reazioni, il linguaggio del corpo era inequivocabile. Eccitazione.

« Non ti ha fatto pena quel povero pesce? » lo incalzò.

« No » disse Tommaso, deglutendo la saliva che gli impastava la bocca. « Mi piaceva guardarlo. »

Lo psicologo scrisse:

Mancanza di empatia, sadismo.

Gerber richiuse il taccuino con la copertina nera e se lo appoggiò in grembo: di lì a poco il libriccino sarebbe tornato al proprio posto nell'archivio riservato, insieme a quelli degli altri pazienti. Lo psicologo conservava anche i taccuini più vecchi, così come faceva il padre prima di lui.

Rimase a osservare il piccolo Tommi con un senso di frustrazione. A volte, anche l'essere più innocente serba dentro di sé un'indole potenzialmente malvagia. Nessuno in ambito clinico aveva ancora spiegato come ciò fosse possibile, ma in quel bambino si agitava una presenza oscura.

Un altro Tommi che aspettava solo l'occasione giusta per manifestarsi.

« Tu non faresti mai del male alla tua sorellina, vero, Tommaso? » chiese il dottor Gerber, sapendo già che, qualunque fosse stata la risposta, avrebbe dovuto comunque diffidare.

« Io non farò mai del male alla mia sorellina » affermò il bambino. Ma il tono accondiscendente faceva sospettare che avesse soltanto ripetuto ciò che quell'adulto voleva sentirsi dire.

L'ipnotista valutò il da farsi. Non era una decisione semplice. Avrebbe dovuto sottoporre Tommaso a una procedura non propriamente ortodossa, oltre i limiti della deontologia professionale. Però almeno così avrebbe avuto qualcosa da offrire a quel bambino.

Un nuovo inizio, lo chiamava il *signor B.*

« Io ti credo, Tommi » disse a proposito del non fare male alla sorella. Non contava che l'affermazione di Gerber non corrispondesse alla verità del suo pensiero. Voleva solo rassicurare il bambino, anche perché ormai lo psicologo aveva fatto la sua scelta. « Ora, però, devo rivelarti un segreto. »

« Quale segreto? » domandò, curioso, il bambino.

« Non sei stato tu a far morire i pesci rossi. »

« No? » chiese Tommaso, stupito.

« In realtà, non è mai successo. È stato solo un sogno. »

« Un sogno? » Era scettico.

« Un brutto sogno » gli confermò Gerber, mentendo. « Per questo adesso ti spiegherò cosa faremo: ti aiuterò a dimenticarlo. »

Tommi non ebbe alcuna reazione.

La cancellazione della memoria sotto ipnosi era una pratica proibita fra gli psicologi: alcuni la ritenevano eticamente scorretta poiché comportava una grave interferenza con la volontà del paziente.

L'ipnotista, però, stabilì che lui non aveva niente da perdere. E, vista la situazione, neanche Tommaso.

E siccome l'episodio dei pesci rossi avrebbe potuto innescare altri comportamenti violenti, era giusto eliminarlo.

« Se hai capito bene, ripeti ciò che ho appena detto » lo invitò Gerber.

« Devo dimenticare che ho fatto del male ai pesci rossi » riferì, diligente, il bambino.

« Esatto, andrà proprio così. »

La speranza era che la rimozione del singolo evento avrebbe ingenerato una reazione a catena nella mente di Tommi, deviando i percorsi logici che l'avevano portato a uccidere quei poveri pesci.

L'ipnotista non poteva sopprimere del tutto i suoi istinti, ma poteva ancora frenarli, ricacciandoli nell'abisso della psiche in cui si formano le peggiori pulsioni degli uomini.

« Ora faremo insieme un conto alla rovescia partendo dal numero dieci » affermò Gerber. « Poi accadrà come quando ti svegli nel tuo letto la mattina: aprirai gli occhi e il brutto sogno sarà scomparso. »

« Scomparso » ripeté il paziente.

Al termine del conteggio, il bambino riaprì gli occhi e si voltò verso di lui. « Allora, come sono andato? » chiese, ansioso di sapere se fosse stato in qualche modo promosso. Non ricordava nulla di quanto era avvenuto sotto ipnosi.

« Sei andato benissimo » gli confermò l'ipnotista e Tommi spalancò un favoloso sorriso sdentato. La sua mente è ancora plasmabile, si disse Gerber. Siamo ancora in tempo, provò a convincersi. Perché Tommaso era un bambino dolcissimo e ciò che gli stava accadendo era proprio crudele.

Il giovane paziente si alzò dalla sedia a dondolo e recuperò la sacca della palestra e la giacca sportiva dall'attaccapanni accanto alla porta. Aveva un'aria spensierata.

Mentre era di spalle, lo psicologo tornò a domandargli: « Non faresti mai del male alla tua sorellina, vero, Tommaso? »

Il bambino strabuzzò gli occhi, stupito. « No, mai » disse con apparente convinzione.

2

Tommaso al momento era il suo unico paziente. Ma non era stata una scelta di Pietro Gerber.

Un tempo non troppo lontano, lo psicologo godeva di grande considerazione nell'ambito professionale. All'attività privata si affiancava quella di consulente del tribunale per i minori e gli venivano affidati i casi più delicati. Ma ormai nessuno veniva più a bussare alla sua porta. Nessuno era più disposto a credere in lui. Avevano iniziato a circolare voci sul suo conto. Dicevano che fosse « esaurito », che non fosse più in grado di esercitare. Nonostante il nome Gerber conservasse ancora una certa autorevolezza nell'ambiente, la sua attuale reputazione risultava deteriorata, proprio come qualcosa di vivo che all'improvviso comincia a marcire. Non era avvenuto all'improvviso, ma poco a poco.

Dopo il caso dell'Affabulatore, Gerber non era stato più lo stesso. E tutti se n'erano accorti.

Aveva chiamato in quel modo la sua nemesi, e tutto ciò che sapeva di lui erano le tre misere iniziali del nome.

A.D.V.

Dentro di sé, aveva definito « una casa senza ricordi » la mente di un bambino che non era riuscito a salvare. E il pensiero del suo più grande fallimento come terapeuta aveva iniziato a perseguitarlo.

In realtà, non aveva saputo riconoscere i primi segni del declino. Era iniziato tutto dal laccio di una scarpa che, un giorno, si era spezzato. Rammentava ancora quel mattino di sei mesi prima quando, mentre si allacciava le Clarks per uscire di casa, gli era rimasto quel frammento fra le mani. L'aveva osservato per qualche secondo, con una sensazione di indicibile impotenza. Non era niente di che, in realtà, ma a lui in quel momento era sembrato un problema insormontabile.

La fine del mondo comincia sempre con uno scricchiolio, amava ripetere il *signor B.*

Quel giorno Gerber si era arrangiato lasciando liberi i due fori in alto della scarpa e poi era uscito, ripromettendosi di sostituire il cordino alla prima occasione. Ma non l'aveva fatto.

I mesi erano passati e la sua Clark sinistra aveva ancora il laccio rotto.

Da quel momento, Gerber si era lasciato andare. E presto si erano aggiunti i capelli sempre più arruffati e la barba trascurata. Il quadro era stato completato dagli abiti sempre stazzonati oppure macchiati, i gomiti dei maglioni consumati e i polsini e i colletti delle camicie sfilacciati. Anche l'igiene personale ormai ne risentiva. Era ancora un bell'uomo, però il fascino personale che l'aveva sempre messo al riparo dal giudizio degli altri adesso sembrava non funzionasse più. Inoltre, ciò che era peggio, Gerber sembrava non accorgersi nemmeno di ciò che gli stava accadendo. Intorno a lui si era formata una specie di bolla impermeabile e gommosa, che teneva lontane le persone, come rimbalzandole.

La verità era che, mentre si crogiolava nella pigrizia, aveva perso la voglia di fare lo psicologo. E la mancanza d'interesse si era riflessa sul suo aspetto. Ormai non faceva neanche più caso alla propria trascuratezza. Non era più sicuro di niente. In quei mesi senza alcun paziente aveva avuto tutto il tempo per macerarsi per il caso dell'Affabulatore. E al rimorso era succeduta l'apatia.

Per questo non aveva avuto scrupoli ad applicare su Tommaso una procedura proibita come la cancellazione della memoria.

La seduta si era conclusa dopo le cinque del pomeriggio e, di lì a poco, Gerber aveva un appuntamento fuori dallo studio a cui non poteva assolutamente mancare.

Accompagnò Tommaso verso l'uscita. Nella sala d'attesa c'era il padre del bambino che, vedendoli, si alzò dalla poltroncina su cui era seduto da circa un'ora, cercando subito lo sguardo dello psicologo. I suoi occhi contenevano una muta domanda.

«Va tutto bene» lo precedette Gerber, mentendo. «La terapia procede per il meglio» aggiunse, accarezzando la testa di Tommi, che si sottrasse per agguantare una banana dalla cesta di frutta a disposizione dei piccoli pazienti. Il fatto che Tommaso fosse l'unico che gli era rimasto, per lo psicologo non era un motivo valido per interrompere quella tradizione.

« Ci rivediamo fra quindici giorni » gli disse, confidando che la rabbia che covava in segreto rimanesse ben rinchiusa nella prigione della sua giovane psiche.

Poco dopo, Tommi lasciò la mansarda insieme al genitore.

Gerber tornò nello studio, dando un'occhiata all'ora. Si chiese se avrebbe fatto in tempo e se la persona con cui aveva appuntamento di lì a poco al caffè Paszkowski avrebbe tollerato un po' di ritardo. Non sapeva nemmeno che faccia avesse. Secondo le indicazioni ricevute, l'altro si sarebbe fatto riconoscere poggiando sul tavolo un orologio da taschino.

Lo psicologo era ansioso d'incontrarlo.

Mentre si affrettava a smorzare il fuoco nel caminetto, spegnere le luci e chiudere le imposte, la lampadina rossa sul soffitto, collegata a un pulsante sul muro della sala d'attesa, si accese e si spense un paio di volte.

Il silenzioso segnale serviva ad annunciare l'arrivo di qualcuno senza disturbare le sedute in corso.

Spazientito per l'imprevisto e intenzionato a congedare rapidamente l'ospite inatteso, Gerber si affacciò nell'ingresso.

In mezzo al corridoio, in penombra, c'era qualcuno che si era già spinto troppo oltre: senza saperlo, stazionava accanto alla porta chiusa di quello che un tempo era lo studio del *signor B.*

«Chi è?» domandò lo psicologo alla figura che se ne stava lì impalata e sembrava guardare nella sua direzione.

«Mi chiamo Maja Salo» rispose una giovane voce con accento straniero.

«Deve prendere un appuntamento» la rimbrottò Gerber, notando che la donna era venuta da sola. «E il primo colloquio si svolge sempre in presenza del paziente o della paziente.»

«Eva non è mia figlia» ci tenne a precisare lei, senza che nessuno glielo avesse chiesto.

Poi avanzò di un passo e lui ebbe modo di scorgerla meglio. Indossava un montgomery blu, gonna scozzese, calze scure e scarpe basse. Una grossa sciarpa di lana le avvolgeva il collo esile e i lembi le arrivavano quasi alle ginocchia. Capelli ricci e rossi, non troppo lunghi. Lentiggini e occhi verdi. Dimostrava poco più di vent'anni. I tratti di una bellezza innocente e spietata.

«Non ho tempo di riceverla adesso, ripassi domani» provò a congedarla Gerber, con più gentilezza.

«La prego, abito fuori Firenze e ho preso tre autobus per venire qui» quasi supplicò.

«Perché non ha chiamato prima?» domandò lui, con tono di rimprovero. «Le avrei risparmiato il viaggio.»

La ragazza esitò. «Perché avevo paura che al telefono non mi avrebbe creduto.»

3

La fece accomodare nello studio. Gerber conosceva la nota disperata che si celava nella voce di Maja Salo, l'aveva riscontrata varie volte nella propria carriera. Guardò l'ora: « Ho solo pochi minuti » le preannunciò, brusco. Per ribadirle che aveva fretta, non si sedette e non la invitò a sedersi.

La ragazza andò a posizionarsi al centro della stanza, mentre lo psicologo si appoggiò coi fianchi allo schienale della sua Eames Lounge Chair in pelle nera e palissandro. « Allora, mi ripeta chi è lei e poi mi dica chi è Eva » tagliò corto.

« Sono una studentessa d'arte, sono arrivata da Helsinki tre mesi fa per scrivere una tesi su Cimabue » esordì, con una postura un po' impacciata e senza sapere dove mettere le mani.

Emanava un profumo delicato che le somigliava molto, considerò Pietro Gerber mentre scopriva di gradire quell'odore. Acqua di rose, si disse, poiché fin da bambino conosceva tutte le essenze per via della collezione di sua madre. « Parla bene l'italiano » si complimentò, ma solo perché gli sembrava anomala la leggera cadenza fiorentina.

« Ho preso il cognome materno ma mio padre era

di Arezzo, da giovane è emigrato in Finlandia per cercare fortuna.»

Dal modo in cui lo disse, lo psicologo intuì che non l'avesse trovata. «E lei dove vive attualmente? Mi è sembrato di capire che non abiti qui in città.»

«In una tenuta nelle campagne di San Gimignano» gli confermò Maja. «Appartiene alla famiglia Onegli Catelani.»

Non era necessario avere conoscenze di onomastica per capire che il doppio cognome designava spesso un'origine aristocratica. Gerber sapeva che in Toscana esistevano famiglie con patrimoni incalcolabili, la cui origine si perdeva nel tempo. Anche se ormai i titoli nobiliari di quei privilegiati imparentati fra loro non contavano più nulla, in quanto a ricchezze potevano competere con industriali, oligarchi, banchieri, star dello sport e dello spettacolo. Ma, a differenza di questi ultimi, non avrebbero faticato un solo giorno della loro dorata esistenza. Nati abbienti, sarebbero anche morti tali. Senza sapere il perché e, a volte, senza nemmeno domandarselo per tutta la loro vita.

«Lei è una parente della bambina?» chiese.

«Mi occupo di lei» affermò la ragazza.

«La tata?»

«*Au pair*» puntualizzò Maja Salo. «Ho ottenuto il lavoro rispondendo a un annuncio pubblicato sul sito dell'università.»

Spesso era così che venivano reclutati dall'estero ragazze o ragazzi «alla pari», considerò Gerber. Le famiglie offrivano loro vitto, alloggio e una piccola paga e, in cambio, ottenevano aiuto nella vita quotidiana, specie riguardo alla gestione dei figli piccoli. Dal canto loro, gli studenti avevano modo di viaggiare e di mantenersi facendo esperienza in un altro Paese.

Però a Gerber non era chiara una cosa. « I genitori di Eva l'hanno mandata da me? Perché non sono venuti di persona? »

« Il padre e la madre di Eva sono separati. Credo che il padre ormai viva altrove da molto tempo e si disinteressi della figlia. » Fece una pausa. « Quanto alla signora Beatrice, gira il mondo e ci sentiamo solo per telefono. Attualmente, è in crociera alle Barbados. »

Gerber rimase colpito dalla descrizione della famiglia di Eva. « Ha appena detto che con la madre vi sentite solo per telefono? » domandò, sottolineando la frase che si era un po' smarrita nel contesto.

« Sì » confermò la ragazza. Poi, comprendendo il suo sconcerto, aggiunse: « Ho vissuto in altre famiglie simili e non è la prima volta che mi capita: certi genitori non hanno tempo per occuparsi direttamente dei figli e preferiscono affidarli a estranei come me. All'inizio mi stupiva questo distacco, ma ho imparato a non giudicarli, perché immagino che anche per loro sia stato così quando erano piccoli ». Maja Salo scosse il capo e sorrise debolmente, aveva denti bianchissimi. « Anzi, devo dire che Beatrice si interessa alla figlia molto più di tante altre madri che ho conosciuto in passato. »

Per il momento Gerber prese per buona la risposta, ma non era del tutto persuaso. « È stata la signora Beatrice Onegli Catelani a indirizzarla a me? »

« È stata una mia iniziativa » sottolineò la ragazza. « Ho chiesto in giro e tutti hanno detto che lei è il più bravo. » Lo fissò: « L'addormentatore di bambini, giusto? »

Lo psicologo ipnotista avrebbe voluto confermare che l'informazione ricevuta era veritiera e che l'elogio era pienamente meritato. Ma non poteva. Non era vero.

« Eva ha dieci anni » disse Maja Salo, forse notando che il suo interlocutore si era rabbuiato.

Gerber rammentò la scusa che la ragazza aveva usato poco prima per giustificare il fatto che fosse venuta lì di persona.

Perché avevo paura che al telefono non mi avrebbe creduto...

Provò una sensazione di disagio. Doveva evitare di apparire troppo interessato al caso perché, viste le premesse, ancora non sapeva se avrebbe potuto occuparsene. « Qual è il problema di Eva? » chiese.

« Non vuole mai lasciare la casa in cui è nata e cresciuta. »

« C'è mai stata una diagnosi di agorafobia infantile? »

« Secondo sua madre, i dottori a cui si è rivolta non hanno mai capito niente... Ma io ho assistito personalmente a una crisi di Eva: se qualcuno la forza o la costringe a uscire, viene subito colta dal panico, urla e si dimena. »

« Perciò Eva non va a scuola e non frequenta altri bambini. »

Maja Salo scosse il capo. « Mi occupo io della sua istruzione, mi hanno assunta soprattutto per questo. »

« Perché al telefono non avrei dovuto crederle? » domandò.

« Perché si è aggiunto un altro problema » rispose Maja, prendendo tempo. « Eva ha un amico immaginario » disse tutto d'un fiato. « Lo so che adesso mi dirà che è piuttosto comune, specie a quell'età. »

Non lo era. Anzi, spesso era l'indizio di qualcosa di più serio. Ma Gerber si limitò a pensarlo. « Vada avanti... » la invitò, controllando di nuovo l'orologio, in modo che l'altra capisse che non le rimaneva molto tempo.

« All'inizio, pensavo che fosse solo un gioco come tanti » proseguì la ragazza. « Ritenevo che quella fantasia fosse dovuta al fatto che Eva non avesse contatti con altri coetanei. Perciò la assecondavo, credendo che non ci fosse nulla di male. »

Invece non avresti dovuto, pensò Gerber, provando un brivido.

« Per esempio, preparavo la merenda per entrambi o la sera lasciavo due bicchieri d'acqua sul comodino... Ma Eva non mi permetteva mai di rivolgermi direttamente al bambino, anzi si innervosiva se per scherzo cercavo di interagire con lui. Diceva che lui non voleva avere a che fare con me e, se ci avessi riprovato, il suo amichetto me l'avrebbe fatta pagare. »

Quel dettaglio era preoccupante. « Eva ha mai dato seguito alla minaccia? »

La ragazza annuì, costernata. « Sono spariti alcuni

miei effetti personali, cose di scarso valore: una collanina di corallo, un rossetto, una volta anche una scarpa da tennis. Non posso essere sicura che sia stata Eva, ma la coincidenza è troppo forte.»

Gerber intuì che c'era dell'altro e che il resto del racconto nascondesse qualcosa di più allarmante.

«Speravo che si stancasse presto di quel gioco, perché non sapevo più come gestire la cosa. Ma ormai è diventata un'ossessione.» Maja Salo dava l'idea di essere sinceramente in ansia. «Provavo a distrarla inventando nuovi passatempi o a stare con lei, ma Eva mi mandava via per rimanere con il suo amico immaginario. Si chiudeva nella sua stanza e la sentivo parlare per ore da sola.»

Lo psicologo sapeva che il peggio doveva ancora arrivare. La ragazza sembrava davvero spaventata.

«A volte, accadeva anche nel cuore della notte: Eva si svegliava per giocare con lui.»

Gli amici immaginari dei bambini spuntavano fuori da un pozzo di solitudine, pensò Pietro Gerber. Appestavano ogni cosa con la loro presenza nauseabonda. Erano dispotici, possessivi, pretendevano esclusività e, ciò che era peggio, spesso non se ne volevano più andare.

«Poi una settimana fa, del tutto inaspettatamente, Eva mi ha chiesto di mandare via il suo amichetto perché lei non voleva giocarci più.»

Ecco, ci siamo, si disse.

«Non ci sono riuscita» ammise la ragazza, quasi vergognandosene. «Lui c'è ancora.»

« Da quel momento le cose sono precipitate » indovinò Gerber. « Eva ha iniziato a farsi del male, sostenendo che il responsabile è l'amichetto. Lividi e graffi, specie su gambe e braccia. »

Maja Salo sgranò i suoi occhi verdi e inclinò il capo verso sinistra, incredula. « Solo lividi » lo corresse. « Ma lei come fa a saperlo? »

« Eva ha mai descritto il bambino? » proseguì Gerber, senza rispondere alla domanda.

La ragazza era sempre più confusa. Provò a ricordare. « No » disse poi.

« E scommetto che l'amico immaginario non ha un nome. »

« Eva si rifiuta di dire come si chiama » confermò lei, col tono infastidito di chi non riesce a capire.

Gerber non voleva confermarle che aveva appena descritto i primi segnali di schizofrenia infantile. A quanto pareva, Eva aveva cominciato molto presto a sentire voci inesistenti. Senza cure appropriate e tempestive, le sporadiche manifestazioni della patologia sarebbero degenerate in una totale dissociazione dalla realtà. Le lesioni autoprodotte indicavano che la bambina aveva iniziato a entrare in conflitto con la seconda personalità che la abitava. Senza farmaci adeguati, crescendo sarebbero apparsi altri amici immaginari, ben più pericolosi per lei e per gli altri.

L'addormentatore di bambini si limitò ad affermare: « Eva non ha bisogno di un ipnotista ma di uno psichiatra ».

L'ultima parola ebbe il potere di scuotere Maja Salo nel profondo.

Vedendo il fremito delle labbra carnose e le lacrime che iniziavano ad allagare gli occhi verdi, Gerber quasi si pentì di essere stato così diretto. Non si aspettava una reazione simile, ma in fondo non aveva avuto altra scelta.

La ragazza scoppiò a piangere. Siccome non sapeva come consolarla, rimase in silenzio.

« Ho paura che possa accadere qualcosa di brutto, e sono sicura che anche Eva è spaventata » disse lei, fra i singhiozzi. Poi lo fissò con durezza. « Sa cosa significa essere bambini e aver paura di morire, dottore? »

A undici anni sono caduto da un balcone e il mio cuore si è fermato per trenta secondi, avrebbe voluto dirle Pietro Gerber per confortarla. Ma non esisteva alcun motivo accettabile per condividere un episodio così intimo con una sconosciuta. O forse sì. A Maja Salo era rimasta una ciocca di capelli rossi attaccata alla guancia, e lui nutriva il folle desiderio di scostargliela. « Mi spiace ma sono maledettamente in ritardo » si limitò a ribattere, scacciando quel pensiero e facendole notare che le aveva già concesso più tempo del dovuto. Però adesso era proprio venuto il momento di recarsi al suo appuntamento al caffè Paszkowski.

L'uomo con l'orologio da taschino lo stava aspettando.

Maja non si mosse. Si asciugò il viso con il dorso delle mani, come una ragazzina. Poi si frugò nelle tasche del montgomery: ne estrasse una piccola lettera accuratamente sigillata. Gliela porse. « Quando ho detto a Eva che sarei venuta dall'uomo che chiamano l'addormentatore di bambini, lei mi ha consegnato questa. »

Gerber fissò la lettera nella mano tesa che Maja Salo si sforzava di non far tremare.

« È per lei, dottor Gerber. Ma non so cosa ci sia scritto, Eva non ha voluto dirmelo. »

Non aveva alcuna intenzione di prenderla e, da come era stropicciata la busta, intuì che la ragazza la portava in tasca con sé da chissà quanto tempo. E che, perciò, mentiva. Il messaggio di Eva non era destinato a lui. « Quanti miei colleghi psicologi infantili hanno già rifiutato il caso? »

La ragazza abbassò il braccio con la lettera e anche lo sguardo. « Lei è l'ultimo rimasto. »

Avrebbe dovuto sentirsi offeso. Ma, vista la recente rovina della sua reputazione, Pietro Gerber aveva immaginato subito di non essere la prima scelta. Tuttavia, non voleva neanche rappresentare l'ultima speranza per un paziente. Provò una grande compassione per Maja Salo, perché era evidente che volesse molto bene alla bambina di cui si prendeva cura, anche se non era una sua parente e la conosceva solo da pochi mesi. Ma ciò purtroppo non cambiava le cose.

« Mi dispiace, non posso occuparmene. »

4

Il vecchio Burberry, che un tempo era appartenuto al *signor B.*, era un ottimo alleato in quella ventosa serata di fine febbraio. Le Clarks marroni con le suole consumate, invece, rischiavano di farlo scivolare a ogni passo sul lastrico bagnato. Non pioveva, ma l'aria era comunque intrisa di umidità. Sotto i lampioni scorreva una nebbiolina arancione: come un fiume fantasma, i palazzi del centro storico gli facevano da argini.

Nella coltre che gli offuscava la vista, il caffè Paszkowski, con le sue luci brillanti e il richiamo delle note di un concertino, a Pietro Gerber parve un approdo sicuro e confortevole.

Attraversò piazza della Repubblica deserta e s'infilò nel vecchio locale déco.

Al suo ingresso, i camerieri e il personale in livrea schierato dietro al bancone di radica e ottone si voltarono per accoglierlo. Il loro sorriso si spense appena notarono il suo aspetto trascurato.

Erano presenti diversi avventori che, come lui, avevano trovato rifugio tra profumi di vecchi spiriti alcolici e musica classica. Lo ignorarono, continuando a chiacchierare sorseggiando cocktail a base di vermut in bicchieri di cristallo e ascoltando un quartetto d'archi impegnato nell'*Inverno* di Vivaldi.

Gerber approfittò della propria invisibilità per immergersi in quell'atmosfera sospesa nel tempo, incamminandosi sul mosaico di piccole cementine bianche e nere, diretto alla sala con alti soffitti e bianchi lampadari semisferici, simili a enormi bulbi oculari.

Spostandosi fra i tavolini, si fermò davanti a quello su cui era poggiato un vecchio orologio d'oro a cipolla, con una catenella che terminava nella mano di un elegante signore di settant'anni intento a masticare un sigaretto all'anice spento. « Buonasera, dottore » lo salutò quello, nonostante non si fossero mai visti. « Prego » lo invitò a sedersi, indicando con la mano il posto libero davanti a sé.

L'uomo ritirò l'orologio dal tavolo, rimettendoselo in tasca. Gerber si sfilò l'impermeabile bagnato e lo appoggiò sullo schienale della poltroncina, poi si accomodò. Era infreddolito.

« Calindri » si presentò l'altro, senza nome di battesimo. « Prende qualcosa? » gli chiese, sollevando il braccio per allertare subito uno dei camerieri. Lui aveva già ordinato un Negroni.

« No, grazie » lo bloccò lo psicologo.

L'altro desistette. « Come preferisce. »

Dopo un pomeriggio passato a scandagliare la mente pericolosa del piccolo Tommi e dopo l'incontro con la triste ragazza finlandese e il racconto su Eva e il suo amichetto immaginario, Gerber aveva solo voglia di fare in fretta e tornarsene a casa. « Come le ho accennato per telefono, signor Calindri, ho avuto il suo numero da alcune conoscenze che lavorano al tribunale per i minori. » Lo psicologo infantile aveva ancora dei contatti nell'ambiente in cui non operava più.

« Cosa le hanno detto precisamente di me? »

« Che ha un passato nelle forze dell'ordine, che è molto discreto e che non ha un ufficio » concluse, indicandosi intorno.

L'uomo sorrise. « Diciamo che preferisco che i miei affari siano sempre... mobili. »

« Complimenti: è molto bravo a tenere riservata la sua esistenza. »

« È la prima regola del mestiere, altrimenti mi occuperei d'altro. »

« E lei cosa sa di me? » lo mise alla prova Gerber. « Presumo abbia assunto informazioni prima di incontrarmi. »

« Divorziato, la sua ex moglie Silvia vive a Livorno con vostro figlio Marco e sta per risposarsi. »

Per quanto conoscesse già quegli scarni dettagli personali, risentirli gli procurò comunque una piccola fitta. Un dolore inspiegabile clinicamente, che solo i padri separati potevano provare.

Calindri proseguì: « Ha ereditato il mestiere di suo padre, che è morto sette anni fa. Ha perso sua madre all'età di due anni ».

« Sono notizie di dominio pubblico » disse Gerber, come a voler sottolineare che non fosse poi così difficile reperirle.

Senza fare una piega, l'altro si sfilò il sigaretto dalla

bocca per sorseggiare il Negroni. Poi posò nuovamente il bicchiere sul tavolino. « Non accetto molti clienti » ci tenne a precisare. « Lavoro sempre con gli stessi, più che altro società o studi legali. » Sembrava andasse in cerca di una scusa per rifiutare l'incarico. « Al telefono, ha accennato a un pedinamento. È un'attività delicata e necessita di lunghi appostamenti. Per esperienza so già che chi chiede questo genere di servizio di solito si aspetta risultati quasi immediati. Ecco perché tendo ad avvertire che, se non si ha a disposizione tempo nonché abbastanza denaro per pagarlo, allora è meglio lasciar perdere. »

« Non mi lamenterò nel caso dovesse fallire » promise lo psicologo. « So che ha acconsentito a vedermi perché le hanno detto che sono una persona paziente. Ma sicuramente avrà immaginato che, se mi sono rivolto a lei, non ho avuto altra scelta. »

L'uomo lo squadrò, forse stava cercando di studiarlo oppure di capire se poteva fidarsi. « Chi dovrei seguire? » chiese.

« Me. »

La pronta risposta di Gerber lo spiazzò. « Lei » affermò, senza domandarlo, per rimarcare il proprio stupore.

« Esatto » ribadì lui. « Non c'è bisogno che mi venga sempre appresso » precisò. « Le segnalerò i posti che frequento abitualmente e ci accorderemo di volta in volta. Potrebbe cominciare a sorvegliare il mio studio. »

« È un incarico insolito » commentò Calindri, senza scomporsi troppo.

Ma l'espressione perplessa pretendeva una spiegazione adeguata. « Circa due anni fa, ho avuto in cura una donna » rivelò lo psicologo.

« Non la chiamano 'l'addormentatore di bambini'? » replicò subito l'investigatore.

« Infatti » confermò. « È stata la prima e unica volta che ho praticato la terapia su un'adulta. »

« E come mai ha accettato il caso? »

« Per aiutare la bambina che era in lei » provò a semplificare Gerber, ma la realtà era molto più complessa. « Quella bambina, prigioniera dentro la sua mente, comunicava solo attraverso l'ipnosi. »

« Va bene, vada avanti » lo esortò l'uomo, sollevando la mano per scusarsi dell'interruzione.

« Il suo nome è Hanna Hall. » Di solito quel nome vagava nei suoi pensieri, ma in quell'istante Gerber scoprì che pronunciarlo ad alta voce gli provocava timore, come se avesse appena detto qualcosa di proibito. Provò a ignorare la sensazione. « Hanna era venuta a Firenze dall'Australia per indagare su un episodio della sua infanzia. Ero convinto di riuscire a gestire la terapia ma, prima che potessi accorgermene, avevo già perso il controllo... E questo non dovrebbe mai accadere, specie nella mia professione. »

« Anche nella mia è abbastanza rischioso » osservò Calindri.

« I ruoli fra me e Hanna si sono ribaltati » continuò lui. « All'improvviso, era lei che analizzava me. »

L'uomo inarcò un sopracciglio, forse domandandosi come potesse accadere una cosa del genere.

« Il problema è che la paziente è sparita prima che terminassimo il percorso terapeutico. » Portandosi appresso un mucchio di segreti, pensò Gerber senza però esplicitarlo.

« Mi scusi, dottore, ma cosa c'entra tutto questo col fatto che dovrei pedinare lei? »

Gerber prese un profondo respiro. « Vedo Hanna in continuazione » confessò. « Nel riflesso di una vetrina. In un gruppo di turisti che attraversano la strada. Di sfuggita, in mezzo a una folla. » I primi avvistamenti erano coincisi con il tracollo psichico dovuto al caso dell'Affabulatore. « Non faccio mai in tempo a focalizzare bene il suo volto e rimango col dubbio che potrebbe essere solo uno scherzo della mente, una specie di allucinazione. » Abbassò lo sguardo, imbarazzato.

« Sicché io dovrei pedinarla per scoprire se questa Hanna Hall esiste realmente o è solo frutto della sua immaginazione. »

Gerber annuì. Aveva preso la decisione di ingaggiare un investigatore privato per tentare di dare una raddrizzata alla propria esistenza. Magari alla fine sarebbe riuscito a riprendersi i suoi pazienti e anche la vecchia vita. Il *signor B.* diceva sempre che ammettere di avere un problema era il primo passo per risolverlo. La verità, però, era che l'uomo che adesso gli stava seduto davanti era la sua unica possibilità di scoprire se stava realmente impazzendo.

« Non sarebbe più facile cercare la donna? » domandò l'investigatore. « Se è straniera ed è tornata a Firenze, non sarà una grande impresa localizzarla. »

« No » lo frenò subito Gerber, allarmato. « Io non voglio sapere se è in città e nemmeno dov'è. » La sola idea era intollerabile per lui, perché avrebbe significato che desiderava trovarla. « Voglio soltanto scoprire se la mia è solo un'ossessione. E per guarire dalle ossessioni non bisogna mai assecondarle. »

Omise di aggiungere che la paziente possedeva informazioni sul suo passato e lui non era sicuro di voler vedere riaffiorare cose sepolte. E non gli avrebbe detto nemmeno che, probabilmente, provava qualcosa per Hanna Hall. Non il solito transfert terapeuta-paziente. Nemmeno una cotta o qualcosa che potesse estinguersi da sé, col tempo.

Un'insana attrazione.

L'unico modo per limitarne gli effetti era restare lontani. Solo così lui e Hanna avrebbero potuto evitare di farsi del male.

« Ha una foto di questa donna? » domandò l'investigatore privato.

« Purtroppo no » rispose Gerber. Forse è per questo che la vedo ovunque, si disse. « Posso solo descrivergliela: trentadue anni, bionda, occhi azzurri, raccoglie spesso i capelli in una coda e veste sempre di nero. » Non è bella, rammentò. È affascinante e pericolosa. E le due cose erano intimamente collegate. « Quando l'ho conosciuta, fumava. Ma non saprei dire se il suo fosse realmente un vizio o solo un tic del personaggio che stava interpretando per me.» In realtà, io non so chi sia Hanna Hall, pensò. Ed è esattamente ciò che mi tormenta.

«Tutto qui?» si meravigliò l'uomo. «Con così pochi dettagli, non sarà facile» lo preavvisò.

«Lei deve solo dirmi se una figura simile a quella che le ho appena descritto si aggira nei luoghi che frequento di solito. Mi basta questo, non chiedo altro» insisté. «Mi serve un attento osservatore oppure un buon testimone, scelga lei il ruolo. Insomma, ho bisogno di qualcuno che mi dica che non ho perso del tutto la ragione.»

«E poi non vorrà sapere altro?» si cautelò Calindri. «È proprio certo che poi non mi chiederà dove abita questa Hanna Hall o come mettersi in contatto con lei? Perché in tal caso dovrò conoscere già ora le sue intenzioni, dottore. Se lei, per esempio, nutre rancore nei confronti della donna oppure esistono altri motivi per cui richiede i miei servigi, allora ho il dovere di avvertirla che non sarò obbligato a soddisfare le sue pretese. Ho già avuto a che fare con molti P.P.»

«Con cosa?» domandò Gerber, stranito.

«Persecutori Paranoici» chiarì Calindri, sciogliendo l'acronimo.

«Non sono paranoico e tanto meno un persecutore» lo rassicurò Gerber. Semmai, la definizione si attagliava benissimo ad Hanna. Ritenendo terminato l'incontro, si alzò e recuperò il trench ancora bagnato dalla spalliera della poltroncina. «Un'ultima cosa...» disse, prima di andare. «Non sottovaluti mai Hanna.»

Calindri si rinfilò in bocca il sigaretto all'anice.

« Non credo ci saranno problemi in tal senso » replicò, fiducioso.

Già, si disse Pietro Gerber con una punta di rimpianto. È ciò che pensavo anch'io. E capì anche perché aveva avuto timore di Maja Salo.

5

Ho paura che possa accadere qualcosa di brutto, e sono sicura che anche Eva è spaventata...

Erano circa le diciannove e trenta e Pietro Gerber procedeva a piedi sulla strada di casa senza levarsi dalla testa le parole della ragazza coi capelli rossi. Adesso si rendeva conto che forse era stato così brusco con lei per via dell'appuntamento con l'uomo con l'orologio da taschino.

Ma, soprattutto, a causa di Hanna Hall.

Maja Salo si era presentata allo studio senza aver preso prima un appuntamento e, cosa ancora più grave, si era avventurata all'interno della mansarda senza permesso, arrivando dove di solito agli adulti non era consentito, addirittura spingendosi fino alla porta della stanza del *signor B.*

C'era un confine preciso fra la sala d'attesa e il corridoio. E solo ai bambini era consentito varcarlo.

Ai bambini e ad Hanna Hall, si corresse Gerber, rammentando le sedute con quella strana creatura che fumava una sigaretta dietro l'altra nello stesso luogo in cui, per ovvie ragioni, agli altri non era permesso fare altrettanto. Solo ad Hanna lui aveva concesso certe libertà. E ora non voleva più ripetere lo sbaglio.

Ma gli scrupoli per quanto era accaduto quel pomeriggio lo braccavano. Cercò di accelerare il passo come se ciò potesse assurdamente consentirgli di sfuggire al pensiero della ragazza coi capelli rossi che aveva quasi implorato il suo aiuto. Ma, quando c'era brutto tempo, la gamba che si era fratturato da bambino lo rallentava sempre un po'.

Sa cosa significa essere bambini e aver paura di morire, dottore?

Ancora non riusciva a credere di essere stato sul punto di condividere con Maja Salo, una perfetta estranea, uno dei suoi ricordi più intimi e amari: la volta che da piccolo era morto per circa trenta secondi.

Più o meno fino al termine dell'adolescenza, quando qualcuno gli domandava quanti anni avesse, mentalmente Pietro Gerber toglieva sempre mezzo minuto all'età che dichiarava. Da adulto aveva smesso di fare quel calcolo, dicendosi che non aveva alcun senso perpetuare una sciocca abitudine infantile. La verità era che, crescendo, aveva avvertito il bisogno di rimuovere dalla memoria l'estate del 1997. Ma non per l'incidente del balcone. Bensì per il gioco dei ceri di cui era stato spettatore qualche settimana dopo, quando Zeno Zanussi detto Batigol era scomparso nel nulla proprio sotto i suoi occhi.

Più il tempo si allontanava da Zeno, più Gerber si sentiva autorizzato a dimenticarsi di lui. E, dopo essere diventato padre, era quasi un'esigenza cancellare l'episodio che aveva interrotto bruscamente la sua fanciullezza. Poiché il pensiero che qualcosa di simile potesse accadere al suo piccolo Marco era insopportabile. Forse per questo non aveva mai portato il figlio in villeggiatura alla villa di Porto Ercole. E voleva anche tenerlo lontano il più possibile da un'idea.

Il buio si prendeva le persone.

Quella era stata la scoperta più sconvolgente della sua infanzia.

Pietro e i suoi piccoli amici si divertivano a essere omini di cera perché non coglievano il crudele significato di quel gioco: chi veniva toccato, perdeva per sempre il diritto di parlare, quindi di esistere.

Tanto, l'Arimo dichiarato dall'ultimo superstite avrebbe sistemato le cose, riportando tutti indietro dalle tenebre.

Ma il fatto che Zeno Zanussi non avesse mai pronunciato la misteriosa parola liberatoria aveva rivelato a tutti loro una triste realtà. Che il buio esiste davvero e ha diverse sembianze. E la delusione era stata cocente come quando si scopre che non c'è alcun Babbo Natale. E, soprattutto, che non c'è un Dio a impedire che un bambino di cinque anni sparisca nel nulla.

Fino a quella maledetta domenica di luglio, Pietro Gerber non aveva mai sospettato quale peso avesse sull'esistenza degli adulti l'appuntamento ineluttabile col buio. Eppure avrebbe dovuto, visto che il buio si era già preso la sua mamma. Sicuramente il *signor B.* avrebbe voluto sapere quale arcano si nascondesse nei trenta secondi in cui il cuore del suo unico figlio si era fermato.

Ma il padre non aveva mai avuto il coraggio di chiedergli cosa avesse trovato nell'oscurità.

Pietro, però, sapeva cos'era accaduto a Zeno. E il segreto lo faceva sentire tremendamente in colpa, per questo non l'aveva mai confessato a nessuno. La sparizione dell'amichetto era dipesa solo da lui. Era il responsabile perché, qualche settimana prima della scomparsa del piccolo Batigol, lui era stato risparmiato.

E il buio, in cambio, si era preso Zeno.

Anche adesso, a trentacinque anni meno trenta secondi, Pietro Gerber non riusciva a scrollarsi di dosso l'assurda idea di aver avuto un ruolo inconsapevole nel destino del suo sfortunato compagno di giochi.

Quid pro quo.

Perché Zeno Zanussi era sicuramente morto. Anche se nessuno aveva mai avuto il coraggio di dichiararlo apertamente.

A distanza di anni, lo psicologo si macerava ancora in quelle considerazioni. E mentre era diretto al proprio appartamento, sfidando una serata invernale stretto nel suo trench, lo sguardo basso e l'aria arruffata di chi è tormentato da mille pensieri, gli capitò di passare di nuovo sotto allo studio.

Rallentò l'andatura perché nell'aria rarefatta, tra le folate di nebbia, gli sembrò di scorgere una figura familiare ferma sotto la pensilina del trasporto pubblico.

Anche quella lo riconobbe.

«Ho perso l'ultimo autobus, non so come tornare a casa» disse Maja Salo, come se dovesse giustificarsi con lui. Le mani affondate nelle tasche del montgomery, infreddolita. Aveva le labbra viola.

« Venga, cerchiamo un posto per bere qualcosa che la riscaldi » la invitò Gerber. « Poi le chiamerò un taxi. »

« Non posso permettermi un taxi fino a San Gimignano » confessò lei, abbassando per un attimo lo sguardo.

« Non si preoccupi, le pago io la corsa. »

La ragazza sgranò gli occhi verdi e inclinò il capo verso sinistra, come Gerber le aveva già visto fare. Anche se la conosceva da poco, aveva capito che quella era una reazione abituale di Maja Salo. Chissà quante volte ripeteva lo stesso gesto senza accorgersene. Sicuramente lo notavano quelli che avevano la fortuna di starle accanto. Come quando lui era sposato con Silvia e aveva il privilegio di vedere la piccola ruga che le si formava sulla fronte ogni volta che si avvicinava per baciarla.

« Il fatto è che Eva adesso è sola » affermò Maja.

La cosa lo stupì. « Come sola? »

« Ho chiesto alla governante di stare con lei finché non fossi tornata, ma si sta facendo tardi. »

« E allora che problema c'è? »

« La cosa è un po' più complicata di come sembra » tentò timidamente di spiegare la ragazza.

« Non capisco, la governante non abita con voi? »

« La signora Vannini va via prima del tramonto. »

« E non c'è nessun altro in casa? » Gerber immaginava un custode, personale di servizio.

Maja scosse il capo.

Lo psicologo era sempre più stranito al pensiero di

una ragazza e una bambina isolate in mezzo alla campagna, specie di notte.

L'altra abbassò nuovamente lo sguardo, forse per nascondere l'imbarazzo di dover ammettere che non si sentiva al sicuro. «La casa è molto antica e molto grande, ma noi ne occupiamo solo una parte.»

Da quando moglie e figlio si erano trasferiti a Livorno dopo il divorzio, Gerber viveva da solo in un appartamento enorme e rammentò come ci si sentisse vulnerabili ad addormentarsi ogni sera senza nessuno accanto. Proprio per questo, si domandò come potesse quella ragazza farsi carico di una simile responsabilità.

«In caso di necessità, la signora Vannini è sempre reperibile» provò a rassicurarlo Maja. «Dal paese ci mette pochi minuti a raggiungere la tenuta.»

Era evidente che cercasse di convincere soprattutto se stessa. Ma la situazione non era affatto normale. Che razza di gente erano questi Onegli Catelani? Come potevano permettere che una bambina di dieci anni vivesse da sola in mezzo al nulla con una sconosciuta? si domandò. Ma poi valutò che non intendeva scoprirlo, non erano affari suoi. Prese il cellulare dalla tasca del Burberry per chiamare un taxi.

«Otto minuti» riferì alla ragazza non appena una voce registrata gli comunicò quanto ci avrebbe impiegato ad arrivare la vettura. Gerber sperava che ci mettesse meno, perché temeva che in quel lasso di tempo la giovane tornasse a chiedergli di occuparsi del caso di Eva.

Maja Salo fece un passo verso di lui, la luce di un

lampione le cadeva sui capelli rossi insieme alle goccioline di umidità, formando un'aura brillante attorno al suo viso. « Dottor Gerber, secondo lei ci può essere un motivo diverso dalla schizofrenia? »

« Certo, non si può escludere che Eva abbia creato un amico immaginario perché ha un disperato bisogno di stare con altri bambini. »

« Non mi riferivo a questo » disse la ragazza, fissandolo.

Allora a cosa alludeva? Cosa cercava di fargli credere? Che esistesse qualche altra spiegazione?

« Ad ogni modo, quel bambino immaginario senza nome adesso si sta rivoltando contro di lei » aggiunse Maja Salo, con inaspettata severità. « Non le trasmette un senso di frustrazione tutto questo, dottor Gerber? Eva si fa del male perché non ha altra scelta. »

Il taxi giunse prima del previsto, togliendo Gerber dalla scomoda posizione di doverle rispondere. Lo psicologo si allontanò da Maja per contrattare col tassista il prezzo della corsa fino a San Gimignano. Poi aprì la portiera posteriore per farla salire a bordo. « Dovrebbe essere a casa in quaranta minuti » le annunciò.

Maja evitò di guardarlo. « Grazie, domani mi premurerò di farle riavere i suoi soldi. »

« Scacciare gli amici immaginari non è la mia specialità » affermò, appoggiandosi alla portiera ancora aperta. « Ma domani verrò da voi per dare un'occhiata a Eva. »

La ragazza parve contenta per quella svolta inaspettata, ma subito si adombrò. « Devo avvertirla di una cosa » disse. « All'amico immaginario non piacciono le novità: quando qualcosa non gli va, dopo se la prende con Eva e io le trovo addosso nuovi lividi. »

Sarebbe stato complicato, pensò lo psicologo. Ma la tranquillizzò. « In fondo, anche lui è un bambino » disse con un sorriso. « E i bambini sono la mia specialità. »

Prima che il taxi si avviasse, si accordarono per rivedersi nel pomeriggio del giorno seguente.

Maja si frugò nelle tasche del montgomery blu e ne estrasse la lettera di Eva che aveva provato a consegnargli al termine della sortita allo studio di qualche ora prima. « Anche se non l'ha scritta appositamente per lei, dottor Gerber, penso che si sia guadagnato il diritto di conoscerne il contenuto. »

Gerber dimenticò la bugia con cui Maja aveva provato a convincerlo e accettò in dono la busta stropicciata. Guardò il taxi allontanarsi, sperando di aver fatto la scelta giusta. Prima di incamminarsi nuovamente verso casa, decise di aprire la busta. Si aspettava un disegno o qualche tenera frase sgrammaticata: non era certo la prima lettera di quel tipo che riceveva.

Ma sul foglio trovò scritta un'unica parola. Leggendola, fu come risucchiato indietro nel tempo. La stava aspettando da venticinque anni.

Arimo.

6

Quella parola lo inchiodava come una pesante accusa. Un piccolo indice puntato verso di lui. Il dito di un bambino di cinque anni.

L'assurda coincidenza gli aveva portato via il sonno. Pietro Gerber si era rigirato nel letto per quasi tutta la notte. Anche se razionalmente rifiutava ogni possibile collegamento con il drammatico episodio risalente ai suoi undici anni, il contraccolpo emotivo si era fatto sentire. Erano riemerse le stesse sensazioni provate nell'estate del '97 quando, insieme alla spensieratezza e all'innocenza, era terminata anzitempo la sua infanzia.

Per tutto il resto della giornata, la mente continuò a tornare sulla folle connessione fra il biglietto e il suo passato. Se invece di tanto tempo libero avesse avuto dei pazienti di cui occuparsi, sarebbe stato comunque complicato concentrarsi. Nella sua testa c'erano solo Iscio, Deborah, Ettore, Carletto, Giovannone, Dante. La banda di Porto Ercole. Fatta eccezione per il cugino Iscio, Gerber aveva perso i contatti con gli altri da molto tempo. Che fine avevano fatto? Com'erano cresciuti col peso di ciò che poteva essere successo a Zeno? Soprattutto, ci pensavano ancora o avevano rimosso l'accaduto? E nel caso non fossero riusciti a dimenticare, come aveva influito quell'evento sul resto della loro vita?

A parte quando il clima era umido e si faceva sentire il leggero fastidio per la vecchia frattura alla gamba, Pietro Gerber non aveva motivo di ripensare al piccolo Batigol. Così aveva relegato Zeno Zanussi in un angolo della memoria. E aveva intenzione di lasciarlo lì finché non fosse arrivata anche la propria ora e forse, in punto di morte, avrebbe fatto i conti coi rimorsi.

Invece Maja Salo e una bambina di dieci anni lo avevano costretto ad anticipare quel momento.

Secondo lei ci può essere un motivo diverso dalla schizofrenia?

No, non c'era.

Perciò, verso le tre di quel pomeriggio d'inverno, Pietro Gerber era a bordo del vecchio Defender che il *signor B.* aveva preservato in maniera efficiente fino a lui, e guidava sulla strada per San Gimignano. Mentre attraversava le campagne del Chianti, lasciandosi cullare dal paesaggio collinare, ragionava sullo scherzo del caso di cui era vittima, sentendosi anche un po' stupido: forse avrebbe dovuto liquidare la questione senza sprecare troppo tempo.

Ma, per quanto si sforzasse, non ci riusciva.

Il fatto era che Eva non aveva scritto la lettera per lui, perché Maja l'aveva offerta a tutti i terapeuti a cui si era rivolta e che avevano rifiutato il caso. Un trucco innocente per convincerli, ma nessuno ci era cascato. Nemmeno io, si disse lo psicologo. Ma quante possibilità c'erano che il messaggio su quel foglio lo riguardasse così privatamente? Certo, anche quello poteva essere del tutto accidentale.

Carl Gustav Jung in casi simili parlava di « sincronicità ».

« Il giorno in cui decidi di metterti a dieta è sempre quello in cui qualcuno ti regala una scatola di cioccolatini » diceva sempre il *signor B.* « La vita è piena di giravolte del destino, ma ce ne accorgiamo solo quando siamo costretti a prestarvi attenzione. »

Suo padre e Jung avevano ragione, e del resto indovini e imbonitori avevano compreso da tempo come sfruttare al meglio quel principio ai danni di ignari malcapitati.

Il ragionamento di Pietro Gerber filava che era una bellezza e per un po' lo psicologo riuscì a trarne anche sollievo, ma poi la logica andava a incagliarsi di nuovo in qualcosa che non tornava.

Arimo.

L'ipnotista si domandava come avesse fatto una parola anacronistica che, per quanto ne sapeva, ormai era sparita dal gergo dei più piccoli, a insinuarsi nel vocabolario di una bambina di dieci anni, nata nel nuovo millennio.

C'era qualcosa di strano. Continuava a ripetersi che stava facendo quel viaggio per aiutare Eva. Ma, in realtà, lo faceva anche per incontrare l'amico immaginario di quella bambina.

La grande casa bianca sorgeva fra due morbide colline, in mezzo a uliveti e vigneti. Circondata da cipressi austeri e impettiti come guardie reali, la si poteva scorgere già a qualche chilometro di distanza.

La tenuta Onegli Catelani si estendeva per svariati ettari ed era tagliata in due da un sentiero sterrato. Gerber si fece un'idea di quanto fosse immensa la proprietà calcolando il tempo che il Defender impiegò a raggiungere la residenza del tardo Settecento.

Mentre il sole aveva appena iniziato la sua discesa verso l'orizzonte, il fuoristrada superò un grande cancello nero e, poco dopo, si arrestò nel piazzale in una nuvola di polvere, di fronte a una fontana in pietra serena. Gli ugelli non emettevano più acqua e nella vasca ristagnava una poltiglia verdastra.

Gerber scese dal veicolo e si infilò due dita nel colletto del dolcevita che portava sotto al trench, perché a contatto con la barba ispida gli provocava un leggero prurito. In verità, ogni cosa lo infastidiva. Era nervoso. Intanto si guardava intorno.

Il posto era magnifico ma desolato.

L'intonaco della casa si era staccato in più punti. Erbacce spuntavano dal suolo e le siepi avrebbero richiesto una bella opera di potatura. Accanto alla dimora padronale c'era una cappella gentilizia che non gli sarebbe dispiaciuto visitare, ma notò che la copertura del tetto presentava diverse zone sguarnite per via delle tegole cadute a causa delle intemperie e della mancanza di manutenzione: i cocci si erano accumulati alla base della costruzione e nessuno si era ancora preso la briga di rimuoverli.

Si sentì chiamare e si voltò.

Maja Salo gli veniva incontro. Indossava un vestito di lana grigio che le fasciava i fianchi e le arrivava quasi fino alle ginocchia. « Benvenuto, dottore » lo salutò porgendogli la mano, con quella singolare e gradevole cadenza tra finlandese e fiorentino. Sembrava sinceramente contenta di vederlo.

Gerber ricambiò la stretta, domandandosi se Maja si fosse interrogata su quale abito mettere per il loro incontro. E, simultaneamente, si pentì per aver formulato quel pensiero. « È molto bello qui » commentò, ruotando intorno a sé per distogliere lo sguardo da lei.

« Già, è un vero peccato che nessuno se ne occupi » soggiunse la ragazza, sconfortata. Poi gli indicò la casa. « Venga, la signora Vannini ci preparerà un caffè. »

Attraversarono una serie di salotti, percorrendo lunghi corridoi di cotto antico. Sulle loro teste, soffitti affrescati e stucchi. I mobili d'epoca erano coperti da teli bianchi. Lampadari, quadri, arazzi e specchi erano stati incartati per proteggerli dalla polvere. Sembrava di muoversi in mezzo a un'assemblea di spettri.

« La casa ha più di cinquanta stanze » gli spiegò Maja. « Ma, come le ho già detto, noi ne occupiamo solo qualcuna nell'ala est. »

Negli ampi ambienti silenziosi riecheggiava anche il più piccolo suono. Approssimandosi alla cucina, Gerber udì uno strano scampanellio.

Poco dopo, varcarono la soglia della sala con un

grande tavolo di quercia. L'enorme cappa di un profondo camino incombeva su di loro.

«Sono davvero felice che Maja l'abbia convinta» affermò la signora Vannini, accogliendo Gerber con la mano tesa.

Stringendogliela, si accorse che il tintinnio di poco prima era prodotto da un braccialetto d'argento con piccoli ciondoli a forma di porcospino.

Sui quarantacinque anni, spigliata indole toscana e modi spicci: la donna era anche abbastanza piacente. Capelli legati in una coda, un filo di trucco sugli occhi, camicia bianca, jeans e scarpe da ginnastica: tutto l'opposto di come uno immaginerebbe una governante, considerò Gerber. Adele, ai tempi della villa a Porto Ercole, assomigliava più a una vecchia zia, anche se all'epoca non aveva molti più anni della signora Vannini.

Poco dopo, la governante servì a lui e Maja il caffè appena uscito dalla moka. «Finalmente qualcuno si preoccuperà della salute mentale di quella povera creatura» commentò.

«Non sono ancora sicuro di essere lo specialista più adatto al caso di Eva» precisò lo psicologo, prendendo la tazzina. Non voleva che nascessero entusiasmi prima che avesse conosciuto la bambina. Fino ad allora, era meglio non illudere nessuno.

«La signora Vannini sa bene come stanno le cose» intervenne Maja. «Gliel'ho già spiegato» aggiunse, fulminandola con gli occhi.

«Be', dottore, sarebbe un vero disastro se non dovesse accettare Eva come sua paziente» ribadì in modo diretto l'altra, infischiandosene dei silenziosi rimproveri della ragazza. «Quel povero angelo deve già fare i conti col fatto di vivere praticamente segregata in questa casa che cade a pezzi. E la madre, che è sempre in giro per il mondo a fare chissà cosa, la considera un impiccio.»

«Ti prego...» provò a interromperla Maja.

«No, lasciami dire.» La donna era un fiume in piena. «Lo sa da quanto tempo la contessa Onegli Catelani non vede la figlia?» chiese, con tono di disprezzo.

Gerber non conosceva la risposta, ma era sicuro che presto sarebbe stato messo a parte della scandalosa realtà.

«Sei mesi» disse infatti la Vannini, mostrando il numero con le dita. «La signora non è tornata nemmeno per Natale.» Gesticolava e il tintinnio del braccialetto con i porcospini enfatizzava le sue parole.

«Per favore...» insisté Maja, inutilmente.

«Ho un marito e tre figli maschi e, anche se a volte ho la tentazione di scappare da loro, non mi azzarderei mai ad abbandonarli» proseguì l'altra, imperterrita. «E adesso, come se non bastasse, Eva deve subire le angherie di un amico immaginario.»

Era sinceramente arrabbiata e offesa, notò Gerber. Come Maja, doveva essere molto affezionata alla bambina. Da ciò che lo psicologo aveva capito, la signora Vannini si occupava delle pulizie e dei pasti. Ogni sera tornava nel borgo di San Gimignano, dove risiedeva la sua famiglia.

La governante stava per proseguire la propria invettiva, quando lui vide apparire per un attimo una testolina bionda sulla soglia. Durò un istante ma Gerber indicò con un cenno del capo la porta aperta sul corridoio e si portò rapidamente un dito alle labbra per far segno alla Vannini che forse era il momento di tacere.

Si era domandato dove fosse stata per tutto quel tempo la bambina. Ora lo sapeva.

Posando la tazzina vuota e alzandosi dal tavolo, disse: «Adesso è il caso che mi presentiate Eva».

7

Le diedero il tempo di tornare nella sua stanza. Quando Gerber sentì chiudere la porta al piano di sopra, iniziò a salire le scale insieme a Maja.

« Vorrei stare solo con lei » disse alla ragazza, una volta giunti sulla soglia della cameretta.

L'altra non si oppose. « Come crede, dottore. »

Nei suoi occhi verdi, Gerber poteva intravedere speranza e apprensione. Non avrebbe voluto deludere quello sguardo.

Bussò. Ma poi decise di entrare senza attendere un invito.

L'ultima luce del tramonto si ritirava progressivamente dalla stanza verso la finestra, come una risacca rossa, lasciando il campo alle ombre della sera.

L'arredamento era composto da mobili moderni e del passato. Il letto era a baldacchino e c'era un imponente armadio bianco. Addossato al muro, uno scrittoio a ribalta dell'Ottocento con un computer ricoperto di adesivi di unicorni scintillanti. Le pareti erano rivestite da una carta da parati con allegre margheritine, sicuramente un'aggiunta successiva rispetto all'epoca della dimora. Oltre ai giochi, c'era una mensola con una collezione di peluche.

Eva era seduta su un tappeto persiano, di spalle alla

porta. Le gambe piegate da un lato, come una piccola sirena. Indossava un abitino scuro e delle babbucce di velluto rosso. Lunghi capelli dorati le scendevano sulla schiena. Stava cullando una bambola e canticchiava una ninna nanna.

« Posso? » chiese lo psicologo, sperando che la domanda fosse sufficiente a farla voltare.

Eva invece non si curò di lui.

Gerber non si perse d'animo. Accadeva spesso coi pazienti: non era ritrosia, all'inizio volevano semplicemente valutare se potevano fidarsi. E lui doveva guadagnarsi la loro attenzione. Era giusto così. Nonostante avesse ancora addosso il trench, si sedette a sua volta per terra, a gambe incrociate. Era un po' ridicolo in quella posizione e così sperava di strappare un sorriso alla bambina, una volta che si fosse girata a guardarlo. Ma ancora non avveniva.

« È veramente bella la tua cameretta » si complimentò, per rompere il ghiaccio. « Adesso capisco perché non vuoi mai uscire da questa casa. »

La bambina non commentò, continuando a dedicarsi alla bambola e alla canzoncina.

« Immagino che qualcuno oggi ti abbia avvertita che sarei venuto a trovarti » proseguì.

Eva si limitò ad annuire.

Gerber interpretò quel gesto come un incoraggiamento a continuare. « È stata Maja a parlarti di me? » chiese, sperando di avviare finalmente una conversazione.

La bambina non ebbe alcuna reazione.

«Allora forse la signora Vannini» insisté.

Stavolta Eva scosse debolmente il capo e smise improvvisamente di cantare. Il silenzio calò nella stanza.

Vuol farmi credere che sia stato il suo amichetto invisibile, pensò lo psicologo. È molto astuto da parte tua cercare di mettere subito in chiaro che lui esiste realmente, considerò. Ma Gerber doveva assecondarla con prudenza. «Se mi stavi aspettando, allora saprai anche perché sono qui» affermò, per farle capire che in fondo per lui non contava molto chi le avesse fornito le informazioni.

Aveva deciso di non menzionare l'amico immaginario. Nel caso, avrebbe dovuto chiamarlo in causa lei.

«Non credo ti dispiacerà se mentre chiacchieriamo prendo appunti» affermò, tirando fuori dalla tasca dell'impermeabile un taccuino intonso con la copertina nera e l'inseparabile stilografica.

Stavolta lei si voltò a fissarlo. L'incarnato del volto era chiarissimo, tranne che per le labbra rosse. Ciglia e sopracciglia bionde incorniciavano orbite profonde. Le pupille come imprigionate da una sottile lastra di ghiaccio.

Sembrava una bambina antica.

«Lui non vuole» disse con un filo di voce la creatura lunare.

Gerber era ancora stordito dal suo aspetto e ci mise un secondo a comprendere che si stava riferendo al bambino creato dalla sua immaginazione. Obbedì, posando per terra la penna e il taccuino. « Devo andar via? » domandò, confidando in una risposta negativa.

Eva fece cenno di no con la testa. « Ha detto che puoi restare. »

Visto che era stata lei a tirarlo in ballo, lo psicologo azzardò. « È qui con noi adesso? »

La bambina attese un momento. Poi sollevò un braccio, indicando qualcosa alle spalle di Gerber.

Nonostante sapesse bene che era tutta un'invenzione, lo psicologo si sentì lo stesso a disagio prima di voltarsi a controllare.

C'era una sedia con braccioli appoggiata alla parete, proprio accanto al grande armadio bianco. Era immersa nella penombra. Ed era vuota.

« Sai semplicemente dove si trova oppure puoi vederlo? » chiese, fissando in quella direzione. Maja aveva parlato solo di una voce.

« Lo sento e basta » disse la bambina.

Molto comodo, pensò Gerber, così non deve descriverlo. Distolse lo sguardo, deciso a ignorare la sedia. Tornò a rivolgersi a lei. « Perché tu ci riesci e tutti gli altri no? Te lo sei chiesta? »

« Se non ci credi, lui non parla con te. »

La replica di Eva lo spiazzò: Gerber era sempre colpito dalla capacità manipolatoria dei bambini. « Quando l'hai sentito la prima volta? Te lo ricordi? »

Eva non ebbe bisogno di pensarci troppo. « Un giorno d'estate, ma ero molto più piccola di adesso. »

« Vuoi raccontarmi come è andata? »

« Mi ha rivelato un segreto. »

« Quale segreto? »

« Mi ha detto dove stava la palla che avevo smarrito. La cercavo da giorni. »

Gerber rammentò le parole di Maja riguardo alla sparizione di alcuni suoi effetti personali di scarso valore: una collanina di corallo, un rossetto e una volta anche una scarpa da tennis. « Pensi che lui avesse preso la tua palla? »

La bambina sembrò confermare quell'ipotesi. « È molto dispettoso. »

Gli schizofrenici sono cleptomani, si disse. Le loro false personalità tendono a far sparire e riapparire gli oggetti per dimostrare a tutti che sono reali. « E non hai detto a nessuno di aver conosciuto un nuovo amichetto? »

La bambina scosse il capo. « Perché lui poi se n'è andato. Poi però è tornato altre volte. »

« Intendi altre volte nel corso degli anni? »

Eva gli confermò con un gesto diligente del capo che non si sbagliava.

« Quindi, ogni volta che appariva la sua voce, poi dopo un po' non la sentivi più: ho capito bene? »

« Sì... Ma stavolta dice che vuole restare. »

Eva posò la bambola che stava cullando. In quel frangente, Gerber notò il livido che aveva sul polso. Non era ancora il caso di accennare all'indole aggressiva dell'amico immaginario. Ci sarebbe stato tempo per quello, doveva arrivarci per gradi. « Mi hanno detto che non sai il suo nome. »

« Gliel'ho chiesto, ma forse lui non vuole dirmelo » confermò la bambina.

« Però potresti sempre chiedergli di descriversi » azzardò Gerber, provando ad aggirare il problema.

Eva proiettò lo sguardo oltre le sue spalle. Lo psicologo non si voltò, perché già sapeva che la bambina stava puntando la sedia. Dalla sua espressione si evinceva che si fosse messa in ascolto.

Era come se stesse ricevendo istruzioni da qualcuno, considerò Gerber.

« Non è d'accordo » disse, tornando a rivolgersi a lui. « Dice che si mostrerà solo quando sarà il momento. »

Quale momento? si domandò Gerber. Ma decise di non approfondire.

« Non possiamo nemmeno sapere la sua età? »

Stessa scena di prima, ma stavolta Eva rispose. « Lui non è come gli altri bambini. Lui non cresce mai. » Il commento celava una nota di meraviglia. « Ha sempre cinque anni. »

A Gerber tornò in mente Zeno Zanussi, anche se si era ripromesso di tenerlo fuori da quella conversazione.

Un'altra sincronicità, si disse. Solo una seconda, maledetta coincidenza.

« Volevo ringraziarti per questa » affermò, frugandosi in tasca per estrarre la lettera che aveva ricevuto da Maja.

« *Arimo* » lesse. « Dove hai imparato questa parola? »

La bambina lo squadrò in tralice, come se diffidasse della domanda. « Non ho scritto io la lettera » affermò, convinta.

Gerber non capiva dove volesse arrivare. « Maja però ha detto che gliel'hai data tu... »

« Gliel'ho solo consegnata » si limitò a confermare Eva.

I bambini immaginari non scrivono lettere reali, avrebbe voluto ribattere, esasperato per l'ennesima bugia. Ma doveva stare al gioco: non era lui a dettare le regole, non ancora almeno. Si rimise in tasca la lettera, pensando alla mossa successiva. Però, in quel momento, una domanda irrazionale s'insinuò fra le sue labbra.

« Il tuo amico può dirci com'è vestito? »

Per un attimo, gli era balenata davanti agli occhi la scena di una domenica pomeriggio di luglio. L'ultima volta che aveva visto il giovane Batigol nel giardino della villa a Porto Ercole, con indosso la maglietta coi colori della Fiorentina e sulla schiena il numero nove del suo idolo.

Eva si consultò di nuovo con la presenza sulla sedia. Poi, dopo un tempo che a Gerber sembrò infinito, sentenziò: « Ha detto che non ce l'ha più ».

« Cosa? » chiese lo psicologo, con la voce che tradiva un lieve cedimento.

La bambina alzò le spalle. « Non lo so. Ha detto solo questo. »

Non significava niente, ma Pietro Gerber si rese conto che il suo cuore stava galoppando e che era scosso. Tuttavia, non doveva assolutamente permettere che la sua reazione trasparisse. Sarebbe stato un errore imperdonabile se Eva avesse intuito di avere un simile ascendente su di lui. Così si prese qualche attimo per recuperare la calma.

« Chiedigli se gli va di parlare con me » disse, deciso.

La bambina riferì la proposta. « Sì, lui è d'accordo. »

« Bene » asserì Gerber, rialzandosi dalla scomoda posizione a gambe incrociate. « Domani tornerò qui e faremo un gioco. »

« Che gioco? » Eva era curiosa.

« Ti piacerà » le assicurò l'ipnotista. « Ma per giocare bisogna addormentarsi. »

8

Verso le sette e mezzo di sera, la signora Vannini era già tornata a San Gimignano e Maja aveva insistito per accompagnarlo alla sua auto nella speranza di sapere com'era andata con Eva.

« Ha informato lei la bambina della mia visita di oggi? » chiese Gerber.

« Ovviamente. »

« E le è sembrata sorpresa? »

« Veramente, non si capisce mai cosa le passi per la testa. »

Era d'accordo, ne aveva avuto un assaggio proprio quel pomeriggio.

Quando si congedò, la ragazza rimase sul piazzale a guardare il Defender che si allontanava dalla tenuta Onegli Catelani. Gerber l'aveva scorta nel retrovisore, con le braccia strette in grembo per il freddo e l'espressione tesa. Avrebbe voluto tornare indietro per scaldarla in un abbraccio e tranquillizzarla.

Alle spalle di Maja, la grande casa era buia. L'attendeva un'altra notte da sola con quella strana bambina che sembrava venuta dalla luna.

Gerber non aveva ancora ben compreso il ruolo della ragazza in quella storia e, soprattutto, non afferrava la ragione per cui accettasse di restare lì. Non era una parente e conosceva Eva solo da pochi mesi: non capiva cosa le impedisse di andar via, lasciando il lavoro e quelle incombenze a un'altra *au pair*. Cosa la legava a quel posto e alla bambina?

Secondo lei ci può essere un motivo diverso dalla schizofrenia?

Volutamente, lo psicologo non le aveva rivelato un granché del suo colloquio con Eva; Maja sapeva solo che si sarebbero rivisti il giorno seguente, sempre nel pomeriggio. Gerber avrebbe dovuto accollarsi quel viaggio per chissà quante sedute, ma era convinto che ne valesse la pena, che ci fosse una possibilità. Non poteva ancora escludere una diagnosi di schizofrenia infantile, anche se uno psichiatra sarebbe stato più idoneo a formularla. Tuttavia, forse Maja aveva ragione: i dati che aveva ricavato dopo quel primo incontro facevano auspicare un disturbo generato dall'isolamento forzato, sicuramente più semplice da affrontare con una terapia. Anche se lui non era del tutto sicuro che la ragazza volesse insinuargli un dubbio clinico.

Avrebbe sottoposto Eva a ipnosi, ormai era deciso. E così sarebbe andato a scovare l'origine della sua psicosi.

Ma c'era anche un altro aspetto rilevante legato al caso. Per la prima volta dopo tanto tempo, Gerber nutriva la sensazione di poter essere di nuovo utile. Il pensiero di aiutare quella bambina gli infondeva una speranza anche per se stesso. Forse non era ancora spacciato. Forse sarebbe riuscito a uscire dal buco nero in cui era caduto. Forse poteva considerarlo un nuovo inizio.

Da quanto non si sentiva così?

Era talmente elettrizzato dall'idea di poter fare qualcosa per Eva che non aveva alcuna voglia di tornarsene a casa, trascorrere un'altra serata da solo a farsi torturare da ricordi e rimpianti. Decise di impiegare quell'energia per prepararsi al meglio e preferì recarsi allo studio.

Parcheggiò il fuoristrada sul lungarno e si avviò a piedi verso piazza della Signoria. La campana del Leone di Palazzo Vecchio annunciò le dieci, i rintocchi si sparsero per tutto il centro storico disteso ai piedi della torre dell'Arnolfo, rincorrendosi come bambini nell'eco delle stradine.

Mentre procedeva per le vie semideserte, Pietro Gerber si domandò se l'investigatore con l'orologio da taschino avesse già iniziato a pedinarlo e adesso fosse appostato da qualche parte. Non avrebbe verificato. Temeva di veder spuntare fugacemente Hanna Hall e poi sarebbe stato costretto di nuovo a interrogarsi sulla veridicità di quell'apparizione. Per questo ormai evitava di guardarsi intorno e camminava sempre col capo chino.

A differenza di Eva, lui non era disposto a farsi perseguitare dalle proprie allucinazioni.

Passando da via dei Neri, fu distratto da un profumo invitante che lo costrinse a rallentare l'andatura. Schiacciata all'olio. Entrò in una piccola bottega che proponeva da decenni la leccornia toscana e ne acquistò un bel pezzo farcito di pancetta arrotolata e crema di pecorino.

Con il prezioso pacchettino fumante, si rintanò nella sua mansarda.

Sistemò l'impermeabile sull'attaccapanni e accese il fuoco nel camino. Una bella luce dorata invase l'ambiente che cominciò presto a riscaldarsi. Andò verso la libreria e iniziò a spostare libri e giocattoli sistemati sugli scaffali. Dietro un bambolotto impolverato, che in realtà celava una delle tante microcamere, aveva conservato un calice e una bottiglia di Nobile di Montepulciano del 2009 che gli era stata regalata tanto tempo prima dal nonno di un piccolo paziente. Munitosi di cavatappi, liberò i profumi di quel vino rimasto prigioniero per anni e si sentì prescelto.

Apparecchiò la cena frugale sul tavolino di ciliegio su cui c'era anche il metronomo elettronico con cui induceva lo stato di trance. Accese la radiolina che gli faceva compagnia quando aveva bisogno di concentrarsi o di rilassarsi e la sintonizzò su una stazione che trasmetteva solo musica classica. Riconobbe subito un concerto per pianoforte con musiche di Mendelssohn.

Perfetto, si disse.

Poi, prima di sistemarsi sulla Eames Lounge Chair, andò a recuperare il taccuino nero e la stilografica dal Burberry. Eva non gli aveva permesso di prendere appunti durante il loro scambio preliminare, perciò doveva sbrigarsi ad annotare le proprie deduzioni prima di dimenticarsene. Ma affondando le mani nelle tasche del trench, trovò solo il taccuino nero.

La penna che un tempo apparteneva al *signor B.* era sparita.

Gerber rammentò di averla posata sul pavimento della cameretta di Eva insieme al taccuino, mentre era seduto a gambe incrociate come un indiano. Probabilmente, andando via aveva dimenticato di riprendersela. O forse no... L'ha presa lei, si disse. D'altronde, nella breve chiacchierata, la bambina gli aveva detto espressamente che il suo amico immaginario faceva sparire e riapparire gli oggetti.

È molto dispettoso.

Eva vuole dimostrarmi che lui è reale, probabilmente le prossime volte che andrò da lei escogiterà un modo per farmela ritrovare. A quanto pareva, aveva orchestrato bene la messinscena. Lo psicologo era sinceramente colpito dall'astuzia della bambina.

Si accontentò di una normale penna a sfera, accomodandosi sulla poltrona con il taccuino sulle ginocchia. Mentre scriveva alla luce ambrata del fuoco, cullato dalla musica, ogni tanto dava un morso alla schiacciata riposta sul tavolino accanto, oppure assaporava un po' di vino. Terminato il breve resoconto, riepilogò le note con in mano il calice di Nobile.

Aveva tratto un'importante conclusione dopo la visita di quel pomeriggio.

Il giorno prima, Maja Salo aveva usato una frase precisa per convincerlo a occuparsi del caso: « Una settimana fa, del tutto inaspettatamente, Eva mi ha chiesto di mandare via il suo amichetto perché lei non voleva giocarci più...»

A Gerber, invece, non era sembrato affatto che Eva volesse liberarsi del compagno immaginario. La ragione per cui non era disposta a sbarazzarsene era che l'aveva creato apposta per i propri scopi.

Vuole farci credere che sia lui a ordinarle cosa fare. Invece è lei che si serve dell'amico invisibile per manovrare noi.

In quel singolare rapporto amicale, la bambina non rappresentava assolutamente l'elemento passivo. Lo psicologo era sicuro che lei cercasse di convincere tutti di essere una vittima per poter proseguire indisturbata la propria opera mistificatrice. Ma il movente di tale comportamento non era impensierire chi le stava intorno: Eva non era sadica, la sua ricompensa non era l'ansia di Maja o della signora Vannini per il suo stato di salute.

Il suo scopo è tipicamente infantile: Eva vuole solo ricevere attenzione.

Gerber era convinto che, attraverso le persone che le stavano vicino, la bambina stesse cercando di trasmettere un messaggio alla madre lontana.

Agorafobia.

Lo psicologo aveva sposato in pieno la tesi della governante. La signora Vannini aveva detto chiaramente che la contessa Beatrice Onegli Catelani considerava un impiccio la figlia, per questo non tornava quasi mai in quella casa. Il disturbo di Eva, in fondo, le faceva comodo: le madri che non volevano essere giudicate per il proprio disinteresse, o per il disamore, tendevano a rimuovere i figli dalla propria vita e a nasconderli agli altri.

Così la bambina che nessuno doveva vedere aveva creato un bambino invisibile, si disse Gerber.

Dice che si mostrerà solo quando sarà il momento.

Lui, invece, era convinto di riuscire già a vederlo.

Eva È il bambino e il bambino È Eva.

Non doveva dimenticare questo semplice assunto. Invece, durante il colloquio, un paio di volte c'era mancato poco che si convincesse che nella cameretta insieme a loro fosse presente anche il fantasma di Zeno Zanussi.

Tempi di reazione.

Erano stati quelli a ingannarlo. Ogni volta che Eva si rivolgeva alla sedia vuota per ottenere istruzioni, l'intervallo silenzioso necessario a ottenere una risposta appariva « congruo », come se ci fosse realmente un dialogo in corso.

La farsa era perfetta, pensò Gerber. Era stato sconcertante.

Ma si diede nuovamente dello stupido, domandandosi perché l'idea irrazionale di essere in presenza di un fenomeno paranormale avesse quasi prevalso, facendolo tentennare anche solo per un breve momento.

Eva ha modellato il suo amico immaginario appositamente per me, concluse Gerber.

C'era un'unica spiegazione per le sincronicità riscontrate nella recita della bambina. La parola «Arimo» nella lettera. I cinque anni d'età del piccolo protagonista. Il vago riferimento alla maglietta della Fiorentina che Zeno amava indossare.

Ha detto che non ce l'ha più.

Lo psicologo ne dedusse che Eva fosse a conoscenza della storia del piccolo Batigol e che si fosse servita ad arte di quei dettagli. Non doveva farsi fuorviare dalla sua giovane età: dieci anni erano sufficienti a escogitare un simile inganno. Nella sua professione, aveva conosciuto bambini capaci di ordire piani ben più diabolici ai danni degli adulti.

Leonardo, di soli sei anni, era così possessivo nei confronti della madre che l'aveva convinta che il padre lo picchiasse di nascosto. Per far allontanare i genitori, si era procurato perfino degli ematomi.

Magari non era detto che Eva fosse così scaltra, considerò Gerber. Semplicemente, era probabile che ignorasse l'impatto emotivo che alcuni particolari della storia di Zeno avrebbero avuto su di lui. Forse voleva solo fare colpo, apparire credibile ai suoi occhi. L'effetto disturbante che aveva ottenuto poteva essere del tutto involontario.

Lo psicologo aveva notato il computer con gli adesivi degli unicorni scintillanti poggiato sullo scrittoio della cameretta. Niente di più facile che Eva fosse andata a caccia di informazioni su internet. E, infatti, la rivelazione più rilevante sulla vita privata dell'addormentatore di bambini presente in rete era legata a un evento di quando aveva undici anni.

Sì, è così che è andata, si convinse Pietro Gerber.

Mollò il taccuino con gli appunti, si alzò dalla poltrona e andò a prendere l'iPad custodito in un cassetto della libreria. In piedi accanto al mobile, si mise a spulciare online i vecchi archivi di cronaca locale.

Ai titolisti del quotidiano *La Nazione* erano sempre piaciuti i toni enfatici e le frasi a effetto, anche se poi non trovavano riscontro nel racconto sottostante. E strilli come « C'è un mostro a Porto Ercole? » e « Chi ha preso il piccolo Batigol? » erano sicuramente in grado di catturare l'attenzione di una bambina.

Ma come ha fatto Eva a trovare un collegamento col mio nome? si chiese Gerber.

Gli articoli non menzionavano né lui né gli altri componenti della banda di Porto Ercole: poiché all'epoca dei fatti erano ancora tutti minorenni, la loro identità non poteva essere rivelata. Ma non gli ci volle molto per imbattersi proprio in ciò che sperava di trovare.

Un'intervista rilasciata da Pietro Zanussi in occasione del decimo anniversario della sparizione del fratello minore.

In quella ricorrenza, si era svolta una strana cerimonia al cimitero delle Porte Sante che aveva attirato l'attenzione della stampa. La mamma di Zeno aveva invitato amici e conoscenti a deporre in un piccolo baule qualcosa che ricordasse il figlio: un oggetto, una lettera, una fotografia. Poi la cassa era stata tumulata nella tomba di famiglia, con tanto di lapide col nome del bambino.

Anche Gerber c'era andato insieme al *signor B.*, aveva ventun anni all'epoca.

Il giorno dopo, avevano scoperto che Pietro Zanussi aveva approfittato di quella circostanza per sfogarsi con un giornalista e fare i nomi di coloro che erano stati testimoni dell'accaduto e che ormai erano « abbastanza grandi per assumersi pubblicamente le proprie responsabilità ». A parte l'acredine che trasudava dalle sue parole nei confronti degli amici più grandi di Zeno che, a suo dire, « avrebbero dovuto vigilare su di lui », c'era un riferimento alla famosa maglia numero nove della Fiorentina da cui derivava il soprannome del fratellino. E, anche se non era presente la parola « Arimo », non mancava un macabro accenno al gioco dei ceri.

Eva doveva aver letto proprio quell'articolo.

« Pietro Zanussi... » ripeté a bassa voce Gerber. Non lo biasimava per il fatto che ce l'avesse con loro. Quell'estate maledetta, Deborah aveva voluto includere Zeno nella banda nonostante avesse appena cinque anni, ma solo perché il fratello maggiore li aveva abbandonati per aggregarsi al gruppo degli adolescenti. Deborah aveva una cotta per Pietro Zanussi, si disse Gerber. Lo sapevano tutti. E portando Zeno nella banda sperava di tenere il fratello legato a sé. Si erano dati soltanto un bacio, ed era stato il primo per entrambi. Ma quel momento era stato cancellato per sempre da ciò che era successo in seguito.

Chissà come sarebbero andate le cose fra Deborah e Pietro Zanussi se il piccolo Batigol non fosse sparito nel nulla.

Gerber evitò di avventurarsi in congetture fantasiose che avrebbero procurato solo altri rimorsi. Nonostante l'ultimo pensiero lo avesse rattristato, poteva ritenersi soddisfatto: richiuse l'iPad con la convinzione di aver appena smascherato l'amico immaginario di Eva. Aveva nutrito qualche dubbio, doveva ammetterlo, ma solo perché la vicenda del compagno scomparso lo toccava ancora nel profondo. Il *signor B.* ripeteva spesso che la mente vede ciò che la mente vuole vedere. E sentire, aggiunse lui.

Se non ci credi, lui non parla con te.

La frase di Eva adesso aveva un senso.

Era da poco passata mezzanotte e Pietro Gerber era felicemente esausto. L'indomani avrebbe dovuto trovare un modo gentile per entrare con l'ipnosi nella psiche di quella bambina, per aiutarla a liberarsi della bugia che lei stessa aveva creato intorno a sé e che aveva finito per intrappolarla. E aveva il dovere di aiutarla perché, se tutto il resto era un'invenzione, il livido che aveva notato sul polso della bambina era reale. E se Eva era disposta a farsi perfino del male per avvalorare la propria storia, allora era in grave pericolo.

In quel momento, l'ipnotista pensò che era stata una buona idea venire allo studio invece di tornare a casa. In fondo, era stata sufficiente una sola serata per rimettere il caso in carreggiata, restituendogli razionalità e depurandolo da sciocche superstizioni. La stanchezza che provava era pienamente meritata. Aveva dato un senso alla propria giornata e adesso aveva solo voglia di tornarsene nel suo appartamento e recuperare parte del sonno perso la notte precedente per colpa della lettera di Eva. Nel frattempo, sulla stazione radio, Mendelssohn aveva lasciato il posto a Erik Satie e alla dolcezza della sua *Gymnopédie No.1*. Prima di spegnere il fuoco nel camino, Gerber volle attendere la fine della musica e si versò ancora un paio di dita di vino per premiarsi per l'ottimo lavoro svolto quella sera. Se l'era meritato.

Mentre sollevava il bicchiere per bere, udì qualcuno fischiare.

Si immobilizzò. Il primo pensiero fu istintivo, una sorta di riflesso automatico legato alla memoria dell'infanzia.

L'omino di cera mi sta cercando.

Scacciò via quell'idea insensata, però andò subito a spegnere la radio. Il silenzio improvviso peggiorò la sua inquietudine. Il suono era stato rapidissimo ma era durato quel tanto che bastava a creargli agitazione. Fece ciò che fanno tutti quando un fatto insolito, apparentemente innocuo, s'inserisce inaspettatamente in un contesto consuetudinario: attese che si ripetesse. Ma non accadde.

Siccome il fischio non poteva che essere venuto dall'ingresso della mansarda, appena recuperò un po' di lucidità Gerber posò il calice che aveva in mano e si affacciò nel corridoio buio. Si sentiva sciocco, eppure era convinto di non averlo immaginato. Prese coraggio. La sala d'attesa distava appena una dozzina di passi, che lui percorse alla cieca, con l'orecchio teso per cogliere qualsiasi altro rumore. Quando giunse a destinazione, vide che le poltroncine erano vuote. Ma la stanzetta era inondata dal lieve bagliore lunare che proveniva dal lucernaio della tromba delle scale.

La porta dello studio era semplicemente accostata.

Gerber non si domandò il perché, decise solo di richiuderla con forza, in modo da mandare un messaggio all'oscurità che lo circondava.

Ma qualcosa la bloccava.

Abbassò lo sguardo: c'era un oggetto sul pavimento. Si chinò per prenderlo. Quando lo riconobbe, tutte le sue certezze crollarono.

La sua stilografica brillava, beffarda, alla luce della luna.

9

Il pomeriggio seguente Pietro Gerber si presentò alla tenuta Onegli Catelani con un pacchetto infiocchettato.

Insieme al caffè, stavolta la signora Vannini servì anche una crostata di visciole fatta con le sue mani. Mancava la fetta che aveva portato a Eva per merenda.

« Le ho messo nel piatto anche le vitamine » disse la governante. « Quella peste trova sempre un modo per non prenderle: spero che lo faccia, se no stavolta mi sente » disse, agitando la mano col braccialetto con i porcospini che stavolta emanò un tintinnio minaccioso.

In attesa di incontrare la bambina, Gerber si trattenne ancora una volta con Maja Salo, seduto al solito tavolo di quercia della grande cucina. La ragazza quel giorno portava un maglione a collo alto, si era legata i capelli rossi e aveva aggiunto un filo di matita intorno agli occhi per farli risaltare. In altre circostanze, si sarebbe chiesto se quell'accorgimento fosse un modo per farsi notare da lui, ma quel giorno non riusciva a sentirsi lusingato.

Conversarono del più e del meno, degli studi universitari, della tesi su Cimabue e, in generale, delle differenze nello stile di vita fra la Toscana e la Finlandia. Tra una faccenda e l'altra, anche la signora Vannini si inseriva, lamentandosi dei tre figli maschi che non volevano saperne della scuola.

Per quella mezz'ora di chiacchiere, Gerber si sforzò di apparire rilassato, ma la sua mente era altrove. Continuava a ripetersi che la notte prima non era accaduto assolutamente nulla. Che la penna rinvenuta sulla soglia dello studio gli era semplicemente caduta dalla tasca dell'impermeabile quando aveva preso le chiavi per aprire. Che il fischio che aveva preannunciato il ritrovamento della stilografica era stato solo un semplice acufene oppure un'interferenza nella trasmissione radio del concerto di musica classica.

Ma chissà perché, malgrado le giustificazioni fossero convincenti, non riuscivano a placare la sua ansia.

Prima che il sole cominciasse a tramontare, si congedò dalle due donne per salire nella stanza di Eva con il regalo.

Voleva capire cosa stesse accadendo in quella casa. L'unico modo era fingere che non stesse accadendo nulla.

La trovò seduta allo scrittoio a ribalta, davanti al computer acceso. Sullo schermo di quel modello superato riconobbe *Super Mario*, ma si trattava di una vecchia versione del videogioco.

« Ciao, Eva » la salutò, sfilandosi l'impermeabile e appoggiandolo sul bracciolo della sedia su cui il giorno prima lei fingeva che ci fosse il bambino immaginario.

Eva indossava lo stesso abitino scuro e le babbucce di velluto rosso ed era molto presa.

« Ciao » disse a malapena, senza voltarsi.

« Mi ci divertivo anch'io da piccolo, sai? » disse, nel tentativo di incuriosirla. « Ero anche bravino » aggiunse. « Se vuoi, dopo potremmo provare a scaricare l'ultimo aggiornamento. »

« Internet non funziona » dichiarò Eva.

Non è vero, le rispose Gerber col pensiero. Altrimenti non avresti potuto trovare le notizie su di me. Ma lo psicologo era ammirato per la coerenza con cui la bambina sosteneva la propria recita, riuscendo anche a non contraddirsi.

Fino ad ora, si disse, perché era sicuro che, prima o poi, sarebbe inciampata.

« Ti ho portato una cosa » annunciò, mostrandole il pacco col fiocco.

Eva mise in pausa il gioco e finalmente si girò a guardarlo. Ha il gelo negli occhi, pensò Gerber.

La piccola paziente si alzò dallo scrittoio e gli andò incontro. Prese il regalo con entrambe le mani, lo esaminò e, senza nemmeno ringraziare, andò a posizionarsi sul tappeto per scartare il pacco. Lo psicologo la osservò estrarre dalla scatola una palla di cristallo.

« Ti piace? »

La bambina sollevò la sfera piena d'acqua, per osservarla meglio. Dentro c'era una casa, le finestre erano piccoli specchi in cui si rifletteva il volto di chi guardava all'interno e, capovolgendola, iniziava a nevicare.

« Sai chi ha inventato questa meraviglia? » le domandò, andando ad accovacciarsi accanto a lei. « Si chiamava Erwin Perzy e più di un secolo fa, a Vienna, cercando di migliorare la luminosità di una lampada per le sale operatorie degli ospedali, ebbe l'idea di mettere all'interno acqua mista a pezzettini di vari materiali che potessero riflettere la luce. L'invenzione non funzionò, ma Perzy si accorse che dentro alle sfere sembrava nevicasse. Così iniziò ad aggiungere paesaggi in miniatura. »

Eva seguì attentamente il racconto. Gerber non poteva dire se ne fosse anche affascinata. Con gli altri pazienti funzionava, ma l'espressione della bambina era sempre indecifrabile.

Poi lei si alzò dal tappeto e andò verso la mensola dei peluche. Mettendosi in punta di piedi, sistemò la palla con la neve davanti ai pupazzi.

Lo psicologo non confidava di averla conquistata con quel dono, sperava almeno di aver scalfito la sua diffidenza.

« Adesso faremo il gioco in cui dobbiamo addormentarci? » chiese la piccola.

Gerber confermò: « Proprio così ». Quindi la invitò a stendersi sul letto a baldacchino, mettendosi supina.

Eva si attenne alle istruzioni. Posò la testa sul cuscino e i capelli dorati si sparsero intorno a lei, come un'aureola. « Io non sono stanca » lo avvertì.

« Lo so » rispose, prendendole le mani e riunendogliele in grembo. « Non avrai proprio... sonno » le spiegò. « Sarà una cosa diversa, vedrai. Ti sembrerà di essere leggera come una piuma. »

« E sognerò? » domandò, finalmente incuriosita.

« Credo proprio di sì » le assicurò, speranzoso.

Poi Eva corrugò la fronte. « Non devo aver paura, vero? »

« Non ti lascerò mai sola » le promise. « Ora, però, chiudi gli occhi: li riaprirai quando te lo dirò io, va bene? »

Obbedì.

« Adesso vorrei che respirassi insieme a me » le disse, posandole una mano sul torace per insegnarle la cadenza.

Quando fu in grado di proseguire da sola senza perdere il ritmo, l'ipnotista si allontanò da lei per recarsi alla mensola con la palla di cristallo. Facendone ruotare la base, azionò un carillon.

Cominciò una musica malinconica. *Slavonic Dances Op.72, No.2 in E minor* di Antonín Dvořák.

Gerber si preparò, recuperando il taccuino nero e la stilografica dal trench, poi andò a sedersi sul letto, accanto a lei. Il meccanismo a corda iniziò a esaurire la carica, il motivetto a rallentare. Prima che terminasse del tutto, Eva era già caduta in trance.

« Come ti chiami? »

« Eva » rispose l'altra, con calma.

« Quanti anni hai? »

« Dieci. »

« Cos'hai mangiato oggi per merenda? »

« Crostata di visciole. »

« E ti è piaciuta? »

« Sì, molto. »

« E hai preso le vitamine che la signora Vannini ti ha lasciato nel piatto? »

« Sono amare, le ho buttate nel gabinetto » confessò la bambina.

Le domande preliminari servivano a Gerber per testare la sincerità della paziente ed era un buon segno che non avesse mentito. Prese nota sul taccuino e poi azzardò: « Sei stata tu a prendere la collanina di corallo, il rossetto e la scarpa da tennis di Maja? »

Eva si prese del tempo prima di rispondere. Lo psicologo la fissava con la stilografica in bilico sul taccuino.

« Sì. »

L'ipnotista fu tentato dal tirare un sospiro di sollievo: la farsa di cui anche lui era stato vittima, oltre che testimone, stava per sgretolarsi. Ma la semplice ammissione non bastava. « Perché l'hai fatto? »

« È stato *lui* a dirmi di rubare quelle cose. »

La frase smorzò la speranza iniziale di Gerber. A quanto pareva, Eva aveva realmente sviluppato una seconda personalità. Altrimenti, non ne sarebbe emersa traccia sotto ipnosi. Tornava a essere fortemente probabile una qualche forma di schizofrenia. Provò a ignorare l'ultima risposta. « Da dove vengono i lividi che hai sulle gambe e sulle braccia? »

Un'altra pausa. « Lui si arrabbia sempre quando non voglio fare le cose che mi chiede. »

L'autolesionismo era l'aspetto peggiore di ciò che

stava capitando a Eva, l'altra personalità era già diventata dominante. « Chi è lui? » provò a chiedere nuovamente lo psicologo, poiché durante il loro primo incontro l'interrogativo era rimasto inevaso.

Stavolta la bambina ignorò totalmente la domanda. « Lui dice che io sono la sua unica amica. »

« Cosa vuole da te? » l'assecondò Gerber, sperando di comprendere le ragioni che l'avevano spinta a evocare la personalità di un bambino che le faceva del male.

« Non vuole qualcosa da me » disse. « Lui vuole solo che qualcuno gli creda. »

Se non ci credi, lui non parla con te.

Aveva detto proprio così Eva la volta precedente.

« Credere a cosa? » Lo psicologo voleva vedere dove l'avrebbe condotto la paziente.

Sul volto della bambina apparve una leggera smorfia. Eva inclinò un poco il capo come se stesse cercando di carpire bene le parole di qualcuno. « Nessuno sa che lui è qui » disse. « Ed è rimasto solo per tanto, *taaaanto* tempo. »

Ancora una volta, Gerber si accorse che gli intervalli intercorsi tra le frasi dell'amico misterioso e il resoconto di Eva erano perfetti, come se realmente lei stesse ascoltando e riferendo. L'ipnotista prese una decisione. « Vorrei domandargli una cosa, ma vorrei anche che da adesso tu ripetessi esattamente le sue parole. »

« Lui dice che va bene » disse la bambina. « Cosa vuoi chiedergli? »

« Di raccontarmi la sua storia. »

10

Mi ricordo il vento. Il vento me lo ricordo. E anche il sole.

Mi ricordo il vento che entra dal finestrino aperto. L'aria è calda ma mi piace. Non mi ricordo come mi chiamo, smettetela di chiederlo.

Io non lo so più.

Anche tutto il resto sta andando via, perciò mi devo sbrigare a raccontare questa storia prima che sparisce. Non so se le cose che ricordo sono importanti. A volte sono solo *cose*. Sono piccole e le prendo al volo prima che scappano via, come i moscerini. Ma io le dirò lo stesso.

Allora... Il vento che entra dal finestrino aperto profuma di mare. Ma anche di pini, di origano, di erba tagliata, di benzina, di crema solare, di bomboloni fritti, di grigliata di pesce. Vorrei mettere la testa fuori, come fanno i cani, ma so che non si fa, è pericoloso. E allora me ne sto buono buono. Siccome ho i pantaloncini, la pelle delle gambe si appiccica al sedile, allora tengo le mani infilate sotto le cosce sudate, i piedi che penzolano. Per una volta, sto seduto davanti. Non dovrei, non sono abbastanza alto. Ma forse sono grande abbastanza.

Il vento mi spettina. I miei capelli sono troppo lunghi. Mamma ripete ogni giorno che doveva portarmi dal barbiere prima di partire per il mare e che adesso è troppo tardi e dovrò tenerli così fino a settembre. A volte mamma dice che vorrebbe tagliarmeli lei, ma non mi fido. Una volta l'ha fatto con mio fratello, che è più grande di me. Poi sembrava che qualcuno gli avesse messo in testa un gatto morto.

La macchina è blu.

Non è una bella macchina. Sembra un cassonetto. Per prima cosa, fa tanto fumo. E il cruscotto trema tutto, dal rumore che fa non si riesce a sentire nemmeno la radio. Adesso c'è una canzone che mettono sempre anche in spiaggia. È allegra e, di solito, la ballano tutti.

...Beeella, come una mattiiina, d'acqua cristalliiina...

Babbo la canta sempre a mamma, ma non si ricorda tutte le parole e allora poi se la cava con un *la-la-la*. Mia mamma profuma di sapone di Marsiglia. Il mio babbo di schiuma da barba. Mio fratello grande puzza. Anche il signore che ora guida questa macchina blu non ha un buon odore. So che non dovrei dirlo, che non è gentile. Ma non mi piacciono i suoi denti. Sono gialli. E, come ho già detto, puzza di sigaretta. Ne fuma una dietro l'altra. E non si lava abbastanza. Porta una canotta grigia, piena di patacche. Ed è larghissima, invece lui è pelle e ossa. Le sue braccia sono piene di ponfi. Forse sono state le zanzare, o i tafani. Ogni tanto si gratta la testa. Ha le unghie sporche.

Non so dove tiene il cucciolo che mi vuole regalare.

Pensavo che il posto era più vicino, che ci si arrivava a piedi. Per questo l'ho seguito. Ma quando ha aperto lo sportello della macchina, non sapevo che fare. Però magari adesso dovrei dirgli che deve riportarmi indietro, i miei amici mi staranno sicuramente aspettando, dobbiamo finire il nostro gioco.

Però poi penso alla meraviglia quando mi vedranno tornare con il cucciolo. E sono anche sicuro che il babbo me lo farà tenere. Me l'ha promesso quest'inverno. Poi però è sempre troppo occupato col lavoro e così non siamo mai andati al canile a sceglierlo.

Arriviamo davanti a un cancello con sopra una scritta arrugginita. C-a-m-p-i-n-g. La A si è quasi staccata e la G è finita a testa in giù. Non so che significa questa parola. Il signore scende dalla macchina blu e va ad aprire. Entriamo con la macchina, lui scende di nuovo per chiudere, poi si rimette a guidare. Percorriamo una stradina piena di erbacce, sono alte più di me e graffiano la macchina.

«Dove siamo?» gli domando, perché questo non sembra un canile.

Lui non mi risponde.

«Siamo arrivati?»

«Sta' buonino, va bene?» mi rimprovera, mentre guida e sta attento alle buche.

Parcheggiamo in mezzo a un cerchio di roulotte senza ruote, sollevate su dei blocchetti di cemento.

Da una di queste, spunta fuori una signora coi capelli gialli e spinosi, tenuti insieme da una molletta con un fiore rosso finto. Anche lei è magrissima e porta una canotta bianca larga, abbastanza sporca. Sotto ha solo le mutandine rosa. Cammina a piedi scalzi, le sue spalle e il collo sono pieni di tatuaggi. Parla e fuma una sigaretta.

« E adesso chi cazzo è questo? »

La signora coi tatuaggi sta parlando di me anche se non mi guarda ed è molto arrabbiata col signore coi ponfi di zanzara sulle braccia.

« Calmati » le dice lui, scendendo dalla macchina blu. Invece io rimango al mio posto e li osservo dal vetro del parabrezza.

« Cos'è, un'altra delle tue idee geniali? » lo aggredisce quella, mi punta addosso il dito e sputa fumo come un drago.

« Non fare la stronza, adesso ti spiego tutto. »

Forse la signora non vuole dare via il suo cucciolo. La capisco, anch'io non lo farei al posto suo.

Mi hanno detto di aspettare dentro la roulotte, in una camera da letto che sembra una scatoletta. C'è un disordine *« spaziale! »*, come dice il babbo quando entra nella stanza mia e di mio fratello. È tutto sottosopra. Le lenzuola e i cuscini sono ammucchiati come se qualcuno ha fatto la lotta. Sul pavimento è pieno d'immondizia. Mozziconi di sigaretta, lattine di birra accartocciate oppure rovesciate sulla moquette macchiata. Accanto a un calzino bucato ci sono un laccio giallo di gomma come quello delle fionde, una siringa con l'ago, un cucchiaio storto, un accendino e un pezzo di stagnola bruciata.

Mentre mi guardo intorno, sento il signore e la signora che fuori continuano a litigare. Le loro voci entrano nella roulotte ma hanno un suono buffo, come quando uno parla dentro un barattolo. In realtà, litiga solo lei e lui prova a spiegarsi. Mi ricordano nonna e nonno. Solo che questi due dicono un sacco di parolacce. Penso che la signora coi tatuaggi e il signore coi ponfi sono sposati. Anche se da dove mi trovo non posso vederli, provo a capire perché litigano tanto.

« Mi spieghi che ti è saltato in quella tua testa di merda? »

« Stavo andando in giro in macchina in cerca di qualcosa da rivendere per tirare su qualche soldo... Ho pensato: 'è domenica pomeriggio e fa caldo, o stanno tutti al mare oppure stanno tutti dormendo, magari posso infilarmi in una casa, tanto non se ne accorge nessuno'... Così sono arrivato per caso in questo posto di ville con piscina e ho pensato che sicuramente lì ci abitava gente ricca. Passando davanti alle case senza scendere dalla macchina, guardavo nei giardini ma, a parte roba da spiaggia o qualche tosaerba, non c'era niente per cui valeva la pena di rischiare. E poi non avevo considerato che molti di questi maledetti hanno un cane da guardia... Stavo mollando il colpo, quando da una siepe mi spunta davanti questo bambino. »

« Fammi capire, pensavi di rivendere un bambino? »

« Mi sono detto che lo portavo un po' in giro in macchina con me, gli compravo un bel gelato. Intanto i genitori sicuramente si preoccupavano perché non lo trovavano più e poi, verso sera, io glielo riportavo a casa sano e salvo e magari, per ringraziarmi, mi scucivano una bella mancia. »

Io non ho avuto nessun gelato, penso. Intanto, la signora coi tatuaggi si arrabbia ancora di più.

« Che cazzo di piano sarebbe? »

« Ho previsto tutto: racconterò ai suoi che si era perso e io l'ho aiutato » prova a calmarla il marito.

« E non hai riflettuto sul fatto che invece quello stronzetto gli dirà la verità? » continua a sbraitare la moglie.

Lui non risponde. Mi sa che a questo non c'ha pensato.

« E poi come ti è venuto in mente di portarlo qui? »

« Stavo finendo la benzina » sento che dice lui, con la stessa voce moscia di mio fratello quando fa una cosa da scemo. Secondo me, si sta anche guardando i piedi.

« Riportalo subito indietro, prima che se ne accorgono e chiamano gli sbirri! »

« Allora forse è meglio se prima vado in giro a controllare, non voglio farmi beccare col moccioso in macchina. »

Stavolta la signora coi tatuaggi è d'accordo. « Sì, ma fai presto. »

« Va bene, ma prima mi devo fare: sento che mi sta per arrivare la scimmia... »

Ehi, io voglio un cane: non si è mai parlato di cuccioli di scimmia!

Poco dopo, sbircio fuori da un oblò e vedo che si dividono una siringa con dentro una qualche medicina. Secondo me hanno il diabete, come nonna. Si stendono per terra, chiudono gli occhi e sorridono. Ora sembrano felici.

Poi il signore coi ponfi se ne va. Io resto solo con la signora coi tatuaggi. Le chiedo un bicchiere d'acqua perché ho tanta sete e lei me lo dà prendendo l'acqua da una tanica di plastica, poi mi ordina di starmene buono buono sulla panchetta che sta in quella specie di soggiorno con la cucina e il gabinetto. Lei va a stendersi sul letto e si addormenta a pancia sotto e inizia a russare.

Non so perché, ma non mi hanno mai chiesto come mi chiamo. Nemmeno io conosco ancora i loro nomi. So soltanto che il signore coi ponfi di zanzara sulle braccia è della Fiorentina come me. È stata la prima cosa che mi ha detto quando ci siamo incontrati. Comincio a pensare che la faccenda del cucciolo è tutta una palla. Forse dovrei tornare a casa. Ma al momento mi sto solo annoiando. Non so che fare, nella roulotte senza ruote non c'è nemmeno la televisione.

Senza accorgermene, anch'io mi addormento su quella scomoda panchetta.

Quando mi sveglio, è già buio. Per un istante non mi ricordo dove mi trovo. È stato il motore della macchina a svegliarmi. Il marito dev'essere tornato e la moglie gli è andata incontro. Mi metto in ginocchio sulla panchetta per guardare fuori dall'oblò, li sbircio attraverso le stecche della tenda.

« Avevi ragione, in giro è pieno di sbirri » dice il signore coi ponfi. Sembra molto preoccupato.

« Cazzo! Cazzo! » dice lei. « Te l'avevo detto di non fare cazzate! »

« 'Fanculo! 'Fanculo! » Lui tira un calcio alla macchina blu, ma tanto è già un rottame.

« Che situazione di merda... » La signora coi tatuaggi si accende una sigaretta.

Il signore coi ponfi cammina avanti e indietro, si gratta la testa e piagnucola come un bambino. « E adesso come facciamo? »

Lei lo blocca, gli prende la faccia fra le mani e lo costringe a fissarla negli occhi. « Te lo dico io che facciamo: lo stronzetto resta qui. »

Il marito sbuffa, guarda in alto. « Sì, va bene: e poi? »

La moglie non risponde subito. « E poi si vedrà... » gli dice con voce calma.

Non posso restare qui, penso io. Non ho nemmeno il pigiama.

« Che vuoi dire? »

La signora con i tatuaggi fa un sorrisetto. « Che forse non era una cattiva idea chiedere dei soldi... Aspettiamo qualche giorno, vediamo come si mettono le cose e poi magari facciamo una telefonata... »

Il signore coi ponfi si sta tranquillizzando, ma ancora non è calmissimo. « E se vengono a cercarlo qui? »

La signora coi tatuaggi lo fissa di nuovo. « E chi ti ha detto che lo troveranno? »

La punta della stilografica di Gerber rimase sospesa sulla pagina del taccuino nero, in attesa del resto. Il racconto di Eva si era interrotto di colpo.

« E poi cos'è successo? » la incoraggiò a proseguire.

Il respiro della paziente si fece agitato. Mugugnò qualcosa, infastidita. « Oggi non ne ho più voglia, sono stanco » disse poi, continuando a interpretare la parte del bambino.

L'ipnotista decise che, in effetti, come prima seduta poteva anche bastare. Richiuse la penna nel taccuino degli appunti, si alzò dal letto a baldacchino e tornò verso la mensola con la palla di cristallo che aveva regalato a Eva. Riavviò il carillon: la casa in miniatura con le finestre a specchio riprese vita insieme alle note di Dvořák.

« Quando la musica finirà, riaprirai gli occhi. »

Rimase a fissare la bambina che riemergeva dallo stato di trance. Nell'attesa, ripensò a ciò che aveva sentito.

Dove ha trovato questa storia? si chiese. L'ha letta da qualche parte, non c'è dubbio. O forse era un film che aveva visto, e la fervida fantasia di Eva aveva rielaborato la trama. Gerber avrebbe dovuto controllare.

Erano emersi altri punti in comune con gli avvenimenti che avevano riguardato Zeno Zanussi. La domenica pomeriggio d'estate. L'agglomerato di ville che ricordava tanto Porto Ercole. Il gioco con gli amichetti. Un fratello maggiore. Il tifo per la Fiorentina.

Non mi ricordo come mi chiamo, smettetela di chiederlo. Io non lo so più.

Era verosimile l'idea che anche il suo compagno d'infanzia potesse essere stato adescato con un trucco come quello del cucciolo e fosse finito nelle mani di qualche balordo drogato.

Per questo la storia dell'amico immaginario di Eva gli appariva tremendamente reale.

Una di quelle banali vicende che poi diventano oscuri fatti di cronaca nera. E rimangono per decenni senza una risposta. Anche se la verità, spesso, è molto più ordinaria di quanto si immagini.

L'uomo coi ponfi di zanzara. La signora con i tatuaggi.

Il *signor B.* diceva sempre che bisogna avere più paura degli stupidi che dei mostri, perché non sanno di essere pericolosi.

La musica terminò, Eva spalancò gli occhi.

« Sono tornata » annunciò, come se avesse fatto un lungo viaggio.

Gerber le appoggiò una mano sulla spalla perché

lei voleva già rialzarsi. «Aspetta, non ancora» si raccomandò. «Ricordi dove sei stata?»

La bambina ci pensò un momento. «In campeggio» rispose. E non aggiunse altro.

«Va bene, sei stata molto brava» si complimentò, versandole un bicchiere d'acqua da una brocca che stava sul comodino. L'aiutò a mettersi seduta e glielo porse.

«Grazie, avevo molto caldo e molta sete» affermò la bambina, dopo aver bevuto.

«Tornerò domani e continueremo questo gioco, d'accordo?» Nel chiederglielo, sperò che Eva non notasse il suo turbamento. In realtà, non aveva alcuna voglia di tornare.

Eva stava per rispondergli, ma poi si voltò di scatto verso un punto alle spalle dell'ipnotista, che se ne accorse. Sta guardando di nuovo la sedia coi braccioli accanto all'armadio bianco, pensò.

«Lui dice che è stato bello parlare con te, dottor Gerber. E che, se vuoi, domani lo rifacciamo.»

«Certo» asserì lo psicologo, assecondandola, mentre prendeva il trench e metteva via il taccuino nero e la stilografica.

«Hai ritrovato la tua bella penna» disse con tono sorpreso la bambina.

Gerber si girò verso di lei. Eva lo fissava coi suoi occhi inerti.

«Come sai che l'avevo smarrita?»

Lei non rispose.

11

« Dottor Gerber. »

Era quasi giunto al Defender, quando si sentì chiamare da Maja Salo. Gli stava venendo incontro e intanto s'infilava una manica del cardigan, forse preoccupata che lui potesse andarsene prima che lei riuscisse a parlargli.

Il sole era tramontato quasi del tutto e i capelli della ragazza sembravano attirare gli ultimi raggi arancioni.

« Se per caso non avesse altri impegni e ne avesse voglia, potrebbe fermarsi qui per cena » disse.

Lo psicologo non si aspettava l'invito.

Lei si accorse della sua sorpresa e, forse temendo di essere sembrata troppo audace, aggiunse: « La signora Vannini ha preparato un'ottima torta coi becchi, è anche troppa roba solo per me ed Eva ».

« Non permetterei mai che avanzasse dell'ottima torta coi becchi » dichiarò lui solennemente, togliendola dall'imbarazzo.

Maja sembrò contenta. « Allora è deciso. » Si strinse nel cardigan e tornò verso la casa buia. Per un attimo, a Gerber parve di riconoscere anche l'ombra di un sorriso.

La ragazza si occupò prima di Eva: le portò la cena

in camera e poi rimase con lei finché non si fu addormentata.

Gerber attese seduto al tavolo di quercia sotto il grande camino. Come ogni giorno, la governante era tornata dalla sua famiglia prima che il sole calasse e quindi lui non aveva nemmeno qualcuno con cui chiacchierare. La torta coi becchi riposava sotto un canovaccio ed emanava un profumo invitante. Lo psicologo aveva compreso che, insieme alle stanze da letto di Maja e della bambina, la cucina era il solo ambiente dell'immensa magione a essere utilizzato.

Il resto della casa rimaneva immerso nella polvere. E nel silenzio.

Come se non bastasse stare lontani da tutto e da tutti, Eva viveva praticamente reclusa nella cameretta. Solo che, al posto delle sbarre, c'era un'improbabile carta da parati con le margheritine.

Hai ritrovato la tua bella penna.

Come aveva fatto a sapere dello smarrimento della stilografica? Aveva tirato a indovinare? Lo psicologo ripensò al fischio che aveva udito nello studio. No, non è possibile, si disse.

Trascorsa quasi un'ora, riconobbe i passi che scendevano le scale. Poco dopo, la ragazza finlandese apparve sulla soglia.

« Mi spiace averla fatta aspettare così tanto » si scusò Maja. « Stasera Eva non riusciva proprio a prendere sonno. »

« Non fa niente. » Gerber avrebbe voluto spiegarle che l'insonnia era un effetto collaterale dell'ipnosi.

Ma poi si astenne, perché era anche la prova che la terapia stava funzionando e lui non riusciva ancora a comprendere il senso della storia che la bambina gli aveva raccontato mentre era in trance.

La ragazza non si accorse del suo smarrimento. Quasi saltellando per la stanza, recuperò un paio di calici da una credenza e agguantò una bottiglia di rosso già aperta e custodita assurdamente in frigo. Gerber non commentò il sacrilegio, poiché Maja gli si parò davanti con gli occhi che brillavano.

«Venga con me» gli disse, piazzandogli in mano vino e bicchieri per prendere la torta salata.

Erano seduti sui gradini di pietra all'esterno della casa, incuranti della temperatura e sotto una grande luna bianca che rendeva inutile qualsiasi altro tipo d'illuminazione. In mezzo a loro, ciò che rimaneva della cena che avevano consumato senza posate, servendosi dalla teglia con le mani.

«La signora Vannini insiste a insegnarmi alcune delle sue ricette, ma è inutile: non riuscirò mai a riprodurre una cosa tanto buona» affermò la ragazza, con la bocca piena.

Gerber ripensò alla torta coi becchi di Adele, la governante di Porto Ercole. «Farina, zucchero, tuorli d'uovo e burro per la frolla. E per il ripieno: bietole, pinoli, uvetta, pane raffermo, un pizzico di cannella e, senza rivelarlo mai a nessuno, anche un po' di rum.» Incredibile: rammentava ancora la ricetta.

« E il nome 'becchi' deriva dal bordo sollevato » e indicò, sopra le loro teste, il cornicione che girava tutt'intorno al tetto della casa, così che Maja potesse coglierne la somiglianza.

Lei sembrava sinceramente ammirata. « La sapresti rifare? »

« Ho trascorso un'intera estate con una gamba ingessata. Visto che mi annoiavo a morte, una persona che mi voleva molto bene mi ha insegnato a cucinare. »

La ragazza scosse il capo, divertita. Davanti a loro, in fondo al paesaggio collinare, brillavano le luci di San Gimignano.

Maja prese il calice e, reggendolo con entrambe le mani, bevve un sorso di rosso guardando il paese all'orizzonte. Gerber si accorse che si era incupita.

« Non sai quante volte ho pensato di andarmene da questa casa » confessò.

Infatti, lui si era chiesto perché ancora non l'avesse fatto. La decisione di isolarsi in un'enorme dimora vuota insieme a una bambina problematica non era facile da comprendere. Chi poteva realmente vivere così?

« Però ho quasi terminato d'inviare via mail la mia tesi all'università. Manca solo l'ultima parte, poi dovrò ripartire per Helsinki » aggiunse, come a voler giustificare perché non l'avesse ancora fatto.

La spiegazione non riuscì a fugare del tutto i dubbi dello psicologo. « Se hai l'impressione di abbandonare Eva, non è così » la incoraggiò, per capire cosa la frenasse. « L'hanno già fatto i genitori, specie sua madre. »

« Del padre non so praticamente nulla, la figlia non ne parla mai ed è come se non esistesse » disse lei, sviando l'argomento. « E la madre mi ha assunto per telefono. »

« Non ha voluto incontrarti? »

L'altra scosse il capo. « Non l'ho mai vista. »

L'ipnotista era incredulo, ma poi fece rapidamente i conti: la signora Vannini aveva detto che la donna non era tornata nemmeno per Natale e Maja era arrivata in Toscana per scrivere la tesi tre mesi prima. Avrebbe dovuto arrivarci da solo, come poteva essergli sfuggito un calcolo così semplice?

« Quindi non sai che tipo è Beatrice Onegli Catelani... »

« Quando ho bisogno di parlare con lei, le mando un sms. Poi Beatrice mi richiama con comodo. » E aggiunse: « A volte, anche parecchi giorni dopo ».

So cosa significa crescere senza una figura materna, pensò lo psicologo. Anche se il paragone reggeva soltanto in parte, visto che sua madre era morta prima di potersi occupare realmente di lui. Ad ogni modo, non era stato d'aiuto avere vicino un padre vedovo come il *signor B.*, incapace di grandi slanci d'affetto ma anche semplicemente di superare il proprio lutto. Un uomo triste che si aggirava per casa, così lo vedeva suo figlio.

« Ti riferisci a Beatrice chiamandola per nome » aveva notato Gerber. « Perciò pensavo foste abbastanza intime. »

« Mi ha detto lei di farlo. In realtà, è molto aperta,

espansiva. Diversa dalle altre datrici di lavoro, che di solito con me erano abbastanza snob. »

« Mi pare invece che la signora Vannini abbia una pessima opinione della madre di Eva » affermò Gerber, ricordando lo sfogo della donna appena si erano conosciuti.

Maja scosse le spalle. « E nomina il padre di Eva solo per insultarlo. »

« Sai da quanto tempo è in servizio? »

« No, ma ogni tanto mi parla dei bei tempi andati, quando lei dirigeva un'intera servitù e la casa era sempre piena di ospiti. Pare che gli Onegli Catelani usassero la dimora soprattutto d'estate e che qui si tenessero feste incredibili che duravano giorni, con gente che arrivava da mezzo mondo. »

« Dieci anni fa, tutto questo è cambiato » scommise Gerber, pensando all'età della bambina.

Calò un breve silenzio.

« Secondo te, Eva sente veramente la voce del suo amico immaginario? » L'interrogativo della ragazza era più che legittimo.

« Se è schizofrenica, la sente eccome » le confermò. « Però è ancora presto per una diagnosi. Tuttavia, per corroborare la storia, Eva ha acquisito una certa abilità a mentire. »

« Che intendi? »

« Per esempio, ho il sospetto che sia andata in rete per cercare informazioni su di me, ma oggi si è casualmente lamentata che internet qui non funziona.

Poco fa, invece, tu mi hai detto che stai inviando la tua tesi via mail.»

«In effetti, internet va un po' a rilento» disse Maja, come per giustificare la bambina. «Ma, come dici tu, non cambia molto: Eva in effetti ti ha mentito.»

Gerber era contento di avere un'alleata. Solitamente, le persone più vicine ai bugiardi cronici tendevano a negare l'evidenza.

La ragazza posò il proprio calice sul gradino, sfiorandogli la mano. Lui si voltò istintivamente a guardarla.

«Sei stato molto bravo con Eva oggi» disse, senza distogliere gli occhi dai suoi. «Mentre poco fa l'aiutavo a prepararsi, non faceva altro che parlarmi di te.»

Gerber avrebbe voluto confermarle che era vero, e che era stato «bravo» con Eva. Ma tornò semplicemente a perdersi in qualcosa che lo angustiava.

Hai ritrovato la tua bella penna.

Per quanto fosse sicuro che Eva fosse brava a mentire, la storia della stilografica aveva comunque seminato un dubbio dentro di lui.

Gerber rammentò quando Maja gli aveva chiesto se, alla base del comportamento della bambina, potesse esserci un motivo diverso dalla schizofrenia. Non gli era piaciuto il tono di quella domanda, come se lei volesse suggerire che esistesse una ragione che sfuggiva alla loro comprensione.

«Che succede?» chiese la ragazza, riportandolo a sé. «Ho detto qualcosa che non va?»

Avrebbe voluto confessarle che forse non si sentiva

in grado di aiutare Eva perché, prima Hanna Hall e poi l'Affabulatore, si erano portati via le sue certezze oltre che interi pezzi della sua vita. Così lui aveva già perso moglie e figlio e poi tutto il resto. Adesso era rimasto ben poco e nutriva il timore di non avere abbastanza da offrire. Forse il vecchio Pietro Gerber sarebbe stato all'altezza di quel compito, ma si intravedeva appena un'ombra dell'addormentatore di bambini nell'uomo sciatto che era diventato.

«A Firenze si narra una leggenda che riguarda l'artista su cui stai svolgendo la tua tesi di laurea» disse. «Un giorno Cimabue incontrò un pastorello che disegnava una pecora su una roccia. Decise di diventare il suo maestro perché aveva scorto in lui un talento che gli altri ancora non riuscivano a vedere.»

«Non conoscevo questa storia» affermò Maja. «Cosa c'entra con Eva?»

«I bambini possiedono doti misteriose» disse. «Ma a volte i loro non sono doni, bensì maledizioni. Un grande maestro sa individuare i primi. Uno psicologo infantile dovrebbe saper distinguere le seconde e io non so se sono ancora capace.»

«Nessuno lo è finché non prova» lo consolò la ragazza. «Come puoi essere certo che Cimabue avesse ragione?»

Gerber la fissò, stranito. «Perché quel pastorello era Giotto.»

La scoperta la spiazzò, e lui ebbe l'impressione che Maja non sapesse che Cimabue era stato il maestro di Giotto. Com'era possibile?

Probabilmente lei scorse la diffidenza nei suoi occhi, perché si ritrasse. Bastò il breve silenzio che seguì per spezzare l'incantesimo che si era creato fra loro.

Gerber si rimise in piedi. «Devo andare» annunciò, prendendo il proprio bicchiere e offrendosi di aiutarla a sparecchiare i gradini.

«Lascia stare» lo frenò. «Rimetto a posto dopo.»

Sembrava un po' delusa dall'epilogo di quella specie di picnic sotto la luna. Ma lui non era dell'umore giusto per scoprire se fosse solo una sua impressione.

Si avviarono insieme verso la macchina. Il fiato si condensava nell'aria. Nessuno dei due proferì parola. Ma quando arrivarono nei pressi del fuoristrada, Maja gli pose una domanda.

«Come si impara?»

«A fare cosa?» chiese distrattamente, aprendo lo sportello.

«A ipnotizzare i bambini.»

Rifletté sulla risposta più adatta. «Me l'ha insegnato mio padre.»

«Immaginavo che anche tu, come Giotto, avessi avuto un buon maestro» disse per sdrammatizzare l'equivoco di poco prima.

«Non ho dubbi che, se non fosse morto, i bambini preferirebbero ancora lui... Nel mio studio c'è solo una sedia a dondolo, nel suo aveva ricreato il *Libro della giungla* con la cartapesta. Io mi servo di un metronomo per indurre lo stato di trance, lui usava un vecchio disco con la canzone *Lo stretto indispensabile*. Per questo i piccoli pazienti lo chiamavano *signor B.*»

« Come l'orso Baloo » dedusse subito Maja.

E Gerber fu contento di aver condiviso il ricordo con lei, ricevendo in dono quella luminosa risata. Almeno la serata si era conclusa in modo degno.

Salì a bordo del Defender e mise in moto.

Lei rimase ancora qualche istante accanto allo sportello aperto. « Oggi però non hai usato un metronomo. Eva mi ha detto che per addormentarla ti sei servito della palla con la neve che le hai regalato. »

« Dentro c'è un carillon » le spiegò Gerber.

Ma non le disse che, nella casa in miniatura con le finestre a specchio, oltre alla musichetta era custodita anche una microcamera che avrebbe registrato ciò che avveniva in sua assenza in quella stanza.

12

Verso le sedici del giorno dopo, Pietro Gerber era a bordo del Defender, in viaggio per San Gimignano.

Ogni tanto gettava un'occhiata al sedile accanto, su cui aveva appoggiato lo smartphone. Sulla strada che si inerpicava fra le colline del Chianti il segnale era assente e, saltuariamente, lo psicologo sfiorava il display aspettando di veder apparire le tacche necessarie per effettuare una chiamata.

Accanto al cellulare c'era un piccolo libro antico con la copertina color porpora e le pagine ingiallite.

Prima di partire per la tenuta Onegli Catelani, Gerber aveva trovato il tempo per passare dalla Libreria antiquaria Gonnelli, in via Ricasoli, fondata nel 1875. Era uno dei posti in cui adorava rifugiarsi in certe giornate di pioggia, aggirandosi insieme ad altri sconosciuti che, come lui, amavano quei luoghi di Firenze dove si poteva ancora godere di alcuni segreti piaceri. L'odore della carta e della colla, il silenzio perfetto interrotto solo dal fruscio delle pagine e dai passi degli avventori, il messaggio custodito da parole preziose serbate per secoli.

Nella bottega aveva acquistato un raro e antico volume su Cimabue. Era per Maja, per ringraziarla della serata trascorsa sotto la luna, a mangiare torta coi becchi e a chiacchierare. E per farsi perdonare la gaffe d'aver insinuato che lei non sapesse che l'artista era il maestro di Giotto.

Ma non era ancora convinto che alla fine glielo avrebbe dato. La verità era che, a parte quella svista, qualcosa lo frenava. Le motivazioni che trattenevano Maja in quella casa gli erano ancora poco chiare. Inoltre, non voleva che quel dono fosse frainteso. Però l'aveva pensata. Non accadeva da tanto che Gerber si lasciasse distrarre dal pensiero di una donna.

Finalmente, lo smartphone si agganciò alla cella di un ripetitore e sullo schermo apparve una tacca per telefonare. Continuando a guidare, Gerber si rivolse all'assistente virtuale presente nel dispositivo e dettò il numero da chiamare. Quindi, inserita la funzione vivavoce, rimase in attesa che qualcuno rispondesse.

« Mi aveva detto di essere un tipo paziente » lo apostrofò subito Calindri. « Non sono passati nemmeno due giorni, non ho novità da riferirle sulla P.D.I. » Poi chiarì: « Persona da individuare ».

Aveva dimenticato che l'uomo era un amante degli acronimi. « Non sto chiamando per Hanna Hall » lo frenò. « Non volevo nemmeno disturbarla, ma ho bisogno di sapere una cosa. »

« Dica pure... » lo invitò l'investigatore privato a cui aveva affidato il compito di pedinarlo.

« Due sere fa sono rientrato a Firenze verso le dieci di sera, ma invece di recarmi a casa sono andato nel mio studio. Mi chiedevo se, per caso, lei fosse lì. »

Rammentava di avergli detto di iniziare a sorvegliare il palazzo.

« Non sapevo che lavorasse anche di notte » rispose l'altro, piccato.

Perciò era un no, si disse Gerber. « Va bene lo stesso, il mio era solo un tentativo » affermò. Aveva considerato che magari, con un colpo di fortuna, avrebbe potuto individuare chi era venuto a riportargli la stilografica.

« Che succede, dottore? » s'informò l'uomo, preoccupato.

Non avrebbe voluto parlarne, ma poi pensò che l'investigatore meritasse almeno una spiegazione. « Forse qualcuno si è introdotto nello studio. »

« Le hanno rubato qualcosa? »

« Credo che lo scopo fosse intimorirmi » asserì. O farmi dubitare della mia salute mentale, aggiunse fra sé ripensando al fischio che aveva anticipato il ritrovamento.

« E lei era lì quando è successo? »

« Sì » confermò.

Lo sentì mugugnare. « Cos'ha pensato di fare se dovesse accadere di nuovo? »

« Nulla » disse Gerber, ed era sincero.

« Possiede qualche S.D.A.? »

« S.D.A.? »

« Sistema difensivo autonomo... Insomma, ha un'arma? »

« No » rispose, irritato. Non ne aveva mai avuto bisogno.

« Di solito, la gente ritiene di potersi proteggere da sé ma, per esperienza, posso solo dirle che avere una pistola non è una soluzione. »

« Non ci avevo neanche pensato » ribadì, un po' seccato dalla predica.

« Meglio così. »

Gerber non si era mai sentito in pericolo. Non c'era motivo. Adesso, però, quello gli aveva instillato un nuovo timore.

« Comunque, terrò gli occhi aperti » gli assicurò Calindri prima di riattaccare.

Gerber scosse il capo, sbuffò e tornò a concentrarsi sulla guida. Dal parabrezza poteva già scorgere la grande casa. Gli parve di notare una figura appostata nel piazzale, vicino alla fontana spenta. Non poteva esserne certo, ma sembrava Maja Salo e stava guardando proprio in direzione del fuoristrada, come se attendesse il suo arrivo.

Avrebbe voluto credere che la ragazza fosse impaziente d'incontrarlo, ma considerò più probabile che, in sua assenza, fosse accaduto qualcosa.

« Stavolta non ce l'ho fatta a trattenermi. » Maja Salo era visibilmente contrariata, oltre che scossa. « Giuro che la maggior parte del tempo riesco a essere comprensiva, mi sforzo sempre di giustificare. Ma, dopo stanotte, non credo di poter reggere ancora questa situazione. »

Gerber non capiva a cosa si riferisse.

«Ho dovuto rimproverarla» proseguì l'altra. «Non la sgrido mai, però è difficile quando continua a negare perfino l'evidenza.»

Si riferiva a Eva, era ovvio.

«E ho paura! Sì, ho paura!» ammise, con rabbia. «Quella bambina mi fa paura: ecco, l'ho detto! Sono terrorizzata da lei ma non riesco ad abbandonarla. Si può essere più stupidi di così?»

Nel tentativo di calmarla, lo psicologo provò a prenderle le mani. Maja si mordeva il labbro e sembrava sul punto di mettersi a piangere. «Adesso mi racconterai tutto per bene, d'accordo? E poi decideremo insieme come comportarci.»

La ragazza lo fissò con occhi liquidi, quindi annuì. Gli credeva. «Vieni, ti faccio vedere...» disse, trascinandolo verso la casa.

I frammenti della palla con la neve erano ammucchiati all'interno di una paletta di metallo, pronti per essere gettati tra i rifiuti. La signora Vannini li aveva spazzati via dal pavimento della cameretta di Eva, ma Maja le aveva detto di non buttarli via subito. Voleva mostrare a Gerber la prova di quanto era successo.

«Mi ha detto che è *caduta* dalla mensola» spiegò la ragazza. «È lampante che sia stata scagliata per terra.»

Gerber osservava i pezzi di vetro che brillavano anche all'interno di quel buio sgabuzzino che stava accanto al locale della cucina. Solo la casa in miniatura con le finestre a specchio aveva resistito all'impatto. Ma, senza l'acqua e la neve finta, appariva spettrale.

Intanto Maja proseguì. «La cosa più grave però è

un'altra: quando ho chiesto a Eva come potesse essere capitato, mi ha risposto con la solita aria innocente che lei non c'entrava nulla. Se mi avesse parlato di un incidente, la questione si sarebbe chiusa lì. Ma pretendeva che credessi che la palla era caduta da sola.»

Lo psicologo era sorpreso. «Non ha dato la colpa all'amico immaginario?» Sarebbe stata la cosa più semplice e anche la più logica, dal punto di vista di Eva. Se hai a disposizione un bambino invisibile, perché non approfittarne?

«No» ribadì la ragazza. «Non ha neanche accennato a lui.»

«Mi è sembrato di capire che è successo stanotte» asserì Gerber, che voleva qualche dettaglio in più circa la dinamica degli eventi.

«Saranno state le tre» calcolò Maja. «Stavo dormendo nella mia stanza che sta proprio di fronte alla cameretta di Eva, il rumore mi ha svegliata. Mi sono precipitata da lei e l'ho trovata seduta sul letto che indicava qualcosa davanti a sé, nell'oscurità. Ho acceso la luce e ho visto la palla rotta per terra in mezzo a tutti i peluche.»

Lo psicologo si figurò la scena. «Perciò, Eva sostiene che anche lei stava dormendo quando è successo.»

La ragazza glielo confermò con un cenno del capo, ancora turbata.

Molto astuto, pensò Gerber. Adesso aveva un senso anche che la bambina non avesse additato il dispettoso amichetto. Non nominandolo, in pratica Eva voleva che fossero loro stavolta a chiamarlo in causa.

Non volete credermi, allora vi costringerò a farlo. La logica non faceva una piega.

« Ora posso gettare via quei vetri prima che qualcuno si tagli? » chiese la signora Vannini alle loro spalle. Anche lei sembrava piuttosto irritata. « Quella piccola bugiarda meriterebbe una bella punizione. »

Gerber non era convinto che punirla sarebbe servito a qualcosa. Forse sarebbe stato più utile costringerla a confrontarsi con la verità. Per questo si chinò su ciò che rimaneva della palla con la neve e, fingendo di controllare ancora qualcosa, sfilò la minuscola memory card custodita nella base col carillon.

Conteneva la registrazione di quanto era successo.

Avrebbe guardato il filmato quella sera stessa.

« Ora è il caso che vada da Eva » annunciò.

« Sei in ritardo » gli fece notare subito la bambina, col solito tono serioso.

Non sorride mai, pensò Pietro Gerber. « Scusami » disse, chiudendosi alle spalle la porta della cameretta.

Nonostante fosse pomeriggio inoltrato, Eva indossava ancora il pigiama e il letto era disfatto. Conseguenze di una giornata scombinata, rifletté lo psicologo. Notò lo spazio vuoto sulla mensola, dove invece erano tornati al proprio posto i peluche. Ma non avrebbe menzionato l'incidente, soprattutto per non darle modo di mentire anche a lui. « Ti piacerebbe se rifacessimo il gioco di ieri? » le domandò.

Come sempre, la bambina si voltò verso la sedia

coi braccioli in cerca di una risposta. « Lui dice che va bene » gli comunicò. « Ma come farò a dormire senza quella bella musichetta? »

Il riferimento al carillon era una chiara provocazione, ma Gerber non sarebbe cascato nella trappola. Non mi costringerai a parlare di stanotte, si disse. « Per fortuna, porto sempre con me un aggeggio » affermò, estraendo dalla tasca del trench un astuccio poco più grande di una scatola di fiammiferi. Lo aprì e iniziò a comporre uno strano marchingegno, con al centro un piccolo ago.

La bambina osservava l'operazione, incuriosita.

« È un metronomo » le rivelò alla fine. Quindi le diede una dimostrazione: con un lieve colpo del polpastrello, la lancia iniziò a oscillare e si riprodusse un battito sincopato. « Può andare più lento o più veloce » spiegò, fissando un ritmo di 60 bpm.

« Non credo che quel coso mi farà venire sonno » dichiarò, scettica.

È ciò che mi dicono tutti, considerò Gerber. Almeno in questo, Eva non si differenziava dai coetanei.

Cinque minuti dopo, la bambina era già caduta in trance.

« Puoi sentirmi? » cominciò l'ipnotista.

« Sì » rispose lei.

« Ti va di finire la storia di ieri? » chiese all'amichetto immaginario.

Il racconto era rimasto in sospeso nel momento in cui i due balordi, resisi conto di aver commesso un grave sbaglio, pensavano di poter ancora ribaltare la situazione a loro favore, ricavando un profitto dal sequestro improvvisato. Ma, soprattutto, la donna coi tatuaggi aveva lasciato intuire al proprio complice che, se gli sbirri fossero andati a cercare il piccolo ostaggio, non lo avrebbero trovato.

Sulla larvata minaccia, Eva aveva smesso di parlare.

In quell'istante, la bambina pronunciò alcune parole sottovoce. Gerber fu costretto ad avvicinarsi alle sue labbra per capire. « Puoi ripetere, per favore? »

« Devo fare silenzio, se no quei due mi troveranno... »

13

Sono nascosto da non so quanto nell'erba alta, fra due cabine che stanno accanto a una piscina vuota. Le mattonelle della piscina sono saltate via e adesso si vede il cemento e in mezzo alle crepe ci crescono le ortiche. Chissà com'era qui prima, quando ancora ci venivano le persone a fare il bagno.

Questo posto è molto grande e molto abbandonato.

Il signore con i ponfi di zanzara sulle braccia e la signora coi tatuaggi mi stanno cercando. Ogni tanto chiamano il mio nome. Ma non mi fido.

« Dai, vieni fuori: giuro che non ti faccio niente » promette lui. Però tiene sempre in mano un paio di forbici.

Sono qui con loro da meno di un giorno e non mi piace. Gli ho domandato quando mi riporteranno a casa mia e mi hanno detto che ci tornerò presto. Però devo fare il bambino obbediente. Io lo so che significa fare il bambino obbediente. Significa solo che i grandi danno gli ordini. È una scusa del cavolo per comandare. Allora dovrei fare anche tutto quello che dice mio fratello. Non mi sta bene, perché a casa io sono l'ultimo arrivato. Perché non posso dare ordini anch'io a qualcuno? Per questo volevo un cucciolo. Almeno ci sarebbe stato qualcuno più piccolo di me.

« Dove ti sei cacciato? Facciamo la pace, d'accordo? »

Non ci casco. Lo so che cosa mi vuoi fare. Vi ho sentiti parlare stamattina. Pensavate che dormivo invece ero sveglio.

Ho passato la notte sulla panchetta, nella roulotte senza ruote. Faceva un caldo *mi-ci-dia-le!* Non riuscivo a dormire, mi giravo e mi rigiravo e un paio di volte stavo per finire col sedere per terra. E per la puzza non si respirava. Puzza di piedi e di ascelle pelose. Puzza di birra e di piscio vecchio. Ogni tanto, anche puzza di scoregge. Non mi ricordo più quando mi sono addormentato e nemmeno quanto tempo ho dormito. Però poi, a un certo punto, il giorno ha cominciato a entrarmi nelle fessure degli occhi. Stavo per aprirli ma poi ho sentito la moglie che diceva una cosa al marito.

« Cazzo, a quest'ora avranno già diffuso la foto del moccioso. »

« Quel piccolo figlio di troia ci farà scoprire se non facciamo qualcosa. »

Vorrei dirgli che la mia mamma non è *quella cosa lì*. Non mi piace quando qualcuno la insulta. Una volta ho fatto pure a botte con un mio compagno di scuola che aveva chiamato mamma in un modo che non mi piaceva.

« Dobbiamo resistere solo fino a stasera... »

Non so cosa succederà stasera. Forse finalmente mi riportano a casa. E penso che stanno aspettando che il sole tramonta, perché così farà meno caldo.

« Ho io un'idea » dice la signora coi tatuaggi. Va ad aprire un cassetto e torna con qualcosa che poi consegna al signore coi ponfi di zanzara.

Sbircio e vedo che gli ha dato delle forbici.

« Intanto possiamo provare a renderlo irriconoscibile. »

« Bella pensata » dice lui. « Glieli faccio a zero. »

Come ho già detto, mamma voleva portarmi dal barbiere prima di partire per il mare, ma poi non abbiamo fatto in tempo. È vero, i capelli sono un po' lunghi, ma il pensiero che mi ritroverò con la testa rapata come mio fratello grande quando ha preso i pidocchi a scuola mi fa scattare in piedi in un istante.

È stato allora che sono scappato dalla roulotte e ho cominciato a correre. Ed è da allora che quei due mi danno la caccia. Ma non riusciranno mai a trovarmi in questo nascondiglio. L'importante è non fare rumore. Mi scappa la pipì.

Mi sento acchiappare per il colletto della maglietta e poi mi sento tirare su, i piedi non toccano più per terra, sto volando.

« L'ho trovato! » esulta il signore coi ponfi, sollevandomi. « Ho preso questo figlio di troia! »

« Lasciami stare e lascia stare la mia mamma! » Scalcio, graffio e mordo.

« Stai buonino » mi dice quello, provando a tenermi fermo. Ma non ci riesce. « Stai buonino, ho detto. »

Arriva anche la signora coi tatuaggi.

« Tienilo fermo! Prendigli le gambe! »

Ma anche in due non ce la fanno. Sono tutto sudato e gli scivolo dalle mani. Sembro un'anguilla.

« Ahia! » urla a un certo punto il signore coi ponfi. « Vaffanculo! » grida, lasciandomi andare.

Cado per terra e prendo una botta così forte che, per un po', non riesco a respirare.

La signora coi tatuaggi si mette a ridere. « Sei proprio un grullo » dice, ma non ce l'ha con me.

Per acchiapparmi, il signore coi ponfi si era messo le forbici in tasca. Adesso gli esce sangue da una coscia, la macchia si allarga sui suoi bermuda di jeans. Si è fatto male da solo.

« Che cazzo ridi? »

Ma lei continua a sbellicarsi e lo prende anche in giro. « Ti sei fatto fregare da un bambino. »

Lui si tiene la gamba ferita con le mani e si lamenta. Poi afferra le forbici sporche di sangue e le lancia lontano, nell'erba alta.

« Ecco, bravo: così adesso ha proprio vinto lui. » La signora coi tatuaggi ride ancora più forte, non riesce a fermarsi più.

Allora il signore coi ponfi si volta verso di lei, la guarda con una faccia cattivissima, una faccia che non dimenticherò mai, e le molla un cazzotto sulla bocca.

La signora coi tatuaggi smette di ridere. Si porta le mani alla bocca. Le sanguinano i denti. Lo guarda storto e, a bassa voce, dice una bestemmia. Mi ha detto mio fratello che se dici una bestemmia poi devi recitare subito cento *padrenostri* se no ti toccano cent'anni di purgatorio, che non sarà l'inferno, ma non è nemmeno il paradiso.

Il signore coi ponfi mi guarda. «Andiamo» dice, digrignando i denti come i cani da guardia dietro i cancelli chiusi.

Decido di fare come dice. Tanto, senza le forbici, i capelli non può più tagliarmeli.

Mi riportano nella roulotte. La signora coi tatuaggi benda la ferita sulla coscia del marito con un paio di stracci e il nastro adesivo per i pacchi. Ogni tanto sputa un po' di sangue. Ancora non si parlano, non si sono dati nemmeno un bacio, però sembra che hanno fatto pace.

Ieri abbiamo pranzato con dei panini. A cena c'erano i corn flakes, ma invece del latte io ci ho messo dentro l'acqua, loro la birra. Adesso è quasi mezzogiorno e ho di nuovo fame, non ho nemmeno fatto colazione. Quando glielo faccio notare, la signora coi tatuaggi dice al signore coi ponfi di zanzara di andare a fare la spesa, perché nella roulotte non è rimasto niente da mangiare. Prima di uscire, lui si mette una specie di giacca militare, anche se fa caldissimo e sotto suda. Quando torna dal supermercato ha preso solo il tonno, ha infilato scatolette in tutte le tasche della giacca militare. Strano, quando vado col babbo a fare la spesa al supermercato, la cassiera ci dà sempre un sacchetto.

Ha preso anche il latte. Ma la signora coi tatuaggi mi dice che potrò averlo solo stasera, prima di andare a letto.

« Quanto ce ne devo mettere? »

« Non lo so. »

È arrivata l'ora di dormire, hanno riempito un bicchiere di latte e adesso stanno decidendo insieme quanto zucchero metterci dentro. Vorrei dire al signore coi ponfi di zanzara di mettercelo tutto, se no il latte non sa di niente. Ma loro hanno una bustina sola. Non è come quelle che si trovano nei bar. È di plastica ed è trasparente. E lo zucchero è un po' marrone. Forse è di canna.

« Sei sicura che funziona? Se poi si sente male? »

Non mi farà male. A casa ne mangio *moooolto* di più.

« Guarda quant'è piccolo, quella dose basterebbe per un cavallo. »

« Ma poi non ne rimane più per noi. »

« Preferisci rischiare ancora il culo per quel ragazzino? »

Lui si convince e lo versa tutto, poi inizia a girare il latte con un cucchiaio. Stringe fra i denti una sigaretta storta. Sarebbe bello se nel latte ci fosse anche il cacao.

« Domattina fai la telefonata. Gli domandi un bel po' di soldi, ma non troppi se no iniziano a prendere tempo, cominciano a dire che devono andare in banca. Invece ce li devono dare subito.»

«E se loro ci chiedono una prova?»

«Abbiamo i vestiti, no?»

«Giusto, magari basta solo la maglietta.»

Non so di che cosa stanno parlando e non mi interessa. Anche mamma e babbo a volte parlano di cose che non si capisce. Cose di grandi. E fanno finta che io sono invisibile. Quando hanno finito di parlare fra loro, il signore coi ponfi e la signora coi tatuaggi si ricordano che esisto anch'io e si avvicinano.

«Bevilo tutto» mi dice la signora coi tatuaggi e mi consegna il bicchiere di latte.

Io non lo prendo. Incrocio le braccia e metto il broncio. «Ci voglio anche il cacao.»

«Che cazzo significa?» Ora la voce del signore coi ponfi sembra da femmina. «Bevi quel latte e facciamola finita!» E getta via il mozzicone di sigaretta.

La signora coi tatuaggi prova a calmarlo. «Certo, ora lo beve. Vero che lo bevi?»

«Senza cacao non lo bevo.»

Il signore coi ponfi dà un calcio alla porta del bagno della roulotte. Ma dimentica di essersi già ferito alla gamba con le forbici e si fa male di nuovo.

Mi viene da ridere ma mi trattengo. Non lo voglio un pugno in bocca.

«Ho passato tutto il pomeriggio a scavare, adesso bevi!»

Non so cosa ha scavato e non m'importa. La moglie gli fa cenno di stare zitto. Poi s'inginocchia davanti a me, mi sorride. Mi accorgo che le manca un dente. « Se bevi il latte, poi farai un bel sonno. E domattina, quando sarai sveglio, troverai una bella sorpresa. »

Non mi fido. « Che sorpresa? » È un'altra bugia, come quella del cucciolo. Scuoto il capo. *Non-e-si-ste.*

Allora la signora coi tatuaggi appoggia il bicchiere sul tavolo. « Peccato che non mi credi » dice. « Vorrà dire che non lo saprai mai. »

Si rialza e sta per andarsene. Allora allungo una mano e prendo il bicchiere. È caldo, non è fresco come a casa, perché nella roulotte non c'è il frigo. Però penso che è sempre meglio dell'acqua che mi danno da bere qui. Quei due non mi guardano, ma tanto lo so che fanno solo finta. Stanno aspettando per vedere se ubbidisco. Appoggio le labbra sul bordo del bicchiere e sto per bere.

« C'è nessuno? » urla una voce di femmina fuori dalla roulotte.

I due si scordano di me e si guardano negli occhi, spaventati.

« C'è nessuno? » ripete la voce.

Allora guardano dall'oblò e sbircio anch'io. Fuori, proprio in mezzo al cerchio di roulotte senza ruote, ci sono due poliziotti. Un maschio e una femmina, appunto. Devono essere arrivati a piedi dal cancello perché la loro macchina non si vede.

La signora con i tatuaggi mi toglie subito il bicchiere dalle mani. Poi parla al signore coi ponfi, ma a bassa voce. « Vai a vedere che vogliono. »

Lui non sa che fare, ma poi fa sì con la testa.

Lei mi tira per un braccio e mi costringe a mettermi in ginocchio. « Ora devi stare zitto e immobile. »

Il signore coi ponfi esce dalla roulotte e va dai poliziotti. Si mettono a parlare. Da dentro non si capisce bene cosa si dicono.

« Sei andato a fare la spesa oggi? » chiede la signora poliziotta.

« Perché? Non me lo ricordo » dice il signore coi ponfi di zanzara, nella sua voce c'è anche una risata nervosa. E io immagino i suoi denti gialli.

« Ah, non te lo ricordi » dice il poliziotto maschio. « Quindi non eri tu quello che oggi stava rubando scatolette di tonno in un supermercato di Orbetello. »

Non posso credere che il signore coi ponfi è un ladro.

« Io non ne so niente » giura, anche se non è vero.

« C'è nessun altro qui con te? » chiede la signora poliziotta.

« No, sono solo io. »

Un'altra bugia. Con tutte le parolacce e la bestemmia di oggi, saranno almeno mille anni di purgatorio, o anche di più.

« E la tua fidanzata che fine ha fatto? » domanda il poliziotto maschio.

Il signore coi ponfi e la signora coi tatuaggi non sono sposati. Anche questa è una novità.

« Quella troia mi ha lasciato » dice, tutto triste.

So che non è vero neanche questo. Non si dicono

bugie alla polizia. Penso che dovrei fargli sapere che ci sono anch'io. Non mi va più di stare qui.

Però la signora coi tatuaggi mi legge negli occhi e sa cosa sto per fare. « Se apri quella boccaccia, peggio per te. »

« Perché peggio per me? » Lo so che non dice sul serio.

« Perché i poliziotti ti arresteranno. »

« Io non ho fatto niente di male. »

« Sì, invece... Ieri sei salito su una macchina senza chiedere prima il permesso ai tuoi genitori e, in più, con uno sconosciuto. »

È vero, babbo e mamma mi dicono sempre di non fidarmi di quelli che non conosco. « Ma lui ha detto che mi dava un cucciolo. »

« E che differenza fa? Hai disobbedito, sei un bambino cattivo. »

Non dico più niente, forse ha ragione lei. Mi viene da piangere.

« Possiamo dare un'occhiata dentro la roulotte? » chiede la signora poliziotta. « Magari ci troviamo qualche bella scatoletta di tonno... »

« Prego, accomodatevi » dice il signore coi ponfi di zanzara sulle braccia.

La signora coi tatuaggi solleva il bicchiere di latte fino al lavandino e lo versa tutto nello scarico. Vorrei chiederle il perché e soprattutto se domattina avrò lo stesso la sorpresa che mi hanno promesso. Ma non lo faccio perché la signora poliziotta ha salito i gradini e adesso è proprio dietro la porta. Si apre uno spiraglio ma poi si sente una radio che gracchia. E io penso che hanno i walkie-talkie, proprio come in televisione.

« C'è una rissa fuori da un locale a Porto Santo Stefano, dobbiamo andare » dice il poliziotto maschio.

La signora poliziotta allora richiude la porta della roulotte e dice al signore coi ponfi: « Se ti becchiamo ancora a rubare nei supermercati, finisci dentro ».

Poi se ne vanno.

Dopo un po', la signora coi tatuaggi mi porta fuori. Il signore coi ponfi di zanzara si mette a sedere per terra, a gambe larghe nella polvere, proprio in mezzo al cerchio di roulotte senza ruote. Lei fa lo stesso. Lo abbraccia e iniziano a piangere. Mi fanno un po' pena.

« Non la voglio più la sorpresa domattina » gli dico.

« Non fa niente. »

Vado a stendermi sulla panchetta dentro la roulotte. Ho sonno e voglio solo dormire.

« Va bene così » disse Gerber. Stavolta fu lui a interrompere il racconto. Era così dettagliato, puntuale, accorato da rendergli difficoltoso proseguire.

Eva obbedì al comando e tacque.

L'ipnotista rimase a guardarla. Era seduto sul letto, accanto a lei. Ma non riusciva a muoversi o a decidere di riportarla indietro.

Ho passato tutto il pomeriggio a scavare, adesso bevi!

Fargli bere del latte con una dose fatale di eroina gli era sembrato un inganno crudele ma, in fondo, compassionevole. Almeno così non avrebbe provato dolore. Tuttavia, la «signora coi tatuaggi» aveva rovesciato il bicchiere con la droga. Quale altro espediente avevano scelto i due balordi per disfarsi del piccolo ostaggio? L'ipnotista non voleva saperlo.

È tutto finto, continuava a ripetersi. Ma neanche lui ci credeva veramente.

Cosa stava succedendo? Da dove veniva quella storia? Perché l'idea che quel bambino potesse essere reale continuava a inchiodarsi nella sua mente?

Le sincronicità con la vicenda di Zeno Zanussi potevano benissimo essere liquidate come coincidenze. Ma Pietro Gerber non poteva permettersi di ignorare o negare che il tono di quel resoconto gli era straordinariamente familiare.

La voce narrante sembrava proprio quella di Zeno.

E solo chi aveva conosciuto il piccolo Batigol, anche se per poco tempo, se ne poteva accorgere. Solo chi aveva vissuto accanto a lui poteva cogliere la linea sottile che legava l'esposizione dei fatti. Come una nota costante, in sottofondo.

O forse sono solo io che sto impazzendo.

Era uno psicologo e non poteva escludere a priori di essere vittima di suggestione. Ma era anche convinto che, nonostante quella bambina potesse essere un'attrice straordinaria, non sarebbe mai stata in grado di suscitare in lui la stessa sensazione d'intimità.

Semplicemente perché Eva non poteva mai e poi mai essere consapevole di ciò che provava Gerber, a meno che non gli leggesse nel pensiero. Si trattava di emozioni che si erano formate nel tempo, attaccandosi come sedimenti ai ricordi e alle immagini fissate nella memoria.

Come poteva qualcosa di così personale essere riprodotto o simulato?

Per questo, l'ipnotista non era ancora pronto ad ascoltare il resto. Domani, si disse, rimandando. Trasse un profondo respiro. «Adesso conteremo insieme fino a dieci, poi aprirai gli occhi.»

14

Era andato via dalla casa prima della signora Vannini. Uscendo dalla cameretta di Eva, aveva incrociato la governante che l'aveva subito squadrato, perplessa, probabilmente domandandosi il perché di tanta fretta.

O forse mi ha semplicemente guardato in faccia, si disse Gerber, convinto di avere un aspetto sbattuto.

La donna lo informò che Maja aveva approfittato del tempo della seduta per andare a fare una passeggiata.

Lo psicologo registrò appena l'informazione. « Le dica che tornerò domani » si limitò a risponderle, sfilandole davanti.

Non aveva alcuna voglia di vedere Maja, non era dell'umore giusto. E dire che, arrivando quel pomeriggio, non aveva pensato ad altro che all'espressione della ragazza quando le avrebbe consegnato il libro raro che aveva acquistato per lei. Si sarebbe goduto il suo stupore e le guance candide che arrossivano.

Sulla via del ritorno a Firenze, il piccolo tomo con la copertina color porpora giaceva ancora sul sedile del Defender, inutile come tutte le cose leggere della vita quando la vita stessa viene sopraffatta dalla realtà. Ora, la futilità di quel dono gli sembrava inappropriata. Perché lui non era lì per Maja, ma per Eva. Come mai era stato così facile dimenticarsene?

In realtà, mentre guidava nella limpida serata di fine febbraio, Pietro Gerber era arrabbiato soprattutto con se stesso e cercava pretesti per flagellarsi. Il bambino prigioniero della storia di Eva non poteva essere liberato, né lui poteva aiutarlo in qualche modo. Nessuno poteva più.

Posto che quel bambino fosse realmente esistito.

Ma, all'improvviso, quest'ultimo dettaglio sembrava del tutto irrilevante, poiché le storie che riguardavano i bambini toccavano nel profondo anche quando erano inventate.

Ho passato tutto il pomeriggio a scavare, adesso bevi!

La frase del balordo continuava a risuonargli nella testa. Per questo motivo lui doveva sapere.

« Come stai? Da quanto tempo » esclamò la voce squillante che proveniva dallo smartphone appoggiato sul sedile accanto al libro per Maja.

« Sto bene » disse Gerber senza distrarsi dalla guida, cercando di dissimulare ciò che lo angustiava. « Tu? Gloria? Le ragazze? »

« Splendidamente, grazie. »

Da anni, ormai, con Iscio si sentivano di rado e si videochiamavano per farsi gli auguri di Natale. L'ultima volta che si erano visti di persona era stata al funerale del *signor B.*

« Non vieni mai a Milano a trovarci » lo rimproverò il cugino. « Non so quante volte ti avrò invitato. »

Lavorava in una banca d'affari e si occupava di investimenti in borsa. Un destino inimmaginabile quando erano bambini. Ma, in fondo, era così per quasi tutti, no? Da piccolo, Iscio voleva fare l'esploratore di vulcani e, dalla convinzione con cui ne parlava, Pietro era sicuro che ci sarebbe riuscito. Invece adesso il lavoro sedentario aveva aggiunto una ventina di chili al suo peso e gli aveva sottratto almeno dieci anni di vita, visto che sembrava molto più vecchio di Gerber anche se erano più o meno coetanei.

« Ti ho chiamato per un motivo che ti sorprenderà » esordì lo psicologo. « Forse non avrà molto senso ciò che sto per chiederti, ma devo saperlo... »

« Tu puoi chiedermi qualunque cosa, Pietro » lo tranquillizzò l'altro. « Dimmi, che succede? »

« Pensi mai all'estate del '97? » domandò di getto. Aveva paura di cambiare idea e di dirottare la chiacchierata su argomenti di circostanza: lui non si sarebbe vergognato di quella domanda e Iscio non avrebbe mai saputo perché l'aveva chiamato. « Il tuo cane era morto in primavera e i tuoi ti mandarono da noi per farti distrarre. »

« Saturno il barboncino » rammentò Iscio. « Me n'ero dimenticato. »

« E pensi mai a Zeno Zanussi? »

Il cugino fece trascorrere qualche secondo prima di parlare di nuovo. « Ci penso ogni volta che le mie figlie si allontanano da me quel tanto che basta perché io non riesca più a vederle » ammise, espirando tutta l'aria che aveva nei polmoni, come se si stesse liberando di una paura che non aveva mai confidato a nessuno. « E succede anche adesso che sono più grandi » aggiunse. « Quando le accompagno a scuola in macchina o quando le lascio fuori dalla palestra, rimango lì più che posso, a fissare le loro schiene che si allontanano. O quando andiamo a fare una gita fuoriporta e siamo seduti con gli amici al ristorante, una parte di me si distacca dalla conversazione e dalle risate e va in cerca di Claudia e Federica. Nessuno se ne accorge. E quando poi le individuo con lo sguardo mentre si divertono coi loro amichetti, mi sento l'uomo più fortunato del mondo. »

Gerber era sicuro che il cugino non avesse condiviso con la moglie quell'irrazionale abitudine: il segreto impulso a diffidare sempre, generato da un'angoscia che veniva da lontano. Un'illusione di controllo, perché non si poteva vigilare ogni secondo. Forse per lo psicologo era più semplice non pensare sempre al peggio, immaginandosi gli scenari più catastrofici, visto che Marco viveva a Livorno con la madre.

« Non mi domandi perché te lo sto chiedendo dopo tanti anni? »

« Già, non ne abbiamo mai parlato » convenne il cugino. « Ma non mi interessa il perché tu voglia farlo adesso. Avrai le tue ragioni. Però sono felice che finalmente uno di noi due abbia nominato Zeno. Sembrava sempre che quel nome fosse una specie di tabù. »

« Se è per questo, non abbiamo più nemmeno parlato di Deborah, Ettore, Carletto, Giovannone o Dante » replicò lui, elencando i vecchi compagni di gioco di quell'estate maledetta. Forse li aveva menzionati per rincuorarsi o forse solo per assolversi per aver rimosso il piccolo Batigol dalla vita reale, confinandolo nello spazio della memoria dedicato ai ricordi che devono rimanere silenziosi.

« Dopo ciò che è successo a Zeno, per un po' abbiamo fatto quella cosa con la radio » rammentò Iscio.

« Già » disse lui. Il cugino si riferiva a un'idea venuta a qualcuno del gruppo, che un giorno si era presentato dagli altri asserendo di aver sentito dire che, su certe frequenze mhz, si potevano ascoltare le voci dell'aldilà. Loro sette si erano radunati attorno alla vecchia radio a transistor che stava nel soggiorno della villa dei Gerber e avevano scandagliato a lungo la polvere grigia che usciva dall'altoparlante, in attesa di un messaggio che però non era mai arrivato. Ognuno di loro, in segreto, sperava di sentire la voce del piccolo Batigol.

Pietro non aveva scordato quello strano esperimento, ma non gli andava di rivangare l'argomento.

Non ora, si disse, pensando alla voce che sentiva solo Eva.

« Chissà che fine ha fatto la vecchia banda » commentò per fortuna il cugino, cambiando discorso. « Tu sei tornato a Porto Ercole, avresti dovuto incontrarli. »

« Sono anni che non ci metto piede. »

« Anni? » si stupì l'altro. « E Adele? Che fine ha fatto la nostra Adele? Quanto l'abbiamo fatta disperare... Non sarà mica morta? »

« Per quanto ne so, gode di ottima salute e sta in una bella casa di riposo all'Impruneta. »

« Preparava le migliori merende che abbia mai mangiato » affermò il cugino, abbandonandosi a quel gustoso dettaglio del passato.

« Pane, burro e marmellata » rammentò Gerber.

« Ma la fetta più grande era sempre per Zeno » disse l'altro e sembrò rabbuiarsi. Adele aveva una predilezione per il più piccolo della compagnia.

« Secondo te, avremmo potuto evitarlo? »

« Sì » rispose Iscio, senza nemmeno pensarci.

« Soprattutto io, che con la gamba rotta sorvegliavo dall'alto il giardino dove voi giocavate ai ceri » ammise lui. « Da lassù avrei potuto vedere cosa accadeva a Zeno, invece ero accecato dalla mia stupida gelosia perché riuscivate a divertirvi anche senza di me. »

« Avevi undici anni » lo giustificò il cugino.

Non fa alcuna differenza, si disse Gerber. Solo i bambini pensano che gli adulti siano migliori di loro e che crescendo si diventi più saggi o più rispettosi. Nessuno cambia con gli anni, si diventa solo più abili a nascondere i difetti.

Un'auto si accostò al suo fuoristrada, suonando il clacson per avvertirlo del sorpasso.

« Dove ti trovi? Stai guidando? » chiese Iscio, che aveva sentito il suono dal telefono.

« Ero a San Gimignano e sto tornando a casa. Anzi, sono quasi arrivato » mentì.

« Allora ti lascio » si congedò il cugino. « Sono secoli che non torno in Toscana» affermò poi, di punto in bianco. «Grazie per la telefonata.»

«Grazie a te per la chiacchierata» disse Pietro Gerber, poi riattaccò. Ripensò all'ultima frase di Iscio, alla voglia di ritornare lì. Nel tono non c'erano solo nostalgia e rimpianto. Era come se qualcosa lo tenesse lontano dal posto in cui era nato.

Ma subito lo psicologo abbandonò quella riflessione, perché riconobbe un cartellone arrugginito sul lato della carreggiata. Era il terzo di seguito che incrociava sulla strada per Porto Ercole.

Questo indicava che era quasi arrivato. Il camping si trovava a un chilometro sulla sua destra.

15

Aveva effettuato una rapida ricerca in rete prima di recarsi sul luogo di persona.

La moda dei camping era tramontata rapidamente dopo il periodo d'oro degli anni Ottanta. Nel decennio successivo, si poteva già parlare di un turismo minore e di una formula in declino. Per questo motivo, molte strutture recettive nella zona dell'Argentario si erano riconvertite in beach club o bungalow hotel.

Altre avevano chiuso definitivamente i battenti.

Gerber non confidava di trovare ancora i resti del camping che, in teoria, era già in stato di abbandono nel 1997. Ne ricordava uno sulla strada verso l'Argentario. Ci aveva pensato perché nel resoconto di Eva, in riferimento al furto di scatolette di tonno in un supermercato commesso dal « signore coi ponfi di zanzara sulle braccia », era saltato fuori proprio il nome della località marittima.

Cercando su Google Street View, il cancello d'ingresso del campeggio era ancora lì. Nell'insegna, alla parola « camping » mancava una A e la G era a testa in giù, proprio come aveva detto il bambino nel racconto di Eva.

E adesso che ci stava proprio davanti, guardando la scritta sbilenca da dietro al parabrezza, illuminata dai fari del Defender, lo psicologo si domandò se stava facendo una cosa sensata. Oltre le sbarre di metallo, un'imponente barriera verde impediva di vedere cosa fosse rimasto del complesso turistico.

D'altronde, Gerber non era nemmeno sicuro di essere nel posto giusto: l'amico immaginario della bambina non aveva fornito molte indicazioni, la descrizione era stata sommaria e poteva adattarsi a decine di altri posti simili.

Ma qualcosa lo spingeva a scendere dal fuoristrada per andare a controllare di persona. In fondo, era già arrivato fino a lì. Che senso aveva fermarsi proprio adesso?

Obbedì alla propria curiosità.

Spense il motore e si munì della torcia elettrica che teneva sempre nel vano portaoggetti. Quindi scavalcò il cancello e si inoltrò nell'intrico della vegetazione, lasciandosi il Defender alle spalle. E con esso, forse l'ultima possibilità di ripensamento.

Camminò per alcuni minuti, seguendo una traccia d'asfalto che un tempo doveva essere una stradina. Giunse così in uno slargo. Mosse il fascio della torcia intorno a sé e vide che si trovava proprio nel mezzo di un cerchio di vecchie roulotte senza ruote, coi semiassi appoggiati a blocchetti di cemento.

Decise di ispezionarle tutte, senza neanche sapere cosa cercare. Prove vecchie di venticinque anni di qualcosa che probabilmente non era mai accaduto?

All'interno, le roulotte erano simili. Stesso arredamento in formica, stessa disposizione degli ambienti: la camera da letto a sinistra, il bagno angusto e un cucinotto nella parte centrale. Si soffermò davanti a ogni panchetta che stava accanto al tavolino da pranzo richiudibile. Erano così strette e scomode che avrebbe potuto dormirci solo un bambino molto piccolo.

Chi aveva portato lì e poi disposto in cerchio quelle scatole di lamiera forse pensava di ricreare una specie di piccolo villaggio. Gerber ipotizzò fosse una sorta di rifugio per sbandati e balordi, alcolisti e tossici che andavano e venivano per dedicarsi in santa pace alla propria dipendenza.

Anche questo era piuttosto comune in posti abbandonati come quello.

Dopo aver visitato l'ultima roulotte, continuò a perlustrare i dintorni. S'imbatté quasi subito in ciò che rimaneva di una piscina a forma di fagiolo: ormai era ricoperta di terra e s'intravedeva appena il bordo che spuntava dal suolo. Le cabine per cambiarsi erano crollate l'una sopra l'altra, come in un grande domino.

A Gerber ricordò il posto in cui il bambino si era nascosto per sfuggire al taglio dei capelli. Non sapeva se il racconto di Eva stava influenzando la sua percezione della realtà oppure se era la sua stessa mente a rimodellare la storia adattandola alla scenografia che aveva davanti. Probabilmente, entrambe le cose.

Tienilo fermo! Prendigli le gambe!

Sarebbe stato sbalorditivo se, da qualche parte là intorno, ci fossero state davvero delle forbici arrugginite con sopra qualche residuo ossidato del sangue del rapitore.

Decise di averne abbastanza di quelle fantasie e si mosse in direzione dell'uscita, camminando fra le sterpaglie con la torcia rivolta in avanti.

Due fischi brevi e cadenzati.

Si bloccò e si guardò subito intorno, facendo spaziare il fascio di luce, spaventato. Era lo stesso suono che aveva udito allo studio la notte del ritrovamento della stilografica. Ma ora l'aveva sentito in modo molto più chiaro.

Non si era trattato di un semplice acufene.

Anche stavolta il fischio non si ripeté, ma gli era sembrato provenisse da un gruppo di alberi alla sua destra.

L'omino di cera sta attirando la mia attenzione, si disse.

Il pensiero irrazionale avrebbe dovuto spingerlo a voltarsi e a scappare via. Ma qualcosa lo spronava a seguire quel richiamo nell'oscurità.

La curiosità delle falene, la chiamava il *signor B.*

S'incamminò verso il boschetto e si accorse di una collinetta che spuntava in mezzo a una piccola radura. Si trovava esattamente a metà strada fra il cerchio di roulotte e la piscina ma, pur essendoci passato accanto poco prima, non l'aveva notata. Era come se il terreno in quel punto fosse sollevato. Decise di aggirare il cumulo.

Fu in quel momento che i piedi persero il contatto

col suolo. Senza capire come fosse possibile, Gerber si sentì risucchiare verso il basso.

La stessa sensazione provata a undici anni, quando era precipitato dal balcone della villa di Porto Ercole. Lo stesso vuoto nella pancia. Lo stesso terrore. La stessa impotenza.

Quando le Clarks toccarono terra, le ginocchia si piegarono in avanti e lui stava per finire con la faccia su una roccia sporgente. Ma ebbe l'istinto di allungare le braccia. Le dita affondarono nel terriccio. Il violento impatto si ripercosse su tutto il corpo, come una scossa elettrica.

Gli uscì un urlo strozzato. La pietra appuntita era a pochi centimetri dalla sua faccia.

Era cosciente ed era ancora vivo. Il suo cuore non si era fermato: meno male, stavolta il *signor B.* non sarebbe stato nei paraggi per rianimarlo.

Supplicò di non essersi rotto niente. Per esperienza sapeva che il dolore, quello vero, arrivava sempre dopo. Dentro di lui emerse il ricordo dell'estate con la gamba ingessata, subito inseguito dalla preghiera di non rivivere la stessa noia.

Riusciva a muoversi, era un buon segno.

Riprese fiato e provò il bisogno urgente di capire dove fosse finito. Si guardò intorno e poi in alto, verificando con sollievo che sopra la sua testa c'era ancora il cielo stellato. Solo allora si afferrò l'anulare sinistro con una smorfia di sofferenza: si fletteva in modo innaturale, l'osso era sicuramente fratturato. Evitò di pensarci e si concentrò sulle pareti della voragine che l'aveva ingoiato: risalivano verso la superficie per quasi due metri. Dalla loro forma regolare, Gerber intuì che non si trattava di uno smottamento. Era opera di qualcuno.

Ho passato tutto il pomeriggio a scavare, adesso bevi!

D'altronde, il cumulo di terra accanto al buco aggiungeva un ulteriore elemento alla scoperta. Qualcuno aveva scavato quella fossa, ma poi non l'aveva ricoperta.

Non l'hanno ammazzato, si disse.

Quell'idea lo fece ricascare nell'errore di considerare realistica la storia di Eva. Provò a tornare a essere razionale, ma era pentito di non aver voluto ascoltare il resto del racconto, rimandando l'epilogo alla seduta successiva.

Non avrebbe saputo valutare quanto tempo prima fosse stata scavata quella buca. Forse avrebbe potuto dedurlo dal colore della collinetta del materiale di risulta. Se lo scavo fosse stato recente, il terriccio sarebbe stato sicuramente più scuro.

Per scoprirlo doveva uscire da lì, ma non sarebbe stato facile. Non c'era modo di vedere se ci fossero appigli per arrampicarsi, poiché nella caduta la torcia gli era scivolata di mano ed era rimasta in superficie.

Il fascio luminoso attraversava diagonalmente l'imboccatura. Grazie al cielo, funzionava ancora.

A tentoni, Gerber individuò alcune radici che spuntavano da una delle pareti. Con la mano sana, si afferrò a quella che sembrava più robusta. Prima, però, ne testò la resistenza: non aveva intenzione di fare un altro volo all'indietro. Piantò i piedi sul muro di terra, sperando che le Clarks non lo tradissero: gli era andata fin troppo bene, non era il caso di sfidare ancora la sorte. Scacciò l'immagine che aveva evitato fino ad allora, quella in cui si era rotto di nuovo la gamba e stavolta attendeva di morire in una dolorosa agonia senza che nessuno potesse sentire le sue urla, quindi provò a issarsi e sollevò anche il capo verso l'alto.

Un'ombra rapidissima attraversò il fascio della torcia.

Pietro Gerber si bloccò. Pensò a un cinghiale o a un altro animale, ma non aveva avvertito alcun fruscio o rumore di sterpaglie sopra di sé. Con la fretta e l'incoscienza che contraddistinguono gli uomini spaventati, riuscì a scalare velocemente la muraglia che aveva davanti. Piantò entrambe le mani oltre il margine della buca, artigliando il suolo con le dita, compreso quello rotto. Ignorò il dolore. Si sollevò sui gomiti e, arrancando, scavalcò il bordo. Si guardò intorno, ma solo fugacemente. Non notò niente di nuovo nei dintorni, nessun animale o altro essere vivente. L'ansia di lasciare quel posto ormai si era impadronita di lui e comandava tutto il resto. Zoppicando, si mise a correre verso il cancello. Scavalcò la barriera di metallo, urtando anche un ginocchio.

Salì sul Defender e mise in moto.

Gli abbaglianti illuminavano di nuovo l'ingresso

del camping, la scritta in cui mancava la A e la G era rovesciata. Gerber sudava e aveva l'affanno. Incrociò il proprio riflesso nel retrovisore, gli occhi e la bocca spalancata spuntavano da una maschera di terra incrostata.

Avrebbe dovuto ingranare la retromarcia e scappare via, ma qualcosa lo costringeva a rimanere.

Infilò una mano nella tasca del trench infangato ed estrasse la memory card che in principio stava nella palla con la neve che aveva regalato a Eva. La tenne un po' nel palmo che tremava. Poi la ripose in tasca e, finalmente, si apprestò ad andarsene.

Era venuto il momento di guardare quella maledetta registrazione.

16

Casa sua era buia e fredda.

Entrando, era così esausto che non accese alcuna luce e non si tolse nemmeno il Burberry sporco di fango. Nella penombra, si diresse in cucina trascinando le Clarks e lasciandosi alle spalle una fila di impronte di terra. Aprì il frigorifero, prese una bottiglietta d'acqua, svitò il tappo e ne tracannò l'intero contenuto quasi tutto d'un fiato, sciacquandosi la gola dalla polvere. Quando ebbe finito, prese una seconda bottiglia, diede ancora un paio di sorsate ma stavolta, richiuso lo sportello del frigo, se la portò appresso in soggiorno.

In un cassetto c'era del nastro adesivo per pacchi. Ne strappò un lungo pezzo coi denti e si fasciò più volte le dita della mano sinistra per bloccare l'anulare che probabilmente era rotto.

Quindi recuperò il notebook dal tavolo da pranzo, se lo mise sotto il braccio e andò verso uno dei divani. Crollò a sedere. Lì, al buio, posizionò il portatile sulle gambe, ne sollevò lo schermo e lo avviò. Prese dalla tasca del trench la memory card e la infilò nell'apposito scomparto. Nell'attesa, bevve ancora un po' d'acqua dalla bottiglietta, tenendo gli occhi sempre piantati sul monitor.

Di lì a poco iniziò a visionare il video della cameretta di Eva.

La registrazione durava appena qualche ora e si era interrotta quando la palla con la neve era andata in frantumi, ma Gerber decise di partire dall'inizio, dalla sua prima seduta d'ipnosi con la bambina. La riguardò dal punto di vista della microcamera. Lo faceva anche con i bambini che incontrava nel suo studio, perché a volte l'obiettivo riusciva a cogliere dettagli che a lui erano sfuggiti e il microfono carpiva utili sfumature nelle parole usate dal paziente mentre era in trance. Stavolta, non rilevò particolari differenze rispetto a ciò a cui aveva assistito di persona e il racconto del bambino immaginario era come se lo ricordava.

Ma era la parte successiva a interessargli maggiormente, quella in cui lui non appariva più ed Eva rimaneva sola nella cameretta, circondata dalla disturbante carta da parati con le margheritine.

Dopo la sua visita, la bambina si era messa a giocare con la propria bambola come se nulla fosse. Il sole era tramontato ma lei non aveva ritenuto necessario accendere la luce nella stanza. Era stata Maja a farlo, quando era entrata con il vassoio con la cena preparata dalla signora Vannini. L'aveva appoggiato sullo scrittoio, vicino al computer con gli adesivi degli unicorni. Quindi si era seduta accanto a Eva e le aveva fatto compagnia, attendendo che terminasse la stessa torta coi becchi che poco dopo loro due avrebbero mangiato insieme sotto la luna.

Fino a quel momento, la bambina non si era più rivolta all'amico immaginario. E questo era un elemento rilevante. Invece aveva parlato tutto il tempo di Gerber, descrivendo quel poco che ricordava della loro prima seduta d'ipnosi, esattamente come gli aveva riferito in seguito anche Maja.

Dopo cena, la ragazza e la bambina erano uscite insieme dall'inquadratura e lo psicologo immaginò che Eva fosse andata in bagno per lavarsi i denti e prepararsi per la notte. Al loro ritorno, indossava il pigiama.

Rammentò che, mentre si svolgeva quella scena, lui era di sotto, in cucina.

Nello schermo, Maja ed Eva si distesero insieme nel letto a baldacchino, al lume della lampada sul comodino. La bambina teneva la testa appoggiata sul grembo della ragazza che le accarezzava i capelli dorati e con l'altra mano reggeva un libro. Eva ascoltava la storia, era una fiaba che parlava di principesse e draghi. Era inquieta e ci mise un po' ad addormentarsi. Le si chiusero gli occhi, la ragazza se ne accorse e smise di leggere. Ripose il libro, le sollevò con delicatezza il capo e, dopo averlo adagiato sul cuscino, si sciolse dall'abbraccio e scivolò via dal letto. Prima di raggiungerlo al piano di sotto per cenare insieme, le rimboccò le coperte e spense la luce. Quindi uscì, richiudendo la porta.

La stanza era rischiarata dalla luna che filtrava dalle imposte.

Eva continuava a dormire senza cambiare posizione, muovendo appena la testa sul guanciale. Il video andava avanti già da un paio d'ore. Gerber decise di accelerarlo fino al punto in cui la bambina si svegliava, andava alla mensola dei peluche e buttava a terra la palla di cristallo che le aveva regalato.

Maja aveva parlato delle tre di notte.

Più si avvicinava quel momento, più aumentava l'ansia dell'ipnotista. Non ha dato la colpa all'amichetto immaginario, si ripeté. Sarebbe stato troppo scontato. Così, invece, lei spera di apparire più credibile.

Intanto, il filmato procedeva rapido e lui si domandava quando finalmente avrebbe cominciato ad accadere qualcosa. Un minuto prima dell'evento, fu colto da un presagio. Non è possibile, si disse, perché si rifiutava di credere che Eva stesse ancora dormendo nel proprio letto.

A dieci secondi, riportò la riproduzione del video alla velocità normale. E attese, scandendo bene a mente quella specie di assurdo conto alla rovescia.

Poi accadde e fu improvviso. Ci fu un rumore, come un colpo secco. Eva svanì dall'inquadratura poiché l'obiettivo della microcamera si inclinò rapidamente verso il pavimento, come se una forza venuta dal nulla avesse scagliato la sfera di cristallo con violenza.

A Pietro Gerber sembrò di precipitare e di andare in mille pezzi, come la palla con dentro la neve.

17

Per avere la certezza di incontrare il professor Benedetto Elleri era sufficiente recarsi, fra le cinque e le sei del mattino, presso uno dei tanti Pronto Soccorso di Firenze e aspettare di vederlo apparire.

Perché, ogni giorno dell'anno, il noto neuropsichiatra faceva visita a tutte le strutture ospedaliere per condurre la ricerca che portava avanti ormai da quasi tutta la vita. Siccome era un semplice osservatore e non voleva che la sua presenza ostacolasse le normali attività di emergenza, approfittava del cambio turno di medici e personale infermieristico per arrecare meno fastidio possibile coi suoi esperimenti.

In quel lasso di tempo c'era meno movimento e comunque a lui bastavano pochi minuti.

Pietro Gerber ebbe fortuna, perché non dovette nemmeno attendere: lo trovò al primo colpo, all'Ospedale di Santa Maria Nuova.

Approfittando del dito che si era fratturato al camping, passò il varco dell'accettazione ma, invece di recarsi in ortopedia, sgattaiolò per introdursi in una delle sale dell'unità di rianimazione cardiopolmonare BLS – *Basic Life Support* – che al momento era inutilizzata.

Sorprese Elleri in bilico su una sedia, con un piede piazzato pericolosamente sulla spalliera, mentre cercava di collocare un cartello con il disegno di una stella verde sulla parte superiore di uno dei macchinari salvavita. Altri cartelli simili erano sparsi sul lettino vuoto, sotto la scialitica spenta, aspettando solo di essere sistemati: un cerchio rosso, il numero 3 di colore giallo, una lettera Q arancione, un punto interrogativo blu. Elleri se li portava sempre appresso in una malridotta valigetta di plastica.

« Aspetti, l'aiuto » si offrì Gerber, vedendolo in difficoltà.

Elleri si voltò verso lo sconosciuto che era corso a reggergli le gambe affinché non cadesse e gli sorrise, grato. « Di solito mi lasciano qui una piccola scala, ma oggi non c'era » si giustificò, poi riprese ciò che aveva momentaneamente interrotto.

Avevano in comune l'aspetto trascurato.

Di primo acchito, l'altro non sembrava neanche un professore, ma solo un vecchio con la barba ingiallita sempre incolta, i capelli troppo lunghi, che gli arrivavano fino alle spalle, e gli abiti flosci e logori che, solitamente, emanavano un odore rancido di sigaro e sudore. Colleghi e studenti della facoltà di medicina lo prendevano in giro per la sua trasandatezza. Eppure Gerber sapeva dal *signor B.* che l'uomo che tutti schernivano era dotato di un sapere con cui avrebbe potuto annichilire chiunque, oltre che di una profonda competenza nell'ambito delle neuroscienze.

« Mi passi uno di quelli » disse, indicando a Gerber gli altri cartelli.

« Quale? »

« Uno qualsiasi, non fa differenza. » Intanto spostò la sedia su cui risalì con l'agilità di un gatto molto anziano.

Lo psicologo si assicurò prima che l'uomo fosse stabile e poi obbedì, scegliendo la Q arancione che fu piazzata sopra un armadietto di metallo per i medicinali, a circa un paio di metri dal pavimento e sempre rivolta verso il soffitto.

« Ecco fatto » annunciò poco dopo il professore, tornando finalmente coi piedi per terra. Si ripulì le mani dalla polvere strofinandosele sulla giacca di tweed marrone e poi squadrò l'individuo che l'aveva aiutato. « Ci conosciamo? » chiese, sospettoso.

« Mi chiamo Pietro Gerber, sono uno psicologo infantile. » Poi aggiunse: « Ho seguito un paio delle sue lezioni in passato, per questo sono qui ».

Il neuropsichiatra rimase sorpreso. « È sicuro che sta cercando proprio me? »

Non è abituato a essere interpellato, considerò l'ipnotista. Forse perché l'oggetto specifico dei suoi studi era piuttosto controverso e, spesso, allontanava le persone invece di incuriosirle.

« Sono sicuro, professore » ribadì Gerber. « E vorrei parlarle. »

La materia di Benedetto Elleri era la morte.

Quando il *signor B.* gli aveva suggerito d'integrare il proprio percorso di studi seguendo alcune lezioni di Elleri, aveva anche aggiunto che il neuropsichiatra era una specie di reietto nella comunità scientifica fiorentina. Il professore avrebbe potuto ambire a una ben più luminosa carriera accademica se solo avesse scelto un altro argomento in cui specializzarsi.

« Io sono una sentinella che vigila sulla frontiera » amava dire di sé agli studenti che spesso frequentavano i suoi corsi solo per irriderlo.

La sua credibilità era stata pregiudicata dall'ossessione per qualcosa di praticamente insondabile. Non c'era modo di fare esperimenti o di raccogliere testimonianze. Poiché non era possibile varcare più di una volta il confine su cui Elleri era di guardia. Per la banale ragione che chi lo faceva non tornava più indietro per raccontarlo.

« Lo sa che questo è uno degli ospedali più antichi d'Europa? » lo interrogò l'anziano professore, mentre si avviavano per il chiostro delle Medicherie. « La sua edificazione risale al Duecento e fu Folco Portinari, il padre della Beatrice celebrata da Dante, a finanziarla. Era un banchiere e, come molti fra gli uomini che maneggiano denaro, a un certo punto della vita avvertì il bisogno di riscattare la propria anima facendo del bene » ridacchiò, beffardo.

Gerber, ovviamente, conosceva già la storia dell'antico nosocomio di Santa Maria Nuova ma non volle interrompere l'esposizione di Elleri, immaginando che l'uomo avesse poche occasioni per parlare con qualcuno. Era perseguitato dalla diceria di portare sfortuna.

« Nel Quattrocento qui venivano a fare pratica i

più promettenti medici del continente» asserì, infilandosi un sigaro toscano fra i denti.

Quando capì che erano abbastanza in confidenza, Pietro Gerber si azzardò a intervenire: «Mio padre era anche lui uno psicologo e mi esortò a seguire alcune delle sue lezioni. Non mi ha mai spiegato il perché, ma credo che il motivo fosse legato al fatto che da bambino il mio cuore si è fermato per circa trenta secondi, dopo un volo da un balcone».

Elleri rallentò il passo e lo fissò di nuovo, grattandosi energicamente la testa. «Scommetto che con suo padre non avete mai parlato di quei trenta secondi...»

«Ho perso mia madre quando ero molto piccolo, per noi la morte era un argomento da evitare. Non perché ne avessimo timore, ma perché risultava troppo doloroso parlarne senza pensare a lei.»

«Capisco» si limitò a dire Elleri, con tono dubbioso.

«Posso domandarle il perché dei cartelli rivolti verso il soffitto?» chiese Gerber, riferendosi alle strane figure che lo aveva aiutato a piazzare nella sala rianimazione.

«Quella stanza è il posto più vicino all'aldilà» affermò l'altro, andandosi a sedere su uno dei muretti del chiostro, proprio accanto a una colonna. Si tolse una scarpa e, come fosse una cosa del tutto normale, cominciò a massaggiarsi la pianta del piede. «Il vantaggio coi pazienti che vengono colpiti da un evento cardiovascolare è che spesso, quando i medici li riportano indietro dall'abisso facendo ripartire la loro macchina cardiaca, non c'è stato ancora il tempo perché lo stato di coscienza venga compromesso in modo irreversibile. Questo significa che il ricordo di quanto gli è accaduto è ancora abbastanza fresco.»

Lo psicologo non era d'accordo. Lui non ricordava nulla del mezzo minuto in cui era morto a undici anni. Ma non disse niente.

«Col passare delle ore, la memoria dei pazienti si corrompe anche a causa del comprensibile shock» proseguì il docente, rinfilandosi la scarpa. «Ovviamente, io non posso intervistarli mentre sono ancora in corso le procedure salvavita. Allora ho escogitato l'espediente dei cartelli con forme, colori, lettere, simboli e numeri differenti.»

Gerber, però, ancora non capiva. «Qual è lo scopo dell'esperimento?»

«È incredibile che molti di quelli che vengono strappati alla morte poi descrivano più o meno la stessa cosa» affermò Elleri. «Il tunnel, la luce intensa, la sensazione di benessere, tutta la vita che gli scorre davanti come un film rapidissimo, l'idea di essere circondati da presenze familiari decedute da tempo, l'incontro con un'entità benevola, la completa assenza di dolore o di paura: sono tutte cose che, però, non possiamo verificare empiricamente ma che avrebbero anche una spiegazione scientifica. Il tunnel di luce, per esempio, può essere una reazione del nervo ottico che si spegne. Lo stato di benessere è legato al rilascio delle endorfine che sono il naturale antidolorifico presente nel nostro cervello. E così via...»

« Niente di sovrannaturale, insomma » concluse Gerber.

Elleri si accese il sigaro. « Ma c'è un elemento che spesso ritorna in quei resoconti ed è l'unico su cui si possa realmente indagare: l'esperienza extracorporea. Molti dichiarano che, in quei momenti concitati, riuscivano a osservarsi dall'alto. Non solo vedevano se stessi distesi sul lettino in mezzo ai macchinari, ma poi erano capaci di descrivere abbastanza minuziosamente l'aspetto di medici e infermieri che non avevano mai visto prima e perfino le complesse procedure di rianimazione. Chiaramente, anche questo può essere messo in discussione, perché di solito il paziente non sta ad occhi chiusi e il suo udito continua a funzionare, perciò è probabile che il cervello continui a immagazzinare ed elaborare informazioni su ciò che gli accade intorno. E poi una banale perdita dell'orientamento, dovuta alla carenza di ossigeno, fa credere al paziente di stare fluttuando sul soffitto. »

Gerber ci arrivò da solo. « Quei cartelli possono essere visti solo dall'alto. E, se una di quelle persone dopo è in grado di dire cosa c'è disegnato sopra, allora... » S'interruppe, meravigliato da quel semplice stratagemma. « Quante volte è già successo? » chiese, avidamente.

« Mai » fu la risposta spiazzante di Elleri. « E adesso mi dica: cosa posso fare per lei, dottor Gerber? »

Nonostante la delusione, lo psicologo lo ragguagliò su tutto ciò che stava accadendo con Eva.

Partì dal dato clinico, con la descrizione del disturbo agorafobico, esponendo il timore che l'isolamento forzato fosse servito a incubare una seconda personalità. Elencò tutti gli elementi che, a suo parere, facevano sospettare una schizofrenia infantile. Solo dopo aver chiarito tutto questo, passò a riferire il racconto ricavato nel corso delle due sedute di ipnosi, sottolineando le singolari sincronicità che accomunavano la storia dell'amico immaginario e la sparizione di Zeno Zanussi, avvenuta venticinque anni prima e rimasta insoluta.

Decise di non omettere i dettagli più imbarazzanti e inspiegabili che lo riguardavano direttamente: la lettera con la parola « Arimo » o che Eva fosse a conoscenza del fatto che aveva perso e poi ritrovato la sua stilografica, la presenza che lui aveva avvertito fuori dalla buca nel camping abbandonato e, soprattutto, la scena registrata dalla microcamera in cui si vedeva chiaramente che la bambina aveva detto la verità sostenendo che non era stata lei a far cadere la palla con la neve dalla mensola.

« Quindi lei adesso nutre il dubbio che quel bambino invisibile possa essere davvero il suo compagno d'infanzia » concluse il neuropsichiatra senza scomporsi. « È comprensibile » aggiunse, come se non fosse stupito affatto. Diede una profonda boccata al sigaro e si mise a riflettere, immerso in una nube grigia.

Gerber sperava di non essergli sembrato pazzo. Temette che il prolungato silenzio servisse solo a cercare una scusa per sbarazzarsi educatamente di lui. Ma Elleri riprese a parlare.

« Ci sono due risposte possibili e, di conseguenza, altrettante strade percorribili » disse. « La prima riguarda lo scienziato, perciò concerne lei, dottor Gerber: 'crediamo in ciò in cui abbiamo bisogno di credere'... Secondo questa interpretazione, lei è vittima di una grave suggestione, amico mio, legata ad alcune coincidenze della sua vita privata e ad alcuni fatti del passato rimasti irrisolti. Come terapeuta è fin troppo coinvolto e avrebbe il dovere di interrompere subito ogni contatto con la paziente. »

Crediamo in ciò in cui abbiamo bisogno di credere, si ripeté lo psicologo. Era molto sensato. « È molto sensato » disse, infatti.

« Bene, allora può tornarsene a casa » asserì l'altro, disorientandolo. « Sono felice di esserle stato d'aiuto. »

Mentre quello si alzava per andarsene, però, Gerber lo trattenne per un gomito: « Aspetti, ha detto che ci sono due risposte e due strade... E la seconda via? »

L'uomo si lasciò scappare un sorrisetto. « Ammettere che esistono due strade e due risposte non significa essere preparati ad accettarle entrambe... È come con la morte: può essere la fine di tutto o l'inizio di qualcos'altro, ma alla maggior parte delle persone interessa più evitarla che sapere cos'è. »

« Non ho problemi ad affrontare un'altra verità » affermò Gerber. « Perciò mi dica cosa c'è da sapere. »

Elleri si rimise a sedere e gli parlò con tono pacato, come un vecchio padre. « La seconda via è quella secondo cui lei sta vivendo un'esperienza unica e irripetibile, che merita un approfondimento accurato.»

«Lo dice perché è ciò che fa ogni giorno? Approfondire ciò che gli altri non vogliono conoscere?»

«Io non so se abbiamo un'anima, dottor Gerber. E non sono un cacciatore di fantasmi, anche se mi piacerebbe molto questa definizione» ammise, divertito. «Però sono convinto che ci sia qualcosa d'inesplorato nell'esistenza umana e che agli uomini è toccato il grave dovere di cercarlo. Gli animali, per esempio, non avvertono la stessa esigenza. Si è mai domandato il perché?»

«Forse è una conseguenza dell'evoluzione» propose lui, ingenuamente.

«O forse perché solo agli uomini è concesso qualcosa di più» replicò il neuropsichiatra. «Ci pensi bene: cosa se ne farebbe un animale dell'aldilà? Gli servirebbe semplicemente per continuare a fare ciò che già fa sulla terra. Invece per l'uomo rappresenterebbe un livello superiore di conoscenza e una possibilità di miglioramento, oppure di semplice redenzione.»

«Tutti desiderano una seconda vita per correggere gli sbagli di quella precedente» convenne l'ipnotista.

Gli occhi di Elleri brillavano come quelli di chi custodisce un segreto prezioso. «Io sono convinto che ognuno di noi sa già cosa accadrà dopo, dottor Gerber. Perché ognuno di noi c'è già stato.»

«Che vuol dire? Si spieghi meglio, per favore.»

«Forse per trovare le risposte sulla morte dovremmo risalire all'inizio della vita...»

Gerber continuava a non capire. « Cosa intende? »

« Lei ha figli, dottore? »

« Uno » affermò. « Si chiama Marco. »

« Noi pensiamo sempre che i neonati o i bebè non sappiano nulla del mondo e debbano imparare tutto dal principio, perciò gli insegniamo le cose e osserviamo i loro progressi... Ma ha mai notato che i bambini molto piccoli hanno abilità che poi perdono crescendo? Per esempio, molti venendo al mondo sanno nuotare perfettamente e poi se lo dimenticano. »

« È vero » gli concesse lo psicologo, senza sapere dove volesse andare a parare.

« E ci sarà stata un'occasione in cui suo figlio le avrà dato l'impressione di sapere qualcosa in più di lei, di possedere una sorta di conoscenza ancestrale, rimasta senza spiegazione perché Marco non aveva ancora il dono della parola... »

A Pietro Gerber apparve l'immagine di una visita presso uno specialista. Marco a un anno che piangeva disperato, ricoperto di elettrodi per rilevare un sospetto soffio al cuore. Lui e Silvia che provavano a tranquillizzarlo con dolcezza anche se, novelli genitori, erano consumati dall'ansia. Suo figlio che improvvisamente smetteva di piangere, spostava lo sguardo in un punto vuoto della stanza e iniziava a ridere come se qualcuno gli stesse facendo delle buffe boccacce.

Esattamente come Eva osservava la sedia vuota accanto al grande armadio bianco nella sua cameretta. Ma, fino a quel momento, lo psicologo non aveva mai paragonato le due scene.

Dalla sua espressione finalmente consapevole, Benedetto Elleri capì che Gerber aveva compreso il senso del discorso, collegandolo a un evento specifico della propria vita. « Se suo figlio avesse saputo parlare, probabilmente le avrebbe spiegato cosa stava accadendo. Diventando più grande, ha acquisito la capacità del linguaggio ma forse aveva già dimenticato ciò che avrebbe potuto rivelarle... In fondo, la memoria di ogni essere umano si consolida più o meno verso i tre anni: tutto ciò che avviene prima viene immagazzinato come esperienza o semplice apprendimento, non come ricordo. »

« E in che modo tutto questo riguarderebbe anche Eva? »

« Lei sta cercando di curarla, forse è proprio questo l'errore: forse dovrebbe fare altro. »

« Cioè? »

« Ascoltare. » Sul volto del vecchio apparve un sorriso buono, uno di quelli che infondono speranza agli altri. « Ci sono persone magiche che abitano il mondo. Non le vediamo per ciò che sono realmente, spesso non ci accorgiamo nemmeno che esistono o le consideriamo inferiori. E allora ci rivolgiamo a loro assecondandole per compassione. Invece dovremmo essere grati perché sono fra noi... Spesso si tratta di bambini. »

18

Dopo l'incontro con il neuropsichiatra, Gerber si recò subito alla tenuta Onegli Catelani perché desiderava mettere in pratica al più presto i consigli di Elleri.

E aveva anche avuto un'idea riguardo a un nuovo approccio nella terapia con Eva.

Mentre attraversava i corridoi dell'immensa casa, fu attratto dall'inconfondibile tintinnio del braccialetto con i porcospini della signora Vannini. Il suono ricordava quello di un gatto con un campanello al collo.

Sempre molto sobria ed elegante con gli immancabili jeans, la camicia bianca e le scarpe da ginnastica, la donna era intenta a lucidare i soprammobili d'argento di uno dei salotti, munita di guanti di cotone e appositi prodotti. Allo psicologo sembrava assurdo dover preservare dall'usura del tempo oggetti che nessuno usava più.

« Che ci fa qui a quest'ora e cosa ha fatto a quella mano? » lo apostrofò, indicando la maldestra fasciatura col nastro adesivo per pacchi.

« Un piccolo incidente » minimizzò lui. « E lo so, avrei dovuto avvertire » si scusò. « Ma ho deciso di anticipare per risparmiarmi un altro viaggio di ritorno a Firenze col buio. »

« Già » convenne la governante. « E poi ho sentito le previsioni e pare che stasera debba venir giù il finimondo. »

Per il momento, era ancora una splendida mattinata di fine inverno.

« Sa dirmi dov'è Maja? » le chiese.

« Poco fa, parlava al cellulare col fidanzato » affermò la Vannini. « Ha un nome strano, finlandese pure lui. »

Gerber cercò di non scomporsi.

« È da ieri che litigano » lo informò maliziosamente l'altra.

Lui rammentò che il giorno prima, andando via precipitosamente dopo la seduta con Eva, non aveva voluto congedarsi da Maja che comunque, a detta della stessa governante, era fuori a fare una passeggiata. Forse desiderava stare sola per parlare al telefono.

L'esistenza di un fidanzato rafforzava la domanda sul perché la studentessa rimanesse ancora lì.

Prima che la Vannini potesse aggiungere alcunché, udirono i passi della ragazza che si avvicinava dal corridoio alle loro spalle: indossava un abitino bianco e scarpe bordeaux di vernice.

« Buongiorno, dottore » lo salutò, freddina.

Gerber ricambiò il saluto. « Mi spiace non aver dato alcun preavviso. »

« Nessun problema, Eva sarà felice di vederla. » Poi si disinteressò alla sua presenza e si rivolse alla Vannini per organizzare i pasti della giornata.

Lui assistette al dialogo. A quanto pareva, davanti

alla governante erano tornati a essere formali. Forse per evitare che quella avesse modo di spettegolare, pensò, poiché non credeva di aver offeso Maja in qualche modo. Anche l'atteggiamento di Silvia a volte era indecifrabile: non era mai chiaro quando ce l'aveva con lui o quando era semplicemente di cattivo umore. Ma poi perché stava paragonando l'ex moglie alla ragazza? Con la seconda c'era solo un rapporto professionale, ricordò a se stesso.

« Venga, dottore, l'accompagno da Eva » disse poi quella, quando finì di parlare con la Vannini.

Gerber notò che il suo sorriso era tirato. Si disse che la discussione col fidanzato finlandese aveva lasciato il segno, ma si domandò pure perché Maja non l'avesse mai menzionato con lui.

Si avviarono verso il piano superiore.

« Ieri sono andato via prima » si scusò, poiché aveva lasciato la casa senza salutarla. Voleva testare se Maja continuava a essere distaccata come davanti alla Vannini.

« Ci sono novità di cui dovrei essere messa a conoscenza? »

Dal tono scostante, Gerber intuì che era proprio arrabbiata con lui. « Nessuna » rispose.

Lei si accorse della fasciatura improvvisata alla sua mano, ma non commentò né gli chiese come si fosse fatto male. L'indifferenza di Maja un po' lo feriva.

« Eva è in punizione per aver rotto la palla di cristallo » lo informò, mentre salivano le scale.

Non sapeva come dirle che la bambina era stata

sincera, che non c'entrava niente. Ma, oltre a descrivere una scena surreale con la palla che precipitava da sola dalla mensola, avrebbe dovuto rivelarle come si era procurato quelle immagini. Sarebbe stato troppo complicato spiegarle perché non l'avesse messa al corrente di una microcamera nascosta. Maja l'avrebbe interpretato come un segno di sfiducia nei suoi confronti. « I bambini a volte mentono per difesa » provò a discolpare Eva.

Giunsero davanti alla porta della cameretta.

Prima che entrasse, la ragazza si voltò verso di lui come se non potesse più trattenersi. « Perché non mi hai dato il libro? »

Lui fu brevemente frastornato, poi gli apparve l'immagine del tomo con la copertina porpora che giaceva ancora sul sedile del fuoristrada. Non sapeva cosa dire.

« È un libro su Cimabue, perciò presumo sia per me » lo incalzò lei.

Maja doveva aver sbirciato dal finestrino del Defender. « Non avevo ancora deciso se dartelo o meno » confessò, sperando che l'onestà pagasse. « Era un modo per ringraziarti per la serata della torta coi becchi, ma non volevo che le mie intenzioni fossero fraintese. »

La ragazza adesso era proprio offesa, glielo si leggeva in faccia. « Cosa avrei dovuto fraintendere? »

« Nulla » tergiversò. « Non volevo che sembrasse... » Non riusciva a trovare la cosa giusta da dire. Il goffo tentativo di rimediare gli si stava ritorcendo contro.

« Allora perché parlarne a Eva? »

La domanda di Maja lo gelò. Ma la lasciò continuare.

« Perché dirle che mi avevi comprato un libro se poi non avevi intenzione di darmelo? »

Mentre Maja proseguiva il suo sfogo, la mente di Gerber aveva già virato altrove. Come faceva la bambina a sapere del libro antico? Non avrebbe potuto curiosare nel Defender poiché non usciva mai di casa. E poi erano stati insieme per tutto il pomeriggio. « È stata Eva a dirti che gliene avevo parlato io? Ha usato proprio queste parole? »

« Mi ha detto solo che avevi portato il libro per me » rispose. « Perché, che differenza fa? »

La differenza è che non sono stato io a parlargliene, pensò Gerber, senza aprir bocca. « Hai ragione, ho fatto male » si scusò, mentendo.

La ragazza sembrò placarsi. Lui invece era di nuovo turbato.

« Avrei bisogno di comunicare con la mamma di Eva, per favore » disse a quel punto. Ricordava che l'unico modo per contattare Beatrice Onegli Catelani era inviarle un sms e aspettare che lei richiamasse. « Faccio sempre dei colloqui preliminari con i genitori, per capire se possono fornirmi elementi utili alla terapia » si giustificò.

Se vuoi conoscere un bambino, devi conoscere bene anche la sua famiglia. Il *signor B.* gli ripeteva spesso quel consiglio.

« Capisco che il padre di Eva non voglia più saperne della figlia » proseguì Gerber. « Ma non è normale che io non abbia ancora potuto parlare con la madre. » Si accorse che stava cercando di non urtare ulteriormente la sensibilità forse dell'unica persona, insieme a lui e alla signora Vannini, a cui importasse davvero di Eva.

« D'accordo » convenne Maja, ragionevole. « Le manderò un messaggio col tuo numero di telefono » gli assicurò, tornando a essere quasi cordiale.

Gerber varcò la soglia della cameretta con una sensazione di malessere. Questo non è il mio posto, si ripeté ancora una volta. E l'allegria delle margheritine sulla carta da parati gli apparve nuovamente insopportabile.

Eva era seduta allo scrittoio a ribalta, stava disegnando con accanto un bicchiere di latte e le solite pillole con le vitamine.

« Scommetto che non mi aspettavi » esordì lui, sforzandosi di sorriderle. Era venuto prima anche per sovvertire i suoi piani.

La bambina indossava di nuovo l'abitino nero e le babbucce di velluto rosso: si voltò appena, ma non disse niente. Davanti a sé, oltre al foglio, c'era una scatola di latta da cui, di tanto in tanto, pescava una matita colorata.

Gerber si avvicinò. « Posso? » domandò, prima di sporgersi verso il disegno.

Eva annuì.

Fece un altro passo e si piazzò accanto a lei. Nel disegno c'erano lui e Maja e si tenevano per mano. Si domandò da dove la bambina avesse tratto l'idea di quel quadretto, visto che con la ragazza non erano mai stati così intimi. È una sua fantasia, si disse. È naturale che ci veda così: siamo noi la sua famiglia in questo momento. I pazienti con genitori separati facevano la stessa cosa: continuavano a disegnare mamma e papà come se stessero ancora insieme. Ma l'aspetto che colpì maggiormente l'ipnotista furono i dettagli dell'opera di Eva: sia lui sia Maja assomigliavano molto a come erano realmente. Non era solo talento raffigurativo, rivelava un'incredibile capacità d'osservazione.

Gerber si sfilò l'impermeabile e poi prese dalla tasca la scatoletta col metronomo e un mazzo di carte. «Sei pronta a un altro bel sonno?» le chiese.

Eva notò le carte nella sua mano. «A cosa servono quelle?»

«Te lo svelerò fra poco» disse in un sussurro che sapeva di magia.

19

Circa quindici minuti dopo, le tende della finestra erano tirate. Eva era distesa sul letto a baldacchino, immersa in un profondo stato di quiete.

Gerber non si sedette accanto a lei. Passeggiava nella stanza cercando di non fare rumore e di non interferire col ritmo preciso scandito dal metronomo. «Ciao» disse quando si sentì pronto. «Sei qui, non è vero?»

«Ciao» ricambiò il saluto l'amico immaginario con la voce di Eva, annunciando la propria presenza. «Ieri sei andato via, ma io non avevo ancora finito di raccontarti la mia storia.»

«Lo so» disse con tono contrito. «Ma ho una certa difficoltà a credere che esisti veramente. Secondo me sei solo un'invenzione di Eva.»

L'altro non replicò.

«Ho bisogno di una prova, lo capisci?»

«Te ne ho date molte» protestò il bambino.

«È vero» convenne l'ipnotista, pensando alla parola «Arimo», alla stilografica e adesso anche al libro che aveva comprato per farne dono a Maja. «Ma hai sempre deciso tu quali prove darmi. E poi ti rifiuti di essere descritto o disegnato. E non vuoi dirmi il tuo nome.»

«Io non lo so più come mi chiamo» ribadì con rabbia.

Gerber ignorò la reazione e prese il mazzo di carte che aveva portato con sé. « Queste sono carte speciali » spiegò.

Lo psicologo Karl Zener le aveva create negli anni Trenta. Erano venticinque, divisibili in cinque gruppi di figure.

L'ipnotista le elencò, mentre le estraeva dal mazzo. « Il Cerchio, la Croce, il Quadrato, la Stella e l'Onda. »

Zener le usava per testare gli individui che riferivano di possedere poteri di telepatia e chiaroveggenza: sceglieva una carta e chiedeva al soggetto cosa c'era raffigurato. L'altro aveva una possibilità su cinque di indovinare. Man mano che la prova andava avanti, però, le probabilità di successo si riducevano. Era a tutti gli effetti un esperimento scientifico con basi statistiche. L'idea di servirsene con Eva era venuta a Gerber dai cartelli di Elleri. L'uso che aveva in mente l'ipnotista era molto più elementare, poiché doveva adattarlo a una bambina di dieci anni.

« Allora, ci stai a fare questo gioco con me? » chiese e iniziò a mescolare il mazzo.

Non ottenne alcuna risposta ma Eva cominciava ad agitarsi.

Incurante del suo silenzio, Gerber estrasse una carta a caso e la mostrò alla sedia vuota accanto al grande armadio bianco. « Che cosa c'è qua sopra? »

La piccola paziente aveva gli occhi chiusi e, ad ogni modo, dalla sua posizione non avrebbe potuto distinguere la figura dell'onda. Intanto la sua tensione aumentava.

Lui continuava a tenere la carta ben in vista, senza cedere. L'intento era proprio far arrabbiare il bambino immaginario. Se quando era contrariato faceva del male a Eva, allora avrebbe dovuto rivelare la propria presenza in qualche modo.

«Ahi!» La bambina scostò il braccio sinistro come se avesse ricevuto un colpo.

Lo psicologo mise via la carta e le si avvicinò. Quindi le sollevò la manica. C'era un segno rosso sulla pelle candida. Aveva immaginato di assistere a un atto di autolesionismo, ma questo superava di gran lunga le sue aspettative.

Reazione psicosomatica immediata, si disse.

Avveniva quando un'emozione trattenuta trovava uno sbocco sul corpo del paziente. Spesso si manifestava con dolori o difficoltà respiratorie. A volte tramite psoriasi o, come nel caso di Eva, con un eritema pudico.

In psichiatria, le carte Zener venivano usate per stanare le personalità fittizie degli schizofrenici. Ma Gerber si trovava di nuovo in bilico su un grave dubbio. Benedetto Elleri però aveva parlato di due vie per affrontare il caso della bambina. Quella della ragione era stata appena percorsa, senza successo. Adesso toccava all'altra.

Ascoltare.

«Non lo so se voglio sentire ancora la tua storia» affermò Gerber, duro.

«Le farò di nuovo male» minacciò il bambino immaginario dentro Eva.

« Non sto dicendo che non m'interessa » si corresse lui. « Non so se ce la faccio a conoscere il resto. Per questo ieri sono scappato via. »

La bambina corrugò la fronte, perplessa. « Di cosa hai paura? »

« Non voglio sapere cosa ti hanno fatto il signore coi ponfi di zanzara sulle braccia e la signora coi tatuaggi » confessò, ed era sincero. « Perché tu sei morto, vero? Altrimenti non saresti qui... »

L'altro si prese del tempo per rispondere. Non avevano mai affrontato quel punto. In fondo, l'intento apparente di Eva era semplicemente far credere a tutti che lei potesse comunicare con un bambino che nessun altro poteva sentire. Era stato Gerber a trarre la conclusione che l'amico immaginario fosse morto e questo solo perché Zeno Zanussi non era mai stato ritrovato.

Ma Eva non aveva mai parlato di fantasmi.

Ed era proprio quella la questione che faceva vacillare lo psicologo. Le molteplici personalità degli schizofrenici erano sempre vive.

« Puoi andartene, se vuoi » acconsentì il bambino, tranquillo.

Rimase sorpreso dal repentino ribaltamento. « Come mai hai cambiato idea? » chiese.

« Se non lo vuoi sapere, io non te lo voglio dire. Ma ti sbagli... » aggiunse poi, lasciando in sospeso il resto della frase.

« Cosa sto sbagliando? » domandò l'ipnotista.

« Non sono stati loro a farmi morire. »

20

« Avevi ragione tu, ho fatto proprio una cazzata. »

« Sì, però adesso è inutile che frigni: dobbiamo trovare una soluzione. »

Li sento sussurrare. Io me ne sto buono buono dentro la roulotte, seduto per terra, al buio. Il signore coi ponfi e la signora coi tatuaggi stanno fuori, a bere lattine di birra e a fumare.

Per loro è come se io non ci sono. Non mi vengono nemmeno a controllare.

« Che si può fare? »

« Non lo so, ma se tornano gli sbirri è un casino. »

« Figurati: coi miei precedenti mi danno almeno vent'anni. »

« Forse dovresti chiamare l'avvocato. »

« *Tse*, buono quello! Per prima cosa mi chiede se c'ho i soldi per pagarlo. Dove li trovo? E poi mica si compromette: appena gli dico cosa ho combinato, mi manda via con un calcio in culo. »

« Ma comunque noi non gli abbiamo torto manco un capello al bambino. E c'è voluto venire lui con te, c'è salito da solo sulla tua macchina, no? Mica ci possono dire niente... »

« E poi gli abbiamo dato pure da mangiare. »

Solo tonno. La pasta al sugo mai.

« Però resta il fatto che, se pure lo lasciamo andare, quello gli racconta tutto e ci fa beccare. »

« La cosa buona è che non hai più fatto la maledetta telefonata per chiedere i soldi ai genitori. »

« Però possono sempre dire che siamo due pervertiti, che l'abbiamo preso per farci qualche giochetto. »

Ieri volevo giocare a nascondino ma loro non hanno voluto. Non hanno neanche una palla. Come si fa a non avere una palla?

« Qui bisogna farsi venire qualche idea altrimenti ci fregano di brutto. »

« Aspetta, forse un'idea ce l'ho... » dice la signora coi tatuaggi.

« Che cosa? » chiede il signore coi ponfi di zanzara sulle braccia.

Ma poi mi sa che lei glielo dice in un orecchio.

La mattina mi sveglio sulla mia solita panchetta e qualcosa subito non mi torna. Mi stropiccio gli occhi e ci sono quei due che sono seduti al tavolo e mi fissano e mi sorridono in modo strano.

La signora coi tatuaggi mi saluta. « Buongiorno... Dormito bene? » Non è mai stata così gentile.

Di solito a colazione mi aspetta di nuovo il tonno. Ieri non mi andava, allora ho chiesto latte e biscotti e la signora coi tatuaggi mi ha dato dei cracker e un bicchiere d'acqua.

Ma oggi c'è un odore che conosco.

Sul tavolo c'è un cornetto e accanto un bicchiere di

plastica che sembra latte e cacao. Il signore coi ponfi sulle braccia è andato a prendermeli apposta dal bar.

La mia bocca si riempie subito di saliva e sento la pancia che fa strani rumori. Ho molta fame ma non mi fido. Cosa c'è sotto? Questi due mi sembrano mamma e babbo quando devo andare dal dottore. Babbo mi compra le figurine dei calciatori e mamma mi fa le lasagne.

« Cosa c'è? Non ti va? » mi chiede il signore coi ponfi. « Guarda che me lo mangio io. »

Afferro il cornetto prima che qualcuno me lo rubi e gli do subito un morso.

« Bravo » dice e sorride coi suoi denti gialli. Forse dovrebbe lavarseli ogni tanto.

Mentre sto mangiando, quelli mi parlano.

« Oggi è un giorno speciale » dice la signora coi tatuaggi. « Fanno il carnevale. »

« D'estate? » dico io.

« Sì, d'estate » dice il signore coi ponfi. « Ti piace il carnevale, vero? »

Io faccio sì con la testa. Che cavolo di domande: certo che mi piace. Babbo d'inverno ci porta sempre a vedere quello di Viareggio.

« Mentre andavo a prenderti la colazione, ho visto questo. » Mi mostra un piccolo manifesto colorato che ha staccato da qualche parte. C'è disegnata una grande maschera dorata sotto una pioggia di coriandoli.

« E ci saranno anche i carri? » domando e bevo un po' di latte e cacao.

« Certo, ci sarà una sfilata sul lungomare coi carri di cartapesta che vengono da tutta la regione » dice la signora coi tatuaggi. « Ne arriva anche uno enorme da Viareggio. »

« Già, da Viareggio » conferma il signore coi ponfi.

Mi piacciono i carri con i personaggi giganti che si muovono. Anche gli occhi si muovono, fa impressione. E mi piace anche la musica e la gente che balla e lancia coriandoli. « *Fanta-mega-super-uau!* » Cavoli, ci voglio proprio andare. « E noi ci andiamo? » Spero che mi dicono di sì.

« Certo » dice l'uomo coi ponfi.

« Adesso? »

« Siccome di giorno fa troppo caldo, il carnevale è di sera. »

Ci resto un po' male perché non lo so se ce la faccio ad aspettare fino a stasera.

« E poi a mezzanotte ci saranno i fuochi d'artificio in mezzo al mare » dice la signora coi tatuaggi. « E potrai mangiare i cenci fritti con lo zucchero a velo e le frittelle di riso. »

« Posso avere anche un gelato alla crema? » domando.

« Ma certamente » dice l'uomo coi ponfi.

« Tutto quello che vuoi » promette la signora coi tatuaggi. « Però c'è una condizione... »

Ecco, lo sapevo che c'era la fregatura.

« Oggi dovrai essere obbediente e stasera dovrai fare tutto quello che ti diciamo. »

« Tutto » ripete l'uomo coi ponfi di zanzara e allunga la mano perché vuole che io gliela stringo, proprio come fanno i grandi.

Ci penso. Non so cosa vogliono da me, ma qui mi annoio a morte. Mi asciugo i baffi di cacao sul braccio e poi stringo la sua mano che è sudata e molliccia. « Va bene, lo giuro. »

« ...Mai più chiasso né frastuono,
giuro giuro starò buono.
Non farò mai più capricci,
né pasticci, né bisticci.
E se il diavolo ballerino
poi ci mette lo zampino,
finirò dritto all'inferno
e lì ballerò in eterno... »

« Io quello non me lo metto. »

« Hai promesso che avresti fatto tutto quello che ti dicevamo di fare. »

« *Non-e-si-ste.* » Mamma dice che quando mi metto in testa una cosa sono proprio un mulo.

« Avevamo un patto. »

« Non m'importa. »

« Un patto è un patto. Ci siamo anche stretti la mano. »

« Non me lo metto un vestito da femmina. *No-no-e-no!* » Vogliono che mi vesto da principessa. Con la gonna argentata. Non ci penso proprio.

« A te la scelta: niente vestito, niente carnevale. »

« Niente carnevale » dico io.

I due si allontanano per parlare a bassa voce.

« Come ti è saltato in mente? Non potevi prendere una roba da maschio? »

« A parte il fatto che non è che ho proprio 'scelto': ho afferrato il primo che ho visto nel negozio e sono scappato via. E poi se ci pensi è anche meglio, così è sicuro che non lo riconoscerà nessuno: ha pure i capelli abbastanza lunghi per passare per una bambina. »

Il resto del discorso non riesco a sentirlo, ma quando hanno finito, tornano da me.

« Allora, abbiamo pensato questo... » dice la signora coi tatuaggi. « Se ti diamo anche una mascherina da mettere sulla faccia, nessuno capirà se sei maschio o femmina. »

« E cosa cambia? » domando io, perché non lo capisco proprio.

Il signore coi ponfi sbuffa. « Almeno così nessuno potrà prenderti in giro. »

Ci penso. Non voglio separarmi dalla mia maglietta preferita. « Non voglio separarmi dalla mia maglietta preferita » dico.

« La togli solo stasera, così la laviamo e domani sarà bella e pulita » dice la signora coi tatuaggi.

Mi sta bene. « Mi sta bene. »

La mascherina è un pezzo di cartone rosso e la signora coi tatuaggi ci ha fatto due buchi con un coltello. Non è bellissima, ma è sempre meglio che niente.

Quando è buio, saliamo sulla macchina blu tutta

scassata. Stavolta sto seduto dietro. Arriviamo sul lungomare e, avevano ragione loro, c'è un sacco di gente. Molti sono vestiti in maschera, altri sono in costume da bagno. La sfilata è cominciata e ci sono i carri di cartapesta. La musica è altissima e le persone ballano e c'è un profumo di cenci fritti e frittelle di riso.

Tutti si divertono, tranne il signore coi ponfi di zanzara sulle braccia e la signora coi tatuaggi. Loro non ridono e si guardano continuamente intorno.

« Andiamo di là » dice il signore coi ponfi ad alta voce, perché la musica è troppo forte e non si sente niente. Poi mi afferra la mano e mi trascina verso uno slargo che sta davanti al mare. La signora coi tatuaggi ci segue.

Ci fermiamo accanto a una panchina. « Lo vedi quel chiosco di gelati? » domanda il signore coi ponfi e mi indica un furgoncino con la tenda verde e gialla e i tavolini. « Va' a prenderti un cono alla crema. » Si fruga nelle tasche dei pantaloncini di jeans e mi dà mille lire.

« Voi non lo volete il gelato? » chiedo, perché il babbo dice che devo essere educato.

« Non ci piace il gelato » dice la signora coi tatuaggi.

Secondo me, la signora coi tatuaggi è matta.

« Noi ti aspettiamo qui. » Mi spinge con la mano e si siede sulla panchina.

Non sono mai andato da solo a comprare il gelato. Anche se sono solo pochi metri, mi sento come uno che fa una cosa da grandi. Con mille lire mi sa che mi danno solo una palla di crema, speravo almeno due. Fa così caldo che, mentre aspetto che mi danno anche un tovagliolo, il cono inizia a squagliarsi e devo leccarlo subito e la crema mi sgocciola sulla mano.

Quando mi volto per tornare verso la panchina, al posto del signore coi ponfi e della signora coi tatuaggi ci sono due fidanzati che si baciano con la lingua.

Dove sono finiti? Non ci credo che mi hanno lasciato solo.

Mamma mi dice sempre che, se mi perdo in mezzo a tanta gente, devo stare fermo in un punto senza allontanarmi. Veramente, adesso io non mi sono perso. Semmai si sono persi loro. Ma mi siedo lo stesso sulla punta della panchina e decido di aspettare qui finché non tornano a prendermi.

Le persone sedute accanto a me cambiano sempre, ma quei due non tornano. Nessuno si accorge che sto qua. Nessuno mi domanda niente. È come se sono invisibile.

Col caldo il vestito da principessa pizzica e la mascherina di cartone è zuppa di sudore. Decido di togliermi almeno quella, non m'importa se qualcuno vede che sono un maschio con la gonna. Mi allontano solo per andare a bere un sorso d'acqua alla fontanella.

E, mentre sto bevendo, alzo la testa e vedo un signore che guarda proprio verso di me.

È pettinato con la riga di lato. Ha una camicia a scacchi blu e verdi, a maniche corte. Gli occhiali e i sandali. Si veste come il mio babbo. Anche lui è il babbo di due bimbe, le tiene per mano e gli ha comprato anche le stelle filanti. C'è una signora bionda con loro, sarà la mamma.

Il signore con gli occhiali mi ha visto, è l'unico che si è accorto di me in tutta la sera. Ma non dice niente, mi guarda e basta. Non mi sembra di conoscerlo. Forse mi conosce lui. Però poi si allontana con la signora bionda e le due bimbe.

Passa altro tempo e io rimango sempre solo. Cosa succede quando la festa finisce? Dove vado a dormire stanotte? Ho paura.

Le persone iniziano a tornarsene a casa. La musica è più bassa adesso, fuori dai bar stanno togliendo i tavolini. Per terra c'è molta spazzatura e dei ragazzi giocano a calcio con una lattina. Anche il chiosco dei gelati sta per chiudere. Non so dove andare.

Ma poi mi accorgo che il signore con gli occhiali è tornato. Sta venendo proprio verso di me, però adesso è solo.

Si avvicina e mi prende per mano. Prima di andare, si guarda intorno. Io non gli chiedo nulla e lo seguo.

Attraversiamo il lungomare e arriviamo in un parcheggio mezzo vuoto. Prende dalla tasca un piccolo telecomando, schiaccia un pulsante e si accendono le quattro frecce di una macchina. Apre lo sportello di dietro e mi fa salire. Sul sedile ci sono ancora le stelle filanti delle figlie e anche una bambola.

Il signore con gli occhiali si siede per guidare, ma non mette in moto. Allunga un braccio per prendere qualcosa dal cruscotto. È un foglietto. Lo guarda. Anch'io lo vedo: sopra c'è la mia faccia, una foto che non so quando me l'hanno fatta. Sto sorridendo e mi mancano due denti come adesso, ma i capelli sono più corti. Il signore con gli occhiali si gira verso di me. Poi guarda di nuovo il foglietto e poi di nuovo me. Quando capisce che sono proprio io, mette via il foglietto e accende il motore.

Sotto la mia fotografia c'era anche un numero di telefono.

Ci fermiamo accanto a una cabina telefonica. Nel cielo nero ci sono i lampi. Il signore con gli occhiali scende e lascia la macchina accesa e si porta appresso il foglietto con la mia faccia. Lo vedo dentro la cabina, mentre pigia i tasti per fare una telefonata.

Secondo me non gli risponde nessuno, perché sta zitto per tutto il tempo e poi riattacca la cornetta.

Torna in macchina. Chiude lo sportello e non mi guarda. Guarda in avanti, con le mani sullo sterzo. E non si muove, respira soltanto. Non so perché fa così. Restiamo lì per un bel po' e la macchina è sempre accesa. Comincia a piovere.

Finalmente il signore con gli occhiali pigia l'acceleratore e ripartiamo piano piano. Accende i tergicristalli. Non so dove mi sta portando. Forse a casa sua, dove ci sono la signora bionda e le sue belle bambine. Sarebbe fantastico conoscerle e giocare con loro. Spero che non mi prendano in giro per il vestito da principessa.

Ma ancora il signore con gli occhiali non mi parla. Lui non mi dice niente. Proprio niente.

21

Ancora una volta era stato Gerber a interrompere la seduta con Eva. Si era accorto che la bambina iniziava a dare segni d'insofferenza durante lo stato di trance. Come se tentasse di opporre resistenza a qualcuno o qualcosa che cercava di dominarla dall'interno.

La sua seconda personalità?

E se n'era andato di nuovo da quella casa senza congedarsi da Maja. Però aveva lasciato per lei il volume su Cimabue, piazzandolo ben in vista sul tavolo della cucina. Siccome era un sacrilegio scrivere sui libri antichi, non aveva aggiunto alcuna dedica, nemmeno un biglietto. Anche perché era sicuro che, nel caso, la signora Vannini l'avrebbe letto per prima e lui non voleva mettere in imbarazzo la ragazza.

Nuovamente alla guida del Defender, viaggiando per la campagna del Chianti sotto un cielo pomeridiano di nuvole nere, provava a ripercorrere quanto emerso nella seduta d'ipnosi che si era appena conclusa.

L'amico immaginario di Eva aveva introdotto un nuovo personaggio nel racconto. Il signore con gli occhiali aveva l'aspetto mite del buon padre di famiglia. E ciò aveva molto colpito Pietro Gerber. Anche perché, quando i bambini dovevano descrivere i protagonisti delle proprie paure, tendevano a immaginare mostri, non persone normali.

Quell'uomo era inquietante proprio perché appariva inoffensivo. Anche se non aveva ancora compiuto nulla di violento, nelle sue azioni si ravvisava già un'intenzione malvagia.

Lo psicologo era convinto che Eva, così come il piccolo eroe della sua storia, non fosse in grado di cogliere l'ambiguità minacciosa che poteva celarsi in un comportamento ordinario. Il fatto che il signore con gli occhiali avesse riconosciuto il bambino in mezzo al carnevale estivo e, senza dire niente a nessuno, fosse tornato indietro a prenderlo dopo aver lasciato a casa la famiglia, era qualcosa di perverso che superava la capacità immaginativa di qualunque bambino.

Lo psicologo fu di nuovo costretto a interrogarsi sulla provenienza di un resoconto così puntuale. Perché, se anche il racconto non era veritiero, risultava quantomeno verosimile, tanto da farlo ulteriormente vacillare.

Per questo, arrivato alle porte di Firenze, sapeva già dove recarsi per cercare riscontri. Anche se la visita che stava per compiere non sarebbe stata facile.

Via dei Cimatori era raggiungibile soltanto a piedi. Se la si percorreva dal lato di Palazzo Rinuccini, si era costretti a passare davanti a un trippaio e ad essere avvolti dal profumo del brodo di lampredotto. Tuttavia, al momento diluviava e ogni odore era neutralizzato da quello della pioggia.

La strada era molto nota a Firenze anche per alcune botteghe storiche. Gerber si fermò proprio davanti a una di esse, riparandosi a malapena sotto l'arco di un portone. L'acqua gli colava addosso, scorrendogli sul viso e sul Burberry. Attraverso la fitta coltre di gocce, intravedeva il negozio di tessuti a conduzione familiare, risalente agli anni Cinquanta, che era rimasto identico nel corso del tempo.

L'insegna al neon col nome della ditta e l'anno di fondazione. Le vetrine con i profili in ottone, illuminate da piccole applique. Al di là di una di esse si poteva distinguere un uomo in giacca scura e cravatta rossa che stava dietro un lungo bancone di legno. Pile di pezze di stoffa di varia foggia e colore formavano un armonico mosaico alle sue spalle.

Erano quasi le diciannove quando se ne andò l'ultima cliente. L'insegna si spense, seguita da alcune luci interne. Prima che il titolare uscisse a chiudere le saracinesche, Gerber sbucò dal proprio riparo e si avviò verso l'entrata.

Il suo ingresso fu annunciato dal campanello posto sopra la porta. L'uomo in giacca scura e cravatta rossa riavvolgeva uno scampolo di lana e stava quasi per avvertirlo che il negozio era chiuso, quando si bloccò.

Pietro Zanussi aveva impiegato meno di un istante a riconoscere l'omonimo compagno di giochi che sgocciolava sul suo pavimento e che non vedeva da anni. La sua espressione s'indurì immediatamente.

«Come stai?» gli chiese Gerber, cercando di mettere subito in chiaro che la sua era una visita amichevole.

«Che sei venuto a cercare?» lo apostrofò subito l'altro, con asprezza.

A parte i capelli prematuramente ingrigiti sulle tempie e qualche chilo di troppo, sembrava ancora il ragazzino con cui Pietro aveva condiviso interminabili giornate di gioco ed estati che sembravano infinite. «È naturale che tu ce l'abbia ancora con me» disse subito, per placarlo. «Forse anch'io serberei rancore se avessi avuto un fratello più piccolo e gli fosse capitato ciò che è successo a Zeno.»

«È questo il punto» replicò l'altro. «Noi non sappiamo cosa gli è accaduto.»

«Non credevo che sarebbe andata così. Francamente pensavo che, prima o poi, sarebbero arrivate delle risposte.»

«Se fosse morto, col tempo ci saremmo messi tutti l'anima in pace» affermò Pietro Zanussi. «Invece ho dovuto vedere i miei genitori consumarsi lentamente, nella speranza perlomeno di sapere.»

«Non dev'essere stato facile» assentì Gerber.

«Infatti, non lo è stato» ribatté quello, gelido. Poi si guardò intorno. «Questo negozio ha sfamato due famiglie: quella di mio nonno e quella del mio babbo. Dopo il fatto di Porto Ercole, i clienti non venivano più. Nessuno aveva il coraggio di affrontare lo sguardo dei miei, non sapevano cosa dire. Almeno per i morti ci sono frasi di circostanza, uno se la cava tirando fuori una delle tante banalità che si dicono in quei casi e che, alla fine, significano soltanto: 'meglio a te che a me'. Ma non esiste un frasario per un bambino di cinque anni che scompare.»

«Non esiste» concordò lui.

«Dopo dieci anni e contro il parere del babbo, mamma chiese al tribunale di dichiarare la morte presunta. Babbo pensava che si fosse arresa, ma lei voleva almeno una tomba su cui pregare.»

Si riferiva al finto funerale di Zeno al cimitero delle Porte Sante, quando invece di un corpo era stato tumulato un piccolo baule pieno di ricordi.

Gerber avrebbe dovuto essere ancora in collera con Pietro Zanussi per l'intervista rilasciata in quell'occasione al quotidiano *La Nazione*, in cui aveva fatto i nomi di tutti i componenti della banda di Porto Ercole, additandoli come responsabili dell'accaduto. Ma l'atteggiamento aggressivo di quello si era stemperato in una dolorosa malinconia e lui non ebbe la forza di infierire.

«Quando la nostra banda si riuniva per giocare, Zeno ci invidiava perché era troppo piccolo e si sentiva escluso» disse il vecchio amico. «Ma quando io sono uscito dal gruppo ed è arrivato lui, avreste dovuto tener conto che aveva molti anni meno dei vostri.»

«Deborah non ci avrebbe mai permesso di scordarcene» gli assicurò Gerber, rammentando come l'unica ragazza della loro piccola comitiva proteggesse Zeno.

«Eppure voi eravate lì il pomeriggio in cui è scomparso. Stavate facendo quello stupido gioco dei ceri, ma eravate in sette.» Lo sguardo di Pietro Zanussi tornò a essere infuocato. «Tu, Iscio, Deborah, Ettore, Carletto, Giovannone, Dante» elencò, come a voler ribadire che non aveva dimenticato nessuno di loro. «Come avete fatto a non accorgervi di niente?»

«Io non stavo giocando ai ceri» provò a difendersi, come se avesse ancora undici anni.

L'altro si lasciò scappare una risatina di disprezzo. «Già, tu eri lassù, su quel balcone con la gamba ingessata... È possibile che da quella posizione tu non abbia notato o sentito nulla?»

Era assurdo parlare di comportamenti avuti a undici anni, caricandoli dello stesso significato e della stessa importanza di una condotta adulta. Tuttavia ogni scelta fatta in quel maledetto pomeriggio di fine luglio, perfino se nascondersi dietro una siepe o nel capanno degli attrezzi per sfuggire agli omini di cera, aveva avuto pesanti ripercussioni sul futuro.

Ad ogni modo, Gerber non era lì per rivangare gli sbagli del passato. «Devo sapere una cosa» disse. «Subito dopo che Zeno è sparito nel nulla, la tua famiglia fece stampare dei volantini con la sua faccia e un numero di telefono?»

«Facemmo apposta installare in casa una seconda linea» confermò l'altro. «E allora?»

Lo psicologo ignorò l'atteggiamento provocatorio e proseguì: «Chi rispondeva a quel numero?»

«Una segreteria telefonica» gli confermò Pietro Zanussi. «C'era una registrazione della voce del babbo che invitava chiunque avesse informazioni a lasciare un messaggio. »

Gerber pensò all'uomo con gli occhiali nella cabina: la sua telefonata muta era la ragione che l'aveva spinto fin lì. « E i messaggi di quella segreteria sono ancora conservati da qualche parte? »

« Perché me lo stai chiedendo? »

Si aspettava quella domanda. Era perfino ovvia. Anche se ci aveva riflettuto parecchio prima di varcare la soglia del negozio, non possedeva una risposta convincente. « Non posso parlarne » affermò, sperando che bastasse. Avrebbe potuto invocare il segreto professionale, ma a cosa sarebbe servito?

Il vecchio amico scosse il capo, incredulo per tanta sfrontatezza. « È il colmo: vieni qui a rivangare brutti ricordi e non ti degni nemmeno d'inventare una buona scusa. »

« Hai ragione, ma preferivo non mentirti. »

« Sei molto gentile, grazie » ribatté l'altro, sarcastico.

« Non voglio creare false speranze » si schermì Gerber. « Se ti dicessi che questa informazione potrebbe aiutare una bambina, ti basterebbe? »

L'altro tacque.

Gerber confidò di aver almeno intaccato la sua caparbietà e proseguì: « La mia piccola paziente ha creato un amico immaginario. Per renderlo credibile ai miei occhi, ha inventato una storia su di lui prendendo spunti da ciò che probabilmente ha letto in rete su Zeno... E non avrebbe fatto alcun collegamento fra me e gli eventi di venticinque anni fa se tu non avessi fatto il mio nome in quell'intervista». L'ultima frase suonava come un'accusa, ne era consapevole. Ma l'ostinazione dell'amico non gli aveva lasciato altra scelta.

Pietro Zanussi s'irrigidì, ma poi gli riservò un sorrisino cattivo. «Ho sentito in giro che non te la passi bene, dottor Gerber.»

Ancora una volta non colse la provocazione. «Per favore...» supplicò, invece.

«Vattene» lo cacciò l'altro. «Non voglio più discutere di questo con te.»

Temeva che sarebbe finita così. Ma un tentativo andava comunque fatto. «Mi dispiace di essere piombato qui e aver ritirato fuori questa storia» disse, congedandosi. «So che non fa differenza, ma non ho dimenticato Zeno.»

«Infatti, non fa alcuna differenza» ribadì quello.

Gerber si avviò verso l'uscita, le suole delle Clarks bagnate stridevano a ogni passo. Poi, però, si arrestò davanti alla porta. Di spalle al bancone, iniziò a recitare: «*Mai più chiasso né frastuono, giuro giuro starò buono. Non farò mai più capricci, né pasticci, né bisticci*». Fece una pausa: da quella posizione non poteva scorgere la reazione di Pietro Zanussi. Decise lo stesso di proseguire. «*E se il diavolo ballerino poi ci mette lo zampino...*»

«*...finirò dritto all'inferno e lì ballerò in eterno*» completò per lui il fratello maggiore di Zeno. «Era la nostra filastrocca.»

Per qualche insondabile motivo, la conosceva anche Eva, sebbene nel suo racconto sotto ipnosi fosse stato l'amico immaginario a declamarla. La filastrocca, insieme al volantino con la foto e il numero di telefono, era l'ennesima sincronicità con la storia del piccolo Batigol.

«Conservo tutto di quel periodo» ammise Pietro Zanussi. «Comprese le registrazioni di quella maledetta segreteria telefonica.»

22

Chiuse le saracinesche, salirono insieme nel piccolo appartamento che si trovava proprio sopra il negozio. Vi si accedeva dal portoncino accanto.

Appena vi mise piede, Gerber si guardò intorno. Gli bastò un'occhiata per capire che Pietro Zanussi viveva da solo. Non era facile intuire se avesse una moglie o dei figli da qualche parte, se stesse lì da sempre o se quella sistemazione fosse dovuta a qualche stravolgimento familiare. Di certo, lui non si sarebbe informato al riguardo.

C'erano un letto singolo rifatto senza neanche una piega, un cucinotto abbastanza spartano e un piccolo bagno cieco. Una vecchia poltrona stazionava davanti a un televisore, orientata simmetricamente allo schermo. E c'era una scrivania di metallo con un computer. Sopra di essa, uno scaffale su cui erano allineati dei raccoglitori numerati di documenti.

Gerber si voltò e si bloccò all'istante.

Davanti a lui, una parete interamente ricoperta di ritagli di giornale, sistemati intorno a una cartina del promontorio dell'Argentario: sulla mappa erano state disposte alcune bandierine, presumibilmente per tracciare le zone in cui erano avvenute le ricerche di Zeno.

« Vuoi un caffè? » domandò l'amico.

« Sì, grazie » disse, mentre osservava la meticolosità di quell'opera.

In un angolo intravide un paio di scarponi infangati e un bastone. Erano l'unico elemento che stonava nell'ordine di quella casa.

« Ci sono state parecchie falle nell'indagine dell'estate del '97 » affermò Pietro Zanussi dal cucinotto. « Tanto per cominciare, la polizia fu chiamata solo tre ore dopo la scomparsa di Zeno. Ti pare sensato? »

Infatti era assurdo, considerò Gerber. « Me lo ricordo: noi bambini avvertimmo subito tutti che Zeno non si trovava, ma all'inizio gli adulti erano convinti che si rifiutasse di uscire dal suo nascondiglio per poter vincere il gioco dei ceri... Anche se col passare delle ore cominciarono a immaginare che potesse essergli accaduto qualcosa, nessuno faceva ancora quella benedetta telefonata al 113. È incredibile. »

Gerber rammentava ancora la scena surreale di quella domenica: dopo essere stati svegliati dal pisolino pomeridiano, gli adulti del vicinato se ne andavano in giro in costume da bagno e ciabatte, chiamando Zeno senza grande convinzione. Chissà per quale incomprensibile motivo si comportavano così. Erano persuasi che tutto si sarebbe risolto presto e per il meglio. Forse perché era già accaduto che qualche bambino si smarrisse nelle campagne o sulla spiaggia, ma veniva sempre ritrovato. Forse perché il quartiere di villette era un posto in cui tutti conoscevano tutti e non era mai accaduto nulla di brutto ai loro figli. O forse, semplicemente, perché erano in vacanza.

« Anche babbo e mamma non si rendevano conto che era necessario lanciare un allarme » disse Pietro Zanussi, mentre con un cucchiaino sistemava la polvere di caffè nel filtro della moka. « I miei erano come imbambolati. All'epoca mi domandavo perché stessero reagendo in quel modo, quando io invece ero terrorizzato. »

In casi simili, la mente poteva innescare il panico oppure rifiutarsi di accettare la spiegazione più infausta. Come psicologo, Gerber spesso doveva fare i conti con genitori che respingevano senza motivo la diagnosi che riguardava i loro figli.

Ma il ritardo nel chiedere l'aiuto delle forze dell'ordine forse era costato caro al piccolo Batigol.

« Mi ricordo che tuo padre era più in ansia di tutti » affermò l'amico, posando la moka su un fornelletto a gas.

In effetti, il *signor B.* aveva capito prima degli altri la gravità della situazione. Cercava di trasmettere ai presenti la propria apprensione, ma non veniva ascoltato.

In attesa che uscisse il caffè, Pietro Zanussi tornò da lui. Sfilò uno dei raccoglitori dallo scaffale sopra la scrivania. « A proposito della segreteria telefonica » disse, aprendolo. « Questo è il risultato di anni di messaggi. »

All'interno della custodia di plastica blu, una decina di audiocassette perfettamente organizzate.

« Ovviamente, ho conservato solo le telefonate più

significative » lo avvertì. « Il volantino con la foto di Zeno e il numero fu un'idea del babbo: voleva sentirsi utile, forse per rimediare all'inerzia iniziale. Le prime settimane arrivavano centinaia di segnalazioni al giorno: le passavamo alla polizia ma quelli non potevano certo verificarle tutte. Ci sono state anche tante chiamate di mitomani o di gente che aveva solo voglia di fare scherzi. »

Gerber non capiva come ci si potesse divertire con la scomparsa di un bambino di cinque anni.

« E tieni anche conto che in quel periodo si sprecavano gli avvistamenti di bambini con indosso la maglietta della Fiorentina col numero nove. »

Non avrebbe potuto essere altrimenti, vista la popolarità di Batistuta, considerò Gerber, ricordando che il bomber argentino era un mito.

« La polizia andava a controllare e la maggior parte delle volte scopriva che il minore di turno non corrispondeva affatto alla descrizione di Zeno, spesso non coincideva nemmeno l'età. »

« Avrete ricevuto anche molte richieste di denaro » ipotizzò lo psicologo.

« Semplici testimoni che andavano a caccia di ricompense oppure gente che sosteneva di sapere qualcosa e voleva venderci l'informazione: si sono inventati di tutto per spillarci soldi. Alcuni, per sembrare attendibili, ci spedivano perfino quelle maledette magliette da calcio come prova: ne saranno arrivate cinquanta per posta. » Pietro Zanussi si rabbuiò. « Certe volte, babbo pagava » confessò. « Era palese che si trattava di truffe, ma era più forte di lui: non ce la faceva a starsene lì senza far niente. Allora, pagare un riscatto era come comprare una piccola speranza, anche se falsa. Oppure un po' di pace, una breve tregua all'angoscia che non lo abbandonava mai.»

Gerber poteva solo immaginare il dramma di quel padre. I genitori di Zeno erano entrambi morti prematuramente. «Suppongo anche che molti abbiano chiamato la segreteria per poi riattaccare senza dire nulla» affermò, rammentando il signore con gli occhiali nella cabina telefonica.

«È singolare che tu me lo chieda» disse Pietro Zanussi, meravigliato. Gli indicò un ripiano con un telefono fisso bianco e azzurro, con pulsantiera, molto comune nelle case degli anni Novanta. Era collegato a un vecchio modello di segreteria: all'interno dell'apparecchio c'era ancora una piccola audiocassetta.

Lo psicologo si domandò cosa intendesse fargli ascoltare. Ma l'amico indugiava.

«Nel corso degli anni, si sono accumulate varie versioni sulla possibile fine di mio fratello» spiegò. «All'inizio, i giornali spingevano la tesi del mostro e avevano convinto tutti. La polizia seguì quella pista solo per non mettersi contro l'opinione pubblica, anche se col tempo vennero fuori altre ipotesi, forse meno attraenti per i media ma altrettanto probabili. Una possibilità, ad esempio, era che Zeno fosse caduto in mare, magari precipitando da un punto del promontorio direttamente sugli scogli. Oppure che si fosse perso nei boschi dell'Argentario e fosse morto lì e poi il suo cadavere fosse stato dilaniato dai cinghiali.»

Lo sguardo di Gerber si diresse di nuovo verso l'angolo della stanza dove stavano gli scarponi infangati e il bastone. Continua a cercare il fratello, si disse. Immaginò che nei giorni liberi Pietro Zanussi battesse ancora quei luoghi impervi da solo, sperando di trovare un brandello di stoffa, una scarpa e, nella più macabra delle ipotesi, resti umani.

Ogni alternativa citata dall'amico prevedeva la morte, considerò Gerber. Ed era anche naturale.

«Tuttavia, dopo tanto tempo, la versione più attendibile mi sembra ancora quella di un rapimento.»

«Perché?» chiese lo psicologo, incuriosito da tanta sicurezza.

«Non ho prove per sostenere ciò che sto dicendo» lo avvertì subito l'altro. «È una sensazione che si è rafforzata negli anni» affermò, fissando il mangianastri. «Qualcuno quel pomeriggio ha preso Zeno.»

Lo psicologo ripensò al signore coi ponfi sulle braccia e alla sua complice piena di tatuaggi. Ma non sembrava che Pietro Zanussi si riferisse ai due balordi. Cosa sapeva o credeva di sapere?

«Qualcuno ha fatto qualcosa a mio fratello, qualcosa di brutto» proseguì. «Perché Zeno è morto, anche di questo sono certo.»

Gerber pensò al signore con gli occhiali.

«Sono sicuro che il responsabile è ancora là fuori, da qualche parte» asserì il vecchio amico.

Lo psicologo notò che, mentre parlava di quell'individuo immaginario, la sua voce rallentava e aveva lo sguardo trasognato.

« Lui convive con il suo terribile segreto da venticinque anni. Ha proseguito con la sua vita, indisturbato. Ma sono certo che ogni tanto è come colto dalla curiosità di sapere se qualcosa è cambiato... E allora viene da me. E mi osserva. Sì, lui mi osserva di nascosto. »

Pietro Zanussi spostò lo sguardo su Gerber che, improvvisamente, si sentì chiamato in causa. D'altronde, anche lui lo aveva spiato fuori dal negozio quel pomeriggio.

« Chissà, forse un giorno troverà anche il coraggio di farsi avanti... »

Lo psicologo non sapeva cosa replicare.

Poi l'altro si mise a ridere. « No, non ce l'ho con te... Eri troppo piccolo e poi hai sempre l'alibi della gamba ingessata. »

Per un attimo, aveva temuto che potesse davvero riferirsi a lui. Del resto, non avrebbe potuto giurare sulla completa lucidità mentale dell'ex compagno di giochi. Tirò un sospiro di sollievo e tornò a concentrarsi sulla cassetta infilata nella segreteria. « Se l'esistenza di questo rapitore è soltanto una tua sensazione, cosa c'è qua sopra che dovrei sentire? »

L'amico lo fissò. « Io lo chiamo l'uomo silenzioso. »

Ma ancora il signore con gli occhiali non mi parla. Lui non mi dice niente. Proprio niente.

A Gerber si accapponò la pelle.

Nel momento in cui l'altro stava per schiacciare il

tasto che avrebbe fatto partire l'ascolto della registrazione, la moka sul fuoco iniziò a gorgogliare.

L'amico si voltò verso il cucinotto. « Aspetta, il caffè è pronto » annunciò, allontanandosi senza aggiungere altro.

23

Due tazzine sporche sul ripiano della scrivania. Fuori dalla finestra aveva smesso di piovere ma il cielo serale era ancora coperto.

Gerber stava sempre in piedi. Pietro Zanussi, invece, si era appoggiato con le spalle alla parete.

«Avevi ragione poco fa: nel corso degli anni, sulla segreteria sono arrivate molte telefonate mute» stava dicendo l'amico. «Alcuni erano solo curiosi che chiamavano dopo aver letto il numero sul volantino: sentivano il messaggio del babbo e riattaccavano... Ma è avvenuta anche una cosa strana: ogni estate, proprio nel giorno dell'anniversario della scomparsa di mio fratello, qualcuno telefonava e rimaneva in silenzio. A volte, per pochi secondi. A volte, anche per l'intero minuto della registrazione.»

Pietro Zanussi avviò l'ascolto della segreteria. Sul nastro era inciso proprio il silenzio di cui gli aveva parlato poco prima. In realtà, si trattava di un insieme indistinguibile di rumori di fondo che però forniva la chiara percezione di un ambiente. Sarebbe stato impossibile risalire alla provenienza della chiamata, oppure capire se il telefonista si trovava all'aperto o in un interno.

Ma, ascoltando bene, si poteva cogliere il respiro

dell'uomo silenzioso. *Lento, regolare, imperturbabile.* Il respiro di chi conserva il pieno controllo di sé e della situazione. Una prova di forza e anche un messaggio intimidatorio.

Non mi cercate.

La registrazione s'interruppe. Pietro Zanussi tornò a rivolgersi a Gerber. « Ogni anno, la stessa cosa » affermò. « Ce ne siamo accorti solo perché, col passare del tempo, la gente ha dimenticato Zeno e ha smesso di lasciare messaggi. Ma non il misterioso telefonista: lui era il solo a ricordarsi di noi e continuava quella specie di tradizione. » Pronunciò l'ultima parola con un sarcasmo amaro. « E, anche se a un certo punto non aveva più senso mantenere in funzione la segreteria, ho comunque deciso di non disdire il contratto con la compagnia telefonica. » Sollevò la cornetta del vecchio apparecchio con la pulsantiera per dimostrare che la linea era ancora attiva: « Ma sono sette anni che quello non chiama più ».

« E tu lo aspetti ancora? » chiese Gerber, stupito.

« Magari un giorno gli tornerà la voglia di riprovarci, chi può dirlo » affermò l'amico. « Comunque, quella che hai appena sentito è stata la sua ultima telefonata. »

« Secondo te, perché lo faceva e perché poi ha smesso? »

« Credo che il suo intento fosse farci sapere che lui esiste realmente, che è una persona in carne e ossa e non soltanto il parto delle nostre peggiori paure...

Penso si nutra del dolore degli altri, che in qualche modo ciò gli procuri piacere.»

Dai propri studi, Gerber sapeva che l'amico non si sbagliava: aveva inquadrato pienamente la questione. Se esisteva davvero un rapitore, era probabile si trattasse di un sadico che tendeva a ripetere con la fantasia l'esperienza vissuta con Zeno. Per provare lo stesso sentimento di pericolo, la stessa sensazione di invincibilità, la stessa eccitazione. Il modo più efficace era tormentare ancora una famiglia già duramente provata. « D'accordo, ma perché smettere? » Proprio non se lo spiegava.

« Magari la telefonata annuale era solo un test, una maniera per capire se, dopo la chiamata, qualcuno si sarebbe messo di nuovo a dargli la caccia. Visto che però non accadeva, a un certo punto deve essersi sentito abbastanza sicuro della propria invisibilità e del fatto che sarebbe rimasto impunito. Allora ha interrotto di punto in bianco. » E poi aggiunse: « O chissà, magari quel bastardo è crepato ».

« Ma tu non pensi che sia veramente morto, vero? » lo incalzò Gerber, che aveva intuito che ci fosse dell'altro.

Pietro Zanussi non rispose, invece lasciò perdere il telefono con la segreteria e avviò il computer sul tavolo. « Ho creato un sito internet » gli spiegò, mentre trafficava con il mouse. « In apparenza, serve a tenere viva la memoria di Zeno: oltre alla cronistoria del caso, ci sono le sue foto, le sue canzoni preferite, il racconto della Fiorentina degli anni Novanta e tutto ciò che gli piaceva, compresa la ricetta della pappa al pomodoro di mamma per cui andava matto.»

«Hai detto 'in apparenza'» gli fece notare Gerber, mentre l'altro scorreva le pagine del sito. «Perché, a cosa serve realmente?»

Pietro Zanussi aprì una sottosezione del menu in cui avrebbe potuto imbattersi solo chi avesse navigato con attenzione all'interno del sito. «Serve a questo» annunciò.

Gerber si sporse verso lo schermo. C'era un elenco delle ultime volte in cui Zeno era stato visto da qualcuno, con tanto di nome e cognome del testimone oculare. Quegli avvistamenti si riferivano, inevitabilmente, all'ultima domenica di luglio del '97. Da quando il bambino era stato svegliato dalla madre al momento in cui aveva fatto colazione coi familiari, alle ore in cui era stato in spiaggia o quando era andato a comprare il pane per il pranzo e un fumetto per sé. La cronologia di quegli eventi terminava nel giardino della villa di Porto Ercole durante il gioco dei ceri.

Accanto all'orario c'era il nome di Pietro Gerber.

«Ho dato per scontato che, dal balcone, potessi essere stato l'ultimo a vedere Zeno prima che scomparisse» spiegò l'amico.

Probabilmente era proprio così. Lui non ci aveva mai pensato. La constatazione lo fece vacillare. *L'ultimo*, si ripeté, incredulo.

Ma l'amico tralasciò subito il dettaglio, poiché era interessato ad altro. «Ormai sono in pochi a visitare ancora il sito » disse. « Lo so perché c'è un contatore che ne rileva il numero. Ovviamente, non posso risalire all'identità di queste persone, ma mi basta sapere che qualcuno c'è... E sono convinto che tra i frequentatori abituali ci sia anche il rapitore e che, periodicamente, venga a controllare questa pagina per sapere se, per caso, è spuntata fuori la segnalazione di qualcuno che venticinque anni fa ha notato qualcosa di sospetto e se n'è ricordato solo adesso... Forse lo fa per scaramanzia o magari perché è consapevole che il rapimento di un bambino in pieno giorno non è qualcosa che passa totalmente inosservato. »

I testimoni tardivi dei crimini non erano un fenomeno raro, si disse Gerber. Solo a distanza di tempo riuscivano a collegare una stranezza o un'anomalia a cui avevano assistito in passato con un fatto di cronaca rimasto insoluto. Il loro inconscio impiegava anni a elaborare l'evidenza, anche la più banale.

Perché per lo più la natura umana non è maliziosa, diceva il *signor B.*, rammentando il caso di una donna che, mentre veniva accompagnata in auto per sposarsi, aveva notato che in una macchina ferma a un semaforo c'era un uomo sporco di sangue. Obnubilata dall'emozione di quel giorno speciale, non aveva dato peso alla cosa. Salvo ricordarsene in occasione delle sue nozze di cristallo, sfogliando l'album con le foto della cerimonia. Grazie a lei fu catturato un omicida che per quindici anni era sfuggito alla giustizia.

« Forse possiamo stanarlo » affermò Gerber, sempre che il rapitore esistesse davvero e tenesse costantemente d'occhio il sito internet come sosteneva Pietro Zanussi. « Ma stavolta devi fidarti di me e non dovrai fare domande. » Era solo un tentativo basato sul racconto della seconda personalità di una bambina di dieci anni. Ma, come gli aveva fatto capire il professor Elleri, talvolta bisognava affidarsi all'ignoto.

« Cosa devo fare? » domandò l'amico, accettando il patto.

« Aggiornare l'elenco degli avvistamenti, riportandone un altro. »

Gerber aveva controllato: in effetti, qualche giorno dopo la scomparsa di Zeno nel '97, sul lungomare di Marina di Pisa si era tenuta un'edizione estiva del carnevale, con carri provenienti da tutta la regione. La manifestazione non era stata replicata negli anni successivi, rimanendo un unicum.

Come assicurato, Pietro Zanussi non fece domande al riguardo e si limitò ad aggiungere due righe di segnalazione anonima con accanto un orario serale.

« Se si sente minacciato, troverà il modo per riapparire » asserì Gerber, puntando lo sguardo sul telefono con la segreteria.

« Se dovesse farsi vivo, ti avvertirò » gli promise l'altro.

24

«Ancora nessuna traccia della sua vecchia paziente.»

«Non la chiamo per sapere di Hanna Hall» chiarì subito. «Ho bisogno di rintracciare alcune persone.»

«A che scopo?» domandò Calindri, con tono insofferente.

«Una rimpatriata.»

«Per questo genere di cose non ci sono già i social network?» brontolò.

«Ho bisogno dei recapiti cellulari» disse, poiché era sicuro che l'investigatore privato avesse agganci nelle compagnie telefoniche per procurarsi quel tipo d'informazioni.

L'altro si prese una pausa per riflettere. «Le costerà un extra» mise in chiaro.

Per un attimo aveva temuto che avrebbe tirato fuori uno dei suoi soliti acronimi. «D'accordo. Le mando subito un sms con i nomi.»

L'uomo con l'orologio da taschino riattaccò senza nemmeno salutare.

«Spero che non sia troppo tardi...»

«Nient'affatto, stavo mettendo a letto Eva.»

«Volevo avvertirti che domani non verrò per la seduta.»

«Come mai?»

«Un impegno preso in precedenza» mentì.

Maja Salo tacque, forse cercando di capire se era una bugia o la verità. «Grazie per il libro» disse poi. «Anche se speravo che me l'avresti dato di persona.»

«Non sono bravo in questo genere di cose.» Era sincero. «Volevo avvertirti di una cosa... Credo che la signora Vannini origli le tue telefonate.»

«Starò più attenta, grazie» si limitò a dire la ragazza, senza accennare a un fidanzato.

Lui avrebbe preferito che lo facesse, almeno per togliersi il pensiero. «Come sta Eva?» chiese, per cambiare argomento.

«È stata agitata per tutto il giorno. L'ho sentita discutere a voce alta e sono entrata nella sua stanza: ce l'aveva ancora con quella maledetta sedia vuota.»

Non abbiamo molto tempo, pensò. La situazione stava peggiorando rapidamente. «Sei riuscita a metterti in contatto con la madre?»

«Le ho mandato un messaggio col tuo numero, così come ti avevo detto» gli confermò.

«Non mi ha ancora chiamato.»

«Sono sicura che lo farà.»

«Ci sentiamo domani per sapere come va» promise.

« Va bene, buonanotte. »

« Buonanotte. »

La conversazione era durata meno di quanto Gerber sperasse. Ma, soprattutto, aveva percepito una distanza fra loro.

« Non posso andarmene da Milano nel bel mezzo della settimana. »

« Ti chiedo solo un giorno. »

« E come faccio col lavoro? Non posso mollare tutto all'improvviso, ho delle responsabilità. »

« Credevo fossi un pezzo grosso » lo provocò.

« Grossissimo » ironizzò Iscio di rimando. « E poi cosa dico a Gloria? »

« Dirai a tua moglie che tuo cugino ti reclama a Firenze. Anzi, dille che sto per morire: non potrà mai negarti il permesso. »

« Idiota. »

« Davvero: ho bisogno di te. »

Iscio ci pensò ancora un momento. « Non lo so... »

« Non si può fare se manchi tu. »

« E gli altri? »

« Verranno » gli assicurò.

« Ne sei convinto? » chiese, ma il tono era scettico.

« Glielo dobbiamo tutti » aggiunse lui, senza che fosse necessario specificare con chi avessero quel debito.

All'altro capo della linea, il cugino sospirò profondamente. « Sì » disse alla fine. « Non so cosa hai in mente, ma vedrò di esserci. »

Non poteva aspettarsi di meglio.

Al termine della breve sequenza di telefonate, Pietro Gerber era ancora seduto sul divano di casa. Fra le mani, il taccuino nero dedicato al caso di Eva e la stilografica. Aprì la pagina su cui aveva annotato tutte le sincronicità tra la vicenda di Zeno e il racconto dell'amico immaginario e aggiunse un'altra voce:

Uomo silenzioso.

La definizione di Pietro Zanussi combaciava con la caratteristica principale del signore con gli occhiali che aveva portato via il bambino vestito da principessa durante il carnevale estivo.

Anche la circostanza che entrambi gli uomini silenziosi avessero chiamato il numero sul volantino con la foto di Zeno costituiva una coincidenza eclatante.

Uno dei due aveva continuato realmente a telefonare in occasione di ogni anniversario della scomparsa.

Fino a sette anni fa.

Lo psicologo annotò quel dato temporale, chiedendosi ancora una volta perché il misterioso telefonista avesse improvvisamente smesso. Si domandò se l'ultima aggiunta alla pagina del sito internet che riportava gli avvistamenti del piccolo Batigol sarebbe stata sufficiente a risolvere il dilemma fra realtà e invenzione.

Se l'uomo silenzioso riappariva, anche solo richiamando la segreteria telefonica dopo sette anni, allora voleva dire che l'episodio del carnevale era veramente accaduto e che Eva era attendibile.

« O chissà, magari quel bastardo è crepato » aveva detto Pietro Zanussi. Allora non ci sarebbe stata nessuna conferma.

Gerber era consapevole di quanto fosse pericoloso assecondare le proprie suggestioni. Inoltre, andare in cerca di prove per confutare o accreditare quanto narrato da Eva non era la maniera migliore per aiutarla.

Ma era troppo coinvolto a livello personale. La situazione in cui versava lo costringeva a porsi dubbi di difficile soluzione. Poiché, per quanto fosse arduo ammetterlo, una parte di lui desiderava fortemente che fosse tutto vero. Perché così almeno ci sarebbero state delle risposte a una domanda straziante che si trascinava ormai da venticinque anni.

Cosa era capitato a Zeno Zanussi?

Sarebbe stato bello presentarsi dal fratello maggiore dell'amichetto con una verità liberatoria, anche se tardiva. Ma Gerber si rendeva conto che lo faceva anche per il *signor B.*: il padre sarebbe stato fiero di lui se Pietro fosse riuscito a risolvere un enigma che aveva causato così tanto dolore.

Il *signor B.* non c'è più, si ripeté. Anche se non ne sopportava il ricordo per tutto ciò che era avvenuto dopo la sua morte, non poteva fare a meno di misurarsi con quel che avrebbe detto o pensato il genitore se fosse stato ancora vivo.

Ma c'era anche un altro motivo per cui Gerber si augurava segretamente che Eva fosse sincera.

Ho dato per scontato che, dal balcone, potessi essere stato l'ultimo a vedere Zeno prima che scomparisse.

La frase di Pietro Zanussi aveva aggiunto un peso ulteriore ai suoi sensi di colpa. Paradossalmente, non gli sarebbe toccato più quel primato se la bambina di dieci anni fosse stata realmente in contatto col piccolo Batigol.

Scacciò quell'ultima assurdità con fastidio, pentendosi di aver formulato una simile idea. Era uno psicologo, non doveva dimenticarlo.

In quel momento, il cellulare vibrò per annunciare l'arrivo di un sms. Era stata sufficiente meno di un'ora perché Calindri mantenesse la propria parola.

Gerber aprì il messaggio e si ritrovò davanti una lista di nomi e numeri telefonici.

Controllò l'orario. Le ventidue non erano certo il momento migliore per rifarsi vivo e contare anche su un'accoglienza positiva. Ma non aveva alternative. Iscio aveva già giurato che sarebbe venuto, ma non sarebbe stato semplice convincere gli altri componenti della banda di Porto Ercole a partecipare alla rimpatriata.

Primo perché non li rivedeva dal giorno del finto funerale di Zeno, in occasione del decimo anniversario della scomparsa, quando ciascuno di loro aveva deposto qualcosa in un baule.

Secondo perché, per ottenere il risultato che si era prefisso, avrebbe dovuto ingannarli.

25

Aveva prenotato un tavolo per sette sulla terrazza coperta del Pellicano. Si era fatto garantire che sarebbero stati gli unici avventori in quella parte del ristorante. Confidava nella vista del mare invernale, nell'ottimo menu di pesce e nel buon vino per farsi perdonare il tranello.

Per l'occasione, si era reso presentabile. Aveva dato una sfoltita alla barba e si era fasciato l'anulare fratturato con delle vere bende che lo tenessero ben fermo.

Il primo ad arrivare all'appuntamento fu Ettore. Da piccolo aveva l'abitudine di lanciarsi in ripide discese con la bici e, fedele alla propria spericolatezza, nonostante il maltempo, era giunto in motocicletta. Non era stato difficile convincerlo ma, come tutti gli altri, pensava che si sarebbe trattato di un pranzo a due.

«Chi stiamo aspettando?» domandò, posando guanti e casco su una delle sedie della tavolata.

In quel frangente, fece il suo ingresso Carletto. Ormai ufficialmente il professor Carlo Bonini, docente della facoltà di ingegneria aerospaziale di Pisa. Merito della madre che, da piccolo, lo costringeva a studiare anche d'estate.

I due amici si riconobbero all'istante. Ma, per il

momento, nessuno si lamentò dell'inganno di Gerber.

Giovannone al telefono aveva ancora la voce allegra e la risata squillante. Venticinque anni dopo, la mole era quasi raddoppiata. Ma compensava con l'altezza che lo faceva sembrare un simpatico gigante. Era nel ramo auto usate e l'idea del Pellicano gli era subito garbata.

Dante era diventato un avvocato e lavorava soprattutto con le assicurazioni. Chissà se i suoi clienti sapevano che da piccolo aveva la mania di distruggere ogni oggetto che gli capitava per le mani, solo per vedere come fosse fatto da dentro.

Anche i due ultimi arrivati non ebbero da ridire sull'incontro a sorpresa. Ancora pensavano che fosse un'idea simpatica aver rimesso insieme la banda dopo tanto tempo.

Nessuno sospettava la vera ragione per cui si trovava lì.

Iscio fu di parola e giunse in macchina da Milano verso mezzogiorno e trenta. Per prima cosa, abbracciò lungamente Pietro Gerber, che si godette quel momento: dopo anni di semplici telefonate o, al massimo, di videochiamate, aveva dimenticato come fosse bello avere un cugino che, fino all'adolescenza, era stato quasi un fratello.

Deborah fu l'ultima a unirsi alla compagnia. Ma fu anche l'unica ad aver probabilmente subodorato che ci fosse sotto qualcosa poiché, fra il serio e il faceto, esordì dicendo: «Speravo di non rivedere mai più le vostre brutte facce perché mi riportano alla mente solo pessimi ricordi».

Li baciò uno per uno. Era bella come non mai. Gerber ricordò quando, a quattordici anni, lei gli aveva permesso di toccarle le tette per un intero minuto. Ora gestiva un'agenzia immobiliare insieme al marito e aveva tre figli.

Il pranzo fu l'occasione per rievocare le avventure estive a Porto Ercole e aggiornarsi a vicenda su ciò che era successo nelle loro vite nel corso degli anni in cui non si erano più visti. Tranne Carletto, si erano tutti sposati almeno una volta. E avevano messo al mondo eredi. Eccetto Ettore, che però nutriva il dubbio di aver seminato in giro un bel po' di figli illegittimi.

Il tempo trascorse fra vino bianco, risate e ricordi. Nessuno nominò Zeno Zanussi. Ma il suo fantasma aleggiava nella sala, poiché tutti evitavano accuratamente di raccontare aneddoti del 1997.

Era come se quell'anno non ci fosse stata alcuna estate.

Pietro Gerber considerò che il conto del ristorante gli sarebbe costato un occhio. E, se quelle erano le premesse, l'investimento non sarebbe stato ripagato.

Subito dopo aver ordinato i caffè, si alzò in piedi e chiese l'attenzione di tutti battendo con un cucchiaino su un bicchiere. Solo Iscio era a conoscenza di ciò che stava per dire e si era ripromesso di dargli supporto, se ce ne fosse stato bisogno.

«Vi ringrazio per essere venuti e per aver mangiato

a mie spese » affermò, suscitando una breve risata. « Il motivo che mi ha spinto a invitarvi, però, non è solo quello di riabbracciarvi dopo tanto tempo o di verificare quanto siamo invecchiati. » Altra risata. Fece una pausa. « La ragione principale è che la prossima estate saranno venticinque... Venticinque anni » ribadì.

« Io mi fermerei qui » lo interruppe Deborah, irrigidendosi. « Non rovinerei una bella giornata. »

E sembrava che anche gli altri non gradissero la sortita di Gerber. Che, però, proseguì imperterrito: « Non è facile nemmeno per me, credetemi. Non so come siate andati avanti con le vostre vite, ma io mi sono sempre portato appresso una specie di ombra ».

« Di cosa ci stai rimproverando esattamente? » lo attaccò subito Dante. « Credi di essere migliore di me solo perché sono stato capace di mettermi alle spalle qualcosa che non è dipeso dalla mia volontà? »

« Ed è qui che ti sbagli » ribatté lo psicologo. « In qualche modo, c'entriamo anche noi. »

« Se avessi saputo che stavi cercando di imbastire una specie di terapia di gruppo, non sarei venuto » aggiunse l'amico avvocato, scuotendo il capo.

« Dante ha ragione » gli diede manforte Ettore.

« Aspetta, non capisci... » provò a spiegare Gerber.

« Cosa c'è da capire? » domandò Deborah, con asprezza.

« Ieri sono andato a trovare Pietro Zanussi » raccontò. « Abita da solo in un appartamentino sopra al negozio dei genitori e continua ancora a cercare il fratello nei boschi dell'Argentario. La sua vita è stata interamente stravolta da quell'evento. »

« Non rassegnarsi è stata una sua scelta » fece notare, cinicamente, Giovannone. « Nessuno l'ha costretto a consumarsi nel ricordo del fratello minore. »

Intervenne a correggerlo Carletto: « Credo che Giovannone voglia dire che tutti abbiamo subito dei lutti, ma non per questo ci siamo chiusi in noi stessi o isolati dal mondo ».

« Hai ragione, ma Zeno non è morto. » Il solo pronunciare quel nome provocò come una scossa nell'assemblea. Gerber lo lesse sui loro volti impauriti.

« Pietro, pensi davvero che sia vivo da qualche parte? » Carletto lo fissava con un'espressione di biasimo e compatimento.

« Non credo sia vivo » specificò. « So che è improbabile. Ma davvero non volete sapere se si è trattato di un incidente o di una fatalità o se c'è dietro la mano di qualcuno? Non vi farebbe stare meglio conoscere la verità? »

« Tipo scoprire che è stato vittima di un maniaco? » Deborah era infastidita. « Grazie ma proprio no. »

« Qualunque cosa gli sia successa, Zeno era solo » disse, serio. « Noi avremmo dovuto vigilare su di lui. »

« Perché? » ribatté Dante.

« Perché la sua famiglia sapeva che lui stava con noi. »

« Eravamo poco più che bambini » obiettò Ettore.

« Eravamo responsabili della sua incolumità » ribadì Gerber. « E non solo perché lui era il più piccolo. E la stessa cosa valeva per ognuno dei presenti» asserì, indicandoli uno per uno. «Se uno di noi all'epoca avesse avuto bisogno degli altri, sapeva che poteva contarci... O mi sbaglio?»

«Pietro ha ragione» s'inserì Iscio. «Se fosse successo a me o a voi di essere in pericolo, su chi avremmo fatto affidamento?»

«Su chi c'era» disse Deborah. «Su chi era lì» riaffermò, cogliendo il punto centrale della questione.

«Non i nostri genitori, ma gli amici» le diede ragione Giovannone.

Si sentivano improvvisamente in colpa, Gerber lo capiva dagli sguardi persi e dal fatto che non avessero più voglia di controbattere.

«E tu che suggerisci di fare dopo venticinque anni?» lo incalzò Dante. «Come pensi di rimediare?»

«Non posso» affermò prontamente Gerber. «Nessuno di noi può più, purtroppo.» Sospirò. «Ma forse possiamo ancora mettere insieme i nostri ricordi per verificare che non sia sfuggito niente nella ricostruzione dei fatti dell'estate del '97.»

«La polizia ci interrogò uno per uno» ricordò Carletto, quasi balbettando. «E andò avanti così per giorni e giorni.»

Era il più fragile e insicuro del gruppo, pensò Gerber. Ma quel trattamento aveva avuto su tutti loro un effetto traumatico che sarebbe perdurato negli anni a venire.

«Gli sbirri ci spremettero per bene» rammentò Ettore, rabbioso. «Fregandosene della nostra età e di ciò che provavamo, solo perché non riuscivano a venirne a capo. Quindi perché i nostri ricordi di adesso dovrebbero essere più lucidi di quelli di allora? Non ha alcun senso... »

« Ci trattavano come se l'avessimo fatto sparire noi » affermò Deborah. « Anche la gente ci guardava come se dovessimo vergognarci di qualcosa, ve lo siete scordato? »

« E chi se lo dimentica » s'intromise Dante, con tono dolente. « I miei genitori mi rivolgevano a stento la parola perché pensavano che li avessi ricoperti di disonore. »

« Anche se tutti parlavano di un mostro, fondamentalmente nessuno credeva più a noi » fece notare Giovannone.

« In mancanza di qualcuno da incolpare, eravamo noi il mostro » concordò Gerber.

« Tu no » lo contestò duramente Dante. « Tu eri dispensato dai sospetti perché stavi con una gamba ingessata su quel cazzo di balcone. »

Due settimane prima io sono morto per trenta secondi, avrebbe voluto ribattere. Se l'era guadagnato quell'alibi e, ciononostante, era lì a condividere il loro stesso senso di colpa. Ma sarebbe stato infantile tirar fuori l'argomento e allora preferì tacere.

Intanto si era formato un brusio che non prometteva niente di buono.

« Va bene, adesso calmiamoci. » Iscio si era messo in piedi e protendeva le braccia in modo quasi ecumenico, per placare gli animi. « Io credo che dovremmo perlomeno ascoltare cosa ha in mente Pietro... »

« Già, cosa proponi? » lo provocò Dante. « Avanti, quale sarebbe l'idea che salverà le nostre coscienze? »

Gerber prese fiato. « È vero: venticinque anni fa ascoltarono le nostre testimonianze, ma nessuno ci chiese di fare la cosa più naturale... »

« Cosa? » domandò Deborah.

Adesso veniva la parte più difficile. « Un gioco » disse.

Gli altri lo guardarono allibiti.

Ma lui tenne duro. « Propongo di tornare nel giardino della villa e di ripetere il gioco dei ceri. »

26

Nemmeno per lui era stato facile tornare lì dopo tanto tempo.

Riaprire la vecchia casa. Essere travolto dai ricordi dell'infanzia che sembravano aspettarlo in agguato nella penombra delle persiane chiuse, insieme alla polvere e all'odore di muffa. Transitare nella cucina che Adele riempiva con gli aromi delle sue ricette appetitose. Salire al piano di sopra. Passare davanti alla porta chiusa della camera del *signor B.* e a quella della stanza lilla, dove c'era la consolle con la collezione di boccette coi profumi di sua madre, essenze di spettri.

Oltre quel mobile si trovava il balcone da cui lui era precipitato nel vuoto, morendo per trenta secondi.

Ma la cosa in assoluto più difficile fu entrare nella propria cameretta di bambino, perché in quel frangente ebbe la consapevolezza del passato. Fino a quella soglia, gli anni trascorsi erano solo un nostalgico film della memoria. Dopo quel confine, tutto sembrava essersi sbiadito e anche rimpicciolito. Ma l'arredamento e gli oggetti che adesso apparivano diversi, invece, non lo erano affatto. Perché, in realtà, non era cambiato nulla. Tranne lui.

L'estraneo che ora si aggirava nella sua stanza forse non sarebbe piaciuto al Pietro di undici anni. Il fantasma di se stesso bambino era ancora lì e lo stava giudicando per tutto ciò che aveva fatto o non aveva fatto della propria vita.

Gerber lo ignorò e aprì le imposte, affacciandosi al terrazzino su cui aveva trascorso gran parte della convalescenza dopo l'incidente in cui si era fratturato una gamba.

Sotto di lui, il vento che veniva dal mare sferzava il giardino spoglio della villa, portando con sé folate di umidità salmastra.

«Come ho potuto lasciarmi convincere?» frignò Dante l'avvocato, stringendosi nel cappotto a doppio petto. L'abito da tribunale non si addiceva alla rigida giornata di fine inverno.

Pietro Gerber ancora non credeva di avercela davvero fatta a trascinarli tutti lì.

«Quanto tempo ci vorrà?» si lamentò Ettore. «Più tardi ho un appuntamento di lavoro.» Nessuno, però, aveva capito che mestiere facesse. Il sospetto era che si arrabattasse in affarucci poco limpidi.

«E io devo essere all'università per le diciotto» si aggiunse Carletto il professore, sistemandosi gli occhialini con le lenti costellate di goccioline.

Giovannone fumava una sigaretta dietro l'altra, in silenzio. Ma scuoteva il capo con aria contrariata.

«È inutile che continuate a lagnarvi» li rimproverò Deborah, dall'alto del suo tacco dodici. «Iscio deve tornarsene a Milano e non ha detto nemmeno una parola.» Poi aggiunse: «Neanche a me garba questa situazione, ma ormai siamo qui, perciò facciamo in modo che serva almeno a qualcosa».

Erano intirizziti e arrabbiati, notò lo psicologo. «Va bene, ecco cosa faremo...» iniziò a spiegare. «Attingendo a ciò che rammentiamo di quella domenica pomeriggio di luglio, ripeteremo esattamente ogni azione fatta allora.»

«È passato troppo tempo, cazzo» protestò Ettore.

«Ci aiuteremo a vicenda» lo tranquillizzò. «Dante era il primo omino di cera e aveva catturato subito Giovannone. Deborah si era nascosta dietro un mucchio di sterpaglie, più o meno lì» indicò. «Ettore, tu stavi dietro quella siepe» disse, puntando il dito verso un cespuglio ormai spelacchiato.

«Io mi ero disteso sotto quel sedile di pietra» intervenne Carletto, collaborativo.

Finalmente qualcuno che mostrava interesse per l'esperimento, si disse Gerber.

«Io dov'ero?» domandò Iscio, grattandosi la testa.

«Dietro il capanno degli attrezzi, come al solito» gli rammentò Deborah.

«Sei sicura?»

«Sì» confermò anche Gerber.

«Ripetimi di nuovo perché dovremmo farlo...» affermò Dante, il più restio.

«Perché gli adulti non diedero credito al nostro allarme e chiamarono la polizia tre ore dopo» ricordò Gerber ancora una volta. «Perché il destino ha avuto centottanta minuti di vantaggio per fare di Zeno ciò che voleva. E se noi adesso riusciamo anche solo a scovare un dettaglio che ci è sfuggito allora, vuol dire che il nostro Batigol ha ancora una possibilità di tornare indietro dal buio che l'ha inghiottito. Perché sparire nel nulla è peggio che morire.» Poi aggiunse: «Tutti abbiamo diritto a un finale».

Sembrarono prendere per buone le sue parole e cominciarono a darsi da fare, disperdendosi nel labirinto di ligustri. Non fu semplice ricostruire la dinamica del gioco dei ceri di quel giorno fatidico di venticinque anni prima. Ma, aiutandosi a vicenda, riuscirono a tracciare un quadro dei vari spostamenti nel giardino. A un certo punto, l'atmosfera si era alleggerita e qualcuno riuscì perfino a sorridere ripetendo gesti o consuetudini che credevano ormai smarrite. Come Giovannone che, quando toccava a lui fare l'omino di cera, si accaniva sui viventi abbattendosi su di loro con tutta la propria stazza. Deborah si era sfilata le scarpe coi tacchi per correre meglio. Ettore aveva riesumato il vecchio fischio con cui annunciava la carica. Carletto era imbranato come sempre. Gerber vide che addirittura Dante si era sciolto un po'. Fu come assistere a una vera battaglia di bambini.

Per qualche minuto, tornarono a essere la banda di Porto Ercole.

Ma lo psicologo non doveva lasciarsi distrarre dalla nostalgia. Dalla propria postazione, provava a disegnare mentalmente la mappa dei movimenti di Zeno. Tuttavia, dopo un po' l'atmosfera cominciò a guastarsi.

Iscio non sapeva mai dove andare o dove posizionarsi e continuava a scusarsi con tutti per la scarsa memoria. Ben presto, Dante si stufò e iniziò a battibeccare con Deborah. Ettore si mise a fare battute idiote che fecero saltare i nervi a tutti. Carletto non la smetteva di ripetere che aveva degli impegni. Giovannone si arrese, si sedette su un masso e si accese una sigaretta.

Visto che non si riusciva a venirne a capo, Gerber decise di mettere fine al gioco. « D'accordo » annunciò dal balcone. « Basta così. »

« Te l'avevo detto che non serviva a niente » lo rimproverò Dante, con il solito spirito disfattista.

« Povero Zeno » si lasciò scappare Ettore. « Forse non se la meritava questa pagliacciata » commentò, sprezzante.

Nessuno si pronunciò per smentirlo.

Pietro Gerber era deluso. Ma ciò che gli fece più male fu assistere poco dopo alla sfilata silenziosa dei vecchi amici che se ne andavano. C'era frustrazione nei loro sguardi muti e, forse, anche rancore.

Passandogli accanto, Deborah fu l'unica a fargli una carezza. « Non sei cambiato affatto, Pietro. » Ma non si capiva se fosse un'offesa o un complimento.

Risalirono sulle proprie auto ed Ettore sulla moto. Poi si allontanarono mentre il pomeriggio si spegneva nella sera, ciascuno per la propria strada.

Pietro Gerber era sicuro che non si sarebbero mai più rivisti.

« È colpa mia » disse Iscio alle sue spalle.

Si voltò e lo vide che si fissava le punte delle scarpe,

proprio come quando era bambino. Anche da piccolo aveva l'abitudine di caricarsi della responsabilità degli sbagli altrui, pure quando non aveva alcuna colpa. Lo faceva per ingraziarsi gli altri, forse temendo di non essere abbastanza figo per loro o di non meritare la loro amicizia.

« Non sapevo cosa fare o dove andare. »

« Almeno tu ci hai provato » lo consolò. Anzi, forse lo invidiava per essere riuscito a rimuovere dalla memoria le tracce di quella bruttissima giornata. « Mi dispiace averti trascinato qui inutilmente. »

« Ma il motivo era valido » lo rincuorò il cugino.

« Certe volte mi faccio prendere un po' la mano. » Ed era vero.

« Non lo so perché ho dimenticato tutto » provò a giustificarsi di nuovo. « Per esempio, l'altro giorno al telefono mi hai nominato Saturno, il mio vecchio barboncino. L'avevo scordato. Eppure gli ero così affezionato... »

« L'estate del '97 i tuoi ti mandarono da noi perché io ti aiutassi a distrarti dal dolore per la perdita del tuo cane. Vuol dire che ci sono riuscito » sorrise.

« Già » rifletté il cugino. « E per caso ti ricordi pure come è morto? »

« No » disse. « Ma forse questo è meglio non saperlo, non trovi? »

Iscio sospirò e fece spaziare lo sguardo sulla fitta vegetazione di ligustri. « Però una cosa non l'ho scordata » asserì. « Chiamavamo questo posto 'il giardino senza speranza'. »

« Perché, quando una palla finiva fra le siepi, non c'era alcuna possibilità di ritrovarla » rammentò lui.

« Chissà quante ce ne sono qui intorno, perdute per sempre » constatò il cugino e si rabbuiò al pensiero di quei palloni con cui nessun bambino avrebbe più giocato.

A ben guardare, il giardino senza speranza era il posto perfetto per la scomparsa di Zeno. Per questo, dopo non avevano più usato quel nome.

Si salutarono. Stavolta l'abbraccio fu più frettoloso e Pietro Gerber non rimase ad aspettare che la macchina di Iscio si avviasse lungo il quartiere di villette ancora disabitate per l'inverno. Invece tornò indietro per chiudere la casa.

Voleva fare in fretta, non aveva voglia di essere sorpreso da solo in quel luogo dall'oscurità. Nelle stanze erano prigioniere risate di bambini, riecheggiavano nel silenzio, travestendosi da spifferi. E c'era ancora il rumore dei passi del *signor B.*, l'impronta sonora lasciata dalla sua anima inquieta. E c'era lo spirito di una madre che Pietro non aveva mai conosciuto, suddiviso in tante piccole boccette di profumo. E, in un angolo del soggiorno, c'era la vecchia radio a transistor con cui lui e i suoi amichetti avevano provato a mettersi in contatto con Zeno, scandagliando il fruscio delle frequenze mhz in cerca di un messaggio dall'aldilà.

Gerber rimosse quel macabro ricordo. Ma, proprio mentre fissava l'apparecchio, qualcuno si mise a fischiare.

L'omino di cera era tornato.

Sto impazzendo, si disse, sto perdendo il controllo. Il fischio veniva dal mondo dei morti. Si guardò intorno, spaesato, attendendo un nuovo segnale dall'altra dimensione. Il cellulare nella sua tasca iniziò a squillare. Il suono di un telefono non era un fatto eccezionale, ma lo colse lo stesso alla sprovvista.

Ed era reale.

Gerber prese lo smartphone e attese di calmarsi prima di rispondere. Sul display, un numero che non conosceva.

27

« Sono Beatrice Onegli Catelani » si presentò una voce lontanissima.

Gerber ricordava che la madre di Eva era in crociera alle Barbados. « Buonasera » esordì, senza sapere se per lei fosse notte oppure giorno.

« Ho ricevuto un messaggio da Maja, ha scritto che voleva parlarmi » affermò la donna, con tono impeccabile.

« Sono preoccupato per sua figlia » disse subito.

« Non la sento » si lamentò l'altra.

In quella zona di Porto Ercole la linea era disturbata. Gerber, però, non voleva rimandare la conversazione. Si spostò, sperando che la ricezione migliorasse. « Dicevo che sono in ansia per sua figlia: a dieci anni ha già sviluppato un pericoloso distacco da tutto ciò che la circonda e la cosa rischia di aggravarsi. »

« Eva è sempre stata così » ribatté Beatrice. « Non ha mai dimostrato una particolare empatia. Non ricordo che si sia mai affezionata a qualcuno. »

« Si è mai chiesta il motivo? »

« Milioni di volte. Ma anche con me non c'è mai stato un vero legame affettivo. »

« Nemmeno con il padre? »

La donna tacque.

« Non voglio farmi gli affari suoi, ma è importante sapere se Eva ha percepito il disamoramento che ha portato alla vostra separazione. »

« Io e il padre di Eva non siamo mai stati realmente innamorati » puntualizzò lei. « Non c'è mai stato affetto o complicità fra noi. Perciò non so come Eva possa essere stata turbata dalla fine del nostro rapporto. »

Brutale ma efficace, si disse lo psicologo. Se vuoi conoscere un bambino, devi conoscere bene anche la sua famiglia. Il *signor B.* aveva ragione.

« Mi spiace per lei, dottore: se ha in mente un particolare modello familiare, noi non ci siamo mai avvicinati a quell'immagine ideale, nemmeno minimamente » aggiunse la donna.

« Non è normale che entrambi siate spariti dalla vita di Eva » asserì. Il suo non intendeva essere un rimprovero, bensì una semplice constatazione. « E crescere isolata in quella casa non l'ha certo aiutata. »

La donna scoppiò in una breve risata. « Lei pensa davvero che sia stata una mia decisione lasciarla lì da sola? »

In effetti, era ciò che credeva.

« Il padre di Eva è sparito da un giorno all'altro, ma io sono rimasta finché ho potuto » affermò. « Mia figlia mi ha allontanata deliberatamente. »

La Vannini sosteneva il contrario. Ma non riportò l'opinione della governante. « Come è possibile che Eva l'abbia esclusa dalla sua vita? » provò a chiedere, poiché quei discorsi gli sembravano inverosimili.

« Lei crede che il problema di Eva sia solo l'agorafobia? » reagì l'altra, di rimando. « A un anno si svegliava ogni notte urlando e piangendo, ed era inconsolabile. »

« Il *pavor nocturnus* o terrore notturno è un fenomeno di sonnambulismo tipico nei bambini di quell'età » ribatté, semplificando la spiegazione di quel genere di parasonnia.

« È ciò che assicuravano i dottori, ma dicevano anche che di solito le crisi durano al massimo trenta minuti: quelle a cui ho assistito andavano avanti fino all'alba, quando poi Eva si addormentava stremata fra le mie braccia... Sono certa che non fosse un semplice disturbo. C'era qualcosa che la spaventava nei suoi sogni. »

Dal tono di Beatrice, Gerber si convinse che quello fosse solo l'inizio del racconto.

« Eva non ha parlato prima dei cinque anni, ma a quattro sapeva già scrivere. Ci crede? Riempiva fogli e fogli di nomi e cognomi. Donne e uomini sconosciuti, che lei non avrebbe mai potuto incontrare. Non era nemmeno sicuro che esistessero realmente. Ma dove si procurava quei nominativi? »

Neanche lui se lo spiegava e gli riusciva difficile crederci. Ma non poteva negare che la cosa gli creava apprensione.

« Probabilmente avrà notato l'abilità di Eva nel ritrarre le persone. »

« Sì » ammise Gerber, poiché ricordava il disegno di lui e Maja che si tenevano per mano.

« Un giorno ha raffigurato un volto, l'ha mostrato

a me e a suo padre. È per questo che il mio ex marito non ha voluto più saperne della figlia. »

« Non capisco » disse Gerber.

« Era il volto della sorellina che lui aveva perso quando era molto piccolo. Solo che Eva non l'aveva mai vista, nemmeno in fotografia. »

Lo psicologo non era disposto a prestare fede a una simile enormità.

Beatrice Onegli Catelani lo intuì dal suo silenzio. « Tornando alla sua domanda iniziale, su come sia possibile che mia figlia mi abbia deliberatamente allontanata, posso dirle con serenità che Eva non ha bisogno di me, né di suo padre. E forse nemmeno di lei, dottor Gerber. Perché, fin da quando è venuta al mondo, è circondata da ben altre presenze. »

La parola « presenze » stava per scatenare la sua ilarità, ma si trattenne. « Quindi dovrei presumere che anche la storia dell'amico immaginario... »

« Sì » lo interruppe la donna. « Per questo eviterò di tornare a San Gimignano finché lei non sarà venuto a capo della cosa, dottore. »

Dice che si mostrerà solo quando sarà il momento.

« È ridicolo » si lasciò scappare Gerber. Intanto le ombre avevano preso possesso della casa di Porto Ercole e il vento marino scuoteva le imposte. La villa della sua infanzia era il posto peggiore per ascoltare simili discorsi. Ma lui non si sarebbe fatto condizionare. « Mi spiace, ma non intendo darle retta » rispose, a muso duro.

« Allora lo chieda a Maja... »

Che c'entrava adesso la ragazza? « Perché una studentessa d'arte dovrebbe farmi cambiare idea? »

« Temo che la nostra giovane finlandese non le abbia detto la verità sul perché l'ho assunta per occuparsi di Eva. »

Pietro Gerber iniziava a innervosirsi. « E quale sarebbe il motivo? »

« Maja Salo studia parapsicologia. »

28

Un violento temporale si era abbattuto su Firenze, allagando mezza città, e l'aveva tenuto sveglio tutta la notte. Gli strascichi della perturbazione continuavano a gravitare sulla zona del Chianti.

«Perché non me l'hai detto?»

«Non volevo ingannarti, è stato necessario.»

«'Quella bambina mi fa paura', sono state queste le tue parole. Hai pronunciato la frase dopo la notte in cui la palla con la neve è caduta dalla mensola.»

«Me lo ricordo...»

«Invece faceva parte di una recita.»

Appena arrivato alla tenuta, aveva preso in disparte Maja. Adesso si trovavano alla base delle scale che conducevano al piano superiore. Per tenere riservata la conversazione, il tono di voce era volutamente basso. Ma alcune parole sfuggivano a quella consegna e si perdevano nell'eco del vasto ambiente, mischiandosi al suono della pioggia.

«Non posso credere di essermi fidato.» Aveva intuito che la ragazza nascondeva qualcosa, ma aveva deciso di non badare a ciò che gli suggeriva la ragione.

«Pensaci: come avresti reagito se ti avessi detto subito di cosa mi occupavo?»

Si era chiesto molte volte perché Maja Salo avesse

accettato di vivere isolata insieme a Eva. Ora sapeva che si era trattato di una scelta deliberata.

La bambina era il suo oggetto di studio.

Secondo lei ci può essere un motivo diverso dalla schizofrenia?

« Adesso mi spiegherai come sei arrivata qui » le intimò, perché non si beveva più la storia dell'annuncio sul sito dell'università per cercare lavoro all'estero come ragazza alla pari.

Maja sembrò armarsi di pazienza. « Beatrice ha contattato il dipartimento di parapsicologia con una mail, chiedendo se ci fosse qualche studente disposto a trasferirsi in Toscana per approfondire l'origine di alcuni strani fenomeni che vedevano coinvolta la figlia fin da piccolissima. Il dipartimento l'ha indirizzata a me perché l'italiano è la mia seconda lingua. Ho parlato con lei e ho accettato il lavoro, tutto qui. »

« Perciò l'amico immaginario di Eva si era manifestato prima del tuo arrivo » obiettò, ricordando una diversa versione dei fatti.

« Era già presente » gli confermò. « Ma che differenza fa? »

Infatti non faceva alcuna differenza, considerò Pietro Gerber. Ma ciò che realmente lo feriva non era la bugia, riguardava soprattutto il proprio orgoglio. Temeva di essere stato usato e che anche quella specie di corteggiamento in cui si erano avventurati entrambi fosse per lei solo una tattica per ottenere ciò che voleva. Si rendeva conto di apparire puerile a prendersela tanto, ma non riusciva proprio a farne a meno.

«Resta il fatto che non mi hai detto la verità.»

«Adesso però la conosci. Allora che si fa?» lo affrontò a viso aperto la ragazza.

L'atteggiamento di Gerber nei confronti di certi approcci poco convenzionali era sempre stato piuttosto scettico. Era consapevole che la parapsicologia affondasse le proprie radici nella filosofia. E del resto era stato proprio un filosofo a coniare il termine alla fine del XIX secolo. Gerber era fra quelli che pensavano che la materia dovesse rimanere lì dov'era nata. Invece, quarant'anni dopo, essa lasciò l'alveo teorico e divenne il campo di ricerca di un movimento di studiosi che aspirava a indagare con metodi scientifici fenomeni come telepatia, telecinesi, chiaroveggenza, esperienze extrasensoriali o di apparizioni, forza odica e altre energie impiegate nel mesmerismo, nonché alcuni aspetti psichici dello spiritismo.

Dagli anni Trenta fino a gran parte degli anni Settanta, in quella che fu definita l'Era di Rhine, dal nome dello psicologo statunitense cui si devono le prime ricerche empiriche sulla telepatia, molti prestigiosi atenei in giro per il mondo avevano dipartimenti e appositi laboratori che si occupavano di esperimenti estremi, in cui si ipotizzava l'esistenza di un lato oscuro sia nella mente umana sia nella realtà che la circonda.

« Anche l'ipnosi rientrava fra i metodi d'indagine della parapsicologia » gli ricordò Maja Salo.

Pietro Gerber era costretto a riconoscere che persino il suo amato Carl Gustav Jung aveva condotto ricerche sul potere della trance, servendosi di una cugina medium di quindici anni. E lui stesso aveva portato un mazzo di carte Zener in quella casa.

« Per un lungo periodo, gli ipnotisti hanno rischiato di essere tacciati di ciarlataneria » proseguì la ragazza. « Vi siete salvati dalla gogna solo perché, a un certo punto, avete deciso di dissociare i vostri studi, rinnegando le vostre origini nella parapsicologia. »

« Non mi metterò a speculare con te su certi argomenti » ribatté, determinato. « Voglio sapere se hai spiato le mie sedute con Eva. »

« Questo è tipico della signora Vannini » gli rammentò lei, con stizza. « Io so soltanto ciò che mi hai detto tu. Non ti ho mai fatto domande e mi sono sempre accontentata di quello che hai deciso di condividere con me. »

« Stento a crederci » asserì e liquidò le sue rassicurazioni con una risatina.

« Credi che non mi sia accorta della memory card fra i resti della palla con la neve? »

Un tuono squarciò l'aria. Gerber non sapeva cosa replicare.

« È per questo che il giorno dopo ho mentito riguardo al fatto che avessi paura di Eva... Ti ho forse chiesto a che servisse piazzare una microcamera oppure cosa ci fosse in quella registrazione? »

« No, non l'hai fatto » fu costretto ad ammettere, ma poi domandò: « Non l'hai guardata, vero? »

« Secondo te ho preso la scheda, ho guardato il filmato e poi l'ho rimessa al suo posto? È questo che stai dicendo? » lo provocò, offesa.

Si ricordò di quando, arrivato alla villa, aveva trovato Maja fuori di sé perché Eva negava ostinatamente di aver rotto la palla con la neve durante la notte. Gli era sembrata una reazione autentica. « La bambina ha detto la verità » affermò, rivelandole ciò che c'era nella registrazione. « La stanza era chiusa, lei dormiva e la palla con la neve è precipitata da sola dalla mensola. »

Maja lo fissò. « Lo penso anch'io. »

« Ma l'hai punita lo stesso. »

« Il soggetto deve continuare a pensare che non gli crediamo, solo così possiamo valutare le sue reazioni. »

Improvvisamente la bambina era diventata « il soggetto » e Maja aveva assunto un tono distaccato, da studiosa.

« La distruzione della palla con la neve è un enigma che non riesco a risolvere » ammise Gerber.

Se tutte le sincronicità potevano sembrare il prodotto del racconto di Eva combinato con la predisposizione del terapista a farsi suggestionare, per quell'episodio non c'era alcuna spiegazione.

Dopo la rivelazione, Maja fissò Gerber cercando di capire le sue intenzioni: « Me lo stai dicendo perché adesso ti fidi di nuovo di me? »

Lui non smentì né confermò. « Forse è arrivato il momento che tu conosca la storia di Zeno. »

Provò a sintetizzare gli avvenimenti degli ultimi giorni, spingendosi fino a venticinque anni prima e cercando di non tralasciare nulla.

« Hai vissuto un'esperienza di premorte » commentò la ragazza, dopo aver appreso della caduta dal balcone di Porto Ercole e del suo cuore che si era fermato per circa mezzo minuto.

« Non la definirei proprio così » obiettò Gerber. « Perché di quei trenta secondi ricordo solo il buio » precisò.

Ma per Maja era un dettaglio importante. « Se quell'evento non avesse preceduto di un paio di settimane la scomparsa del tuo amichetto, pensi che adesso racconteresti in termini diversi l'esperienza che hai vissuto? »

« Certo, perché non mi sarei rotto una gamba e avrei preso parte al gioco dei ceri in cui Zeno sparì nel nulla. »

« Non intendevo questo » precisò lei. « Voglio dire che, forse, senza quell'esperienza a contatto con la morte, oggi saresti meno sensibile agli argomenti che riguardano l'aldilà. »

« Io non ho visto alcun aldilà » ribadì.

« Il fatto che tu sia stato oltre il confine, anche se per pochissimo, è già sufficiente a renderti diverso da tutti gli altri esseri umani. »

« L'attività cerebrale non è mai cessata del tutto, non si può definirla propriamente 'morte'. » Poi, però, rifletté: « In effetti, senza quell'episodio forse non avrei concesso alcuna possibilità di persuasione alla storia di Eva ». Mi sarei sbarazzato subito dei dubbi, pensò. E avrei affrontato la cosa con maggiore lucidità e distacco.

Il buio che non ha voluto me poi si è preso Zeno. Gerber rammentò che per molto tempo era stato condizionato da quella convinzione. *Quid pro quo.*

« Va' avanti... » lo esortò Maja.

Il resoconto terminò dopo mezz'ora, insieme alla pioggia, con la parte in cui l'amico immaginario di Eva veniva prelevato nel corso del carnevale estivo dal signore con gli occhiali e portato chissà dove.

« Era vestito da principessa... »

« Sì » confermò ancora una volta Gerber. « I due balordi gli hanno fatto indossare il costume per abbandonarlo nella folla. »

« E adesso non ricorda più il suo nome e si arrabbia se qualcuno continua a domandarglielo » ponderò la ragazza.

« Comodo, vero? È l'aspetto che regge meno nella storia. »

« Non è questo... Pensavo che un bambino fantasma che sta perdendo la memoria è la cosa più triste che abbia mai sentito. »

Gerber si bloccò. « Così, tu le credi... Come la madre, pensi che Eva sia speciale. »

« Io non devo crederle. Io devo esaminarla » ribadì,

trincerandosi ancora dietro la scientificità del suo approccio alla materia.

« Però ti sarai fatta un'idea. »

« Eva potrebbe essere un ponte. »

« Un ponte? »

« Un collegamento verso qualcosa di sconosciuto. »

« E dove sono le prove? »

« Mi hai detto di aver visto formarsi un rossore sulla sua pelle quando l'amico immaginario le ha fatto male... »

« La mente ha un potere sul corpo » ribadì lo psicologo. « L'ho già visto accadere con altri piccoli pazienti. »

« Nello stesso modo? » domandò Maja, scettica.

« Non così » ammise lui. « Questa è stata la prima volta. »

La ragazza gli prese le mani. « Io credo che ci siano delle porte chiuse intorno a noi. Solo che il nostro cervello rimuove i segni e le premonizioni. Perché abitiamo un mondo fatto di materia ed energia, che altrimenti non sapremmo più come guardare... Ma una volta che abbiamo aperto una delle porte, che abbiamo permesso alla nostra mente di vedere, quella porta non si richiude più. »

Maja fece appena in tempo a finire l'ultima frase. Qualcosa la costrinse a voltarsi.

« Che succede? » domandò Gerber, che non si era accorto di nulla.

Lei lo invitò a mettersi in ascolto, poi indicò il corridoio buio alle loro spalle che si perdeva nella successione di sale e salotti con le finestre serrate.

Un segnale cristallino s'inserì di nuovo nel vuoto lasciato dalla fine del temporale.

Gerber temette che nell'oscurità si nascondesse Eva. Sarebbe stato un danno irrimediabile se la bambina avesse origliato ogni loro parola. Si maledisse perché non erano stati più attenti.

« Eva è nella sua cameretta » gli sussurrò la ragazza, intuendo ciò che lo impensieriva. Poi si avviò in direzione del suono.

Lui la seguì.

Varcata la soglia della prima stanza, si ritrovarono davanti la signora Vannini. La governante era immobile, stringeva una cesta col bucato. Colta in flagrante a causa del tintinnio del braccialetto con i porcospini, ora si mordeva le labbra.

Maja stava per esplodere. Gerber la anticipò: « Ha ascoltato tutto, vero? » interrogò la donna, con tono di rimprovero.

Quella annuì.

Di solito non tollerava le persone indiscrete e sarebbe stato anche più duro, ma il turbamento della Vannini era evidente e questo lo frenò. « Se vuole bene alla bambina, non dovrà riferire a nessuno ciò che ha sentito » si raccomandò, indicando il piano superiore. « Nemmeno a suo marito. » Ma, dall'espressione cerea della governante, capì che c'era dell'altro.

« Non avete ancora visto Eva stamattina, vero? » chiese la donna, quasi balbettando.

« Siamo state insieme a colazione, poi l'ho mandata in camera sua a cambiarsi e sarei tornata da lei fra poco per cominciare a studiare matematica » affermò Maja, impensierita dalla domanda. « Perché? »

Probabilmente c'entrava con ciò che si erano detti lui e la ragazza, ipotizzò Gerber. Era evidente che, prima di origliare, la Vannini avesse visto per caso qualcosa che, alla luce dei loro discorsi, adesso la terrorizzava.

29

La trovarono seduta sul tappeto persiano a gambe incrociate, mentre pettinava la sua bambola. Imperturbabile come sempre.

Guardandola, Maja si bloccò: sulle sue labbra stava per affiorare una domanda. Per questo, Gerber avanzò per prevenire la ragazza.

Perché al momento non importava dove Eva avesse trovato il vestito da principessa che indossava.

Anzi, avrebbero dovuto evitare di dare peso alla cosa. E la bambina doveva percepire la loro indifferenza, altrimenti le avrebbero permesso di avere un nuovo potere su di loro.

Il *signor B.* gli aveva insegnato che, quando i bambini cercano di attirare l'attenzione degli adulti, questi ultimi hanno sempre qualcosa da perdere.

Tuttavia, la vista dell'abito lasciava senza fiato. La gonna di tulle argentato sgualcita, gli strappi nel raso, i piccoli bottoni del corpetto macchiati dalla ruggine. Quel vestito sembrava uscito da una tomba.

« Buongiorno » la salutò lo psicologo, come se niente fosse. « Ieri non ci siamo visti, perciò oggi cercheremo di recuperare. »

La bambina non reagì, come se lui non esistesse.

Gerber si voltò verso Maja, col pretesto di accompagnarla verso l'uscita.

« Hai visto? » chiese lei, a bassa voce, sconvolta.

La tranquillizzò. « Il vestito non è venuto misteriosamente fuori dalla storia di Eva. Lei ce l'ha inserito apposta. »

« Ma io non l'ho mai visto in casa » replicò la ragazza.

« Significa soltanto che è brava a nascondere le cose » la fece ragionare. « Ora lascia che prosegua da solo. »

Lei si morse il labbro, diede un'ultima occhiata alla bambina e poi abbandonò la stanza.

Pietro Gerber si sfilò il trench e tornò a dedicarsi alla piccola paziente. « Cosa fai? » le domandò semplicemente, poiché ai bambini non bisognava mai chiedere a cosa stessero giocando. Il *signor B.* diceva che per i bambini gioco e realtà erano la stessa cosa e non bisognava mai rilevarne la differenza.

« Ci stiamo preparando per il gran ballo » spiegò Eva, continuando a pettinare la bambola. « Dobbiamo farci belle. »

« Mi sembra l'occasione perfetta » commentò.

« Lo è » disse subito lei.

« Mi spiace non avere l'abito adatto » affermò, indicando ciò che indossava.

« Ma, se vuoi, puoi venire anche tu. »

« Grazie, ma non ho ricevuto alcun invito. »

« Io sono la principessa, posso invitare chi voglio. »

Una principessa fantasma, pensò. Ma se Eva cercava di provocare una sua reazione a ciò che indossava, lui doveva continuare a ignorare il vestito. « Tu non sei una principessa » la smentì.

La bambina sembrò smarrita dall'osservazione.

Ma poi Gerber aggiunse: « Tu sei una regina ».

Eva si rattristò, il suo sguardo si spense.

Credeva di averle fatto un complimento. « Che succede? » provò a chiederle, pentito.

« Mi diceva che sono la sua regina. »

Non capiva a chi si riferisse. « Chi te lo diceva? »

« Il mio babbo » confessò. « Ma adesso lui non viene più a trovarmi. »

Fino a quel momento, Eva non aveva mai menzionato il padre. « Ti manca? »

La piccola annuì. « Lui sta in cielo » asserì.

Non se l'aspettava. Non è una sua deduzione, pensò. Qualcuno gliel'ha detto. Era stata la madre, per nascondere il fatto che l'uomo avesse deciso di sparire dalla vita della figlia? Ma perché non raccontarle una bugia meno definitiva? C'era del rancore in quella menzogna, era evidente. Però Eva si era finalmente aperta con lui. E Gerber non voleva perdere l'occasione, perché temeva che non si sarebbe più ripresentata. « A parte dirti che eri la sua regina, cosa ti ricordi del tuo babbo? » la incoraggiò.

« Aveva un buon odore » rammentò. « E mi raccontava tante cose. Mi piaceva stare ad ascoltarlo. »

« Cosa ti raccontava? »

« Storie di re, cavalieri e castelli. Storie antiche. »

« E cos'altro sai di lui? »

« Gli piacevano i dolci, specie le caramelle: non riusciva a resistere... Mi ha insegnato a contare fino a dieci e anche a leggere alcune parole... E poi mi sedevo sulle sue ginocchia e ascoltavamo l'opera alla radio e lui cantava per me... »

Le rivelazioni di Eva smentivano la versione di Beatrice secondo cui il marito le aveva abbandonate quando ancora la bambina non era in grado di parlare.

Intanto, la piccola non accennava a fermarsi. Sembrava che nella sua memoria si fosse aperta una crepa e i ricordi sgorgassero come acqua fresca da una sorgente.

« E siete mai usciti da questa casa per fare insieme qualcosa di speciale? » azzardò Gerber, convinto che la risposta gli avrebbe riservato una qualche sorpresa.

La bambina si irrigidì. Poi si volse verso la sedia coi braccioli accanto all'armadio bianco, come se qualcuno l'avesse zittita. « Lui vuole parlarti » disse. Il suo tono e l'umore erano cambiati improvvisamente.

« Io, invece, voglio continuare a chiacchierare con te » affermò Gerber, lasciando intendere che non gradiva l'interruzione dell'amico immaginario.

« Lui dice che devi farmi addormentare come le altre volte » insisté.

« Perché? » ribatté lo psicologo. « E se oggi io e te non ne avessimo voglia? »

Ma lei ignorò l'obiezione. « Dice che non ci rimane molto tempo. »

« Non mi interessa ciò che ha da dire, tu sei più importante. »

Ma Eva continuava a fissare la sedia. «Dice che presto sarà tutto finito.»

La frase suonò come una minaccia e come un'inquietante predizione.

Qualunque cosa stesse per terminare, l'oscuro avvertimento ottenne l'effetto desiderato. «Va bene» si arrese Gerber. «Sentiamo cosa ha da dirci stavolta il tuo amichetto.»

30

Mi sono addormentato sul sedile di dietro.

Quando riapro gli occhi, ci metto un po' a capire dove mi trovo. Mi sono svegliato perché la macchina del signore con gli occhiali rimbalza sulla strada. Mi rimetto a sedere e guardo fuori: è ancora buio e intorno ci sono alberi e campi. La strada è piena di buche. Dietro di noi c'è una città, ma è lontana.

Davanti c'è una grande casa senza luci.

Di fronte alla grande casa c'è una fontana di pietra grigia. Accanto alla grande casa c'è una chiesa. Se il signore con gli occhiali vive lì, a quest'ora sua moglie e le sue due bambine stanno certamente dormendo.

Ci fermiamo davanti alla porta d'ingresso. Ma è chiusa con delle tavole di legno. Anche le finestre sono inchiodate.

Scendiamo dalla macchina e il signore con gli occhiali accende una torcia. Lo guardo mentre va verso la porta principale ma, invece di aprirla con le chiavi, dà un calcio alle tavole e poi un altro e un altro ancora, finché non la sfonda.

La porta si spalanca e dentro è buio.

Il signore con gli occhiali torna indietro, prende un

sacchetto che sta sul sedile, uno di quelli della spesa. Poi mi prende per mano. Mi piace quando lo fa, sembra il mio babbo. Poi entriamo in casa e, anche se è buio, accanto a lui so che non devo avere paura.

Ci sono tante stanze in questa casa senza luci. Non finiscono mai. E noi le attraversiamo tutte. I mobili sono coperti da lenzuoli bianchi. I quadri e i lampadari sono incartati. E c'è puzza di vecchio. Seguiamo la torcia e saliamo al primo piano.

Dove sono la signora bionda e le due bambine? Qui non c'è nessuno.

Il signore con gli occhiali mi porta in una stanza con uno strano letto. Questo letto ha il tetto. Ne ho già visto uno così, sta in un libro con le fiabe della buonanotte che mamma mi legge sempre a casa. È il letto di un re. Io sono ancora vestito da principessa.

« Sono un maschio » dico al signore con gli occhiali, perché non sono sicuro che lui l'ha capito.

Lui non dice niente. Non gli importa. Mi prende sotto le ascelle e mi solleva e mi mette a sedere sul letto. Poi apre il sacchetto di plastica e prende una bottiglietta d'acqua. Prima di darmela la agita forte. Non so perché lo fa. La bottiglietta è già aperta, basta svitare il tappo.

Bevo perché ho tanta sete. Il sapore è un po' amaro.

Poi mi fa appoggiare la testa sul cuscino e va a sedersi per terra, accanto a un armadio bianco. Improvvisamente ho tanto sonno. Tanto sonno.

Quando mi sveglio, il signore con gli occhiali è ancora lì. Ma mi riaddormento subito. Apro gli occhi e lui c'è sempre. Ogni tanto mi fa bere un po' d'acqua. Non ho fame. Sono sempre stanco. Per farmi bere dalla bottiglietta lui deve tenermi la testa. Faccio la pipì a letto ma non m'importa. Nessuno mi sgrida. Mamma invece mi sgridava sempre e mio fratello grande mi prendeva in giro. Non ce la faccio ad arrivare fino al gabinetto, mi dispiace.

Una volta mi sveglio e il signore con gli occhiali sta scrivendo qualcosa sul muro grigio con una penna blu. Una parola. Ma non riesco a leggerla perché è troppo piccola e i miei occhi sono troppo pesanti. Mentre la scrive, lui piange. Non so perché piange. Poi richiudo gli occhi.

Io dormo. Dormo sempre.

L'esposizione si arrestò. Gerber si accorse che anche Eva si era addormentata. Apparentemente, con lo stesso vestito, nello stesso letto, nella stessa casa del bambino della storia.

Succedeva a volte che i piccoli pazienti scivolassero dalla trance al sonno. Lui di solito li lasciava dormire. E poi si svegliavano da soli, anche dall'ipnosi.

Fece così anche in quell'occasione. Con un dito interruppe l'oscillazione dell'ago del metronomo portatile.

Poi si guardò intorno.

Non avrebbe voluto, ma ciò che aveva appena ascoltato lo costringeva a farlo. Ormai molte delle sue azioni erano dettate da una bambina di dieci anni.

Le pareti rivestite dalla carta da parati, le allegre margheritine che l'avevano disturbato fin da subito, forse nascondevano una parola segreta.

O forse no.

Il fatto che il resoconto di Eva fosse approdato a quella casa non lo sorprendeva più di tanto. Finalmente era giustificato il legame fra l'amico invisibile e la bambina. Fino ad allora, l'ipnotista si era domandato cosa avessero in comune e perché il presunto fantasma del piccolo Batigol avesse scelto proprio lei per manifestare la propria presenza. Ora lo sapeva.

Li accomunava quel luogo. Poi si corresse, Eva aveva voluto che li accomunasse.

A differenza delle persone, le dimore avevano dei cicli. Morivano e rinascevano. Adesso, la casa in cui si trovava Gerber era di nuovo in una fase decadente. Avrebbe dovuto verificare se effettivamente nel 1997 la tenuta Onegli Catelani versasse in uno stato di abbandono. Sicuramente, la Vannini avrebbe potuto fornirgli quell'informazione. Ma lo psicologo non aveva bisogno della risposta della governante. La conosceva già.

Probabilmente quel risvolto della storia era vero.

Nel racconto di Eva ricorrevano spesso dettagli o

situazioni reali. Serviva a puntellarne la credibilità, ma anche a confondere l'ascoltatore.

Un'abilità e una raffinatezza che una bambina non poteva possedere.

Era scosso per quell'ultimo, breve frammento della storia dell'amichetto immaginario. Ancora una volta, il realismo della narrazione metteva in crisi la certezza che fosse solo il parto della fantasia di Eva. Così come appariva incredibile che lei avesse perfettamente descritto gli effetti di un narcotico nell'acqua che il signore con gli occhiali faceva bere al piccolo prigioniero: invece Eva l'aveva fatto con la stessa incoscienza e ingenuità con cui un bambino riporterebbe la cosa. Senza mai menzionare la droga.

Solo un adulto avrebbe saputo risolvere l'ambiguo significato di quelle parole.

Ma ormai Gerber era abituato a dibattersi nel dubbio.

...Dice che non ci rimane molto tempo. Dice che presto sarà tutto finito...

Il racconto del bambino immaginario non aveva chiarito il senso di quella profezia. Non si capiva se il tempo stesse scadendo per il protagonista della storia oppure per coloro che, attraverso Eva, ne erano testimoni.

Prima che fossero interrotti, la bambina stava parlando per la prima volta del padre. Sembrava contenta di ricordare il genitore.

...Mi diceva che sono la sua regina...

Ma poi era arrivato un nuovo, terribile capitolo.

...Il signore con gli occhiali sta scrivendo qualcosa sul muro grigio con una penna blu. Una parola...

Gerber era convinto di essere vicino a una scoperta. Molto vicino. Non sapeva da dove derivasse la sensazione. Nel frattempo, avrebbe dovuto sopportare l'aggiunta di quell'ulteriore dilemma: l'unica prova per sapere se Eva stava mentendo era celata da una miriade beffarda di fiorellini bianchi.

Quando era stata messa quella maledetta carta da parati? E lei era già nata? Dall'usura e dalla patina ingiallita che la rivestiva, la carta con le margheritine sembrava avere molti più dei dieci anni di Eva.

Sapere che la soluzione stava dietro pochi millimetri di spessore era frustrante.

Se Eva fino a quel momento aveva detto la verità, da qualche parte in quella stanza c'era una parola che lei probabilmente non avrebbe mai potuto conoscere. Il suo amichetto sì.

Mentre Pietro Gerber provava a dare un senso all'ennesimo tranello, il cellulare nella sua tasca vibrò, annunciando l'arrivo di un sms.

Lo psicologo prese il telefono e lesse sul display.

Avevi ragione. È tornato a farsi vivo.

Il messaggio veniva dal fratello maggiore di Zeno Zanussi.

31

Lo accolse nel minuscolo appartamento. Era ormai pomeriggio inoltrato e Pietro Zanussi era ancora in pigiama.

Ma, soprattutto, era frastornato.

« Vieni avanti, perdona la confusione » lo invitò.

Gerber si guardò intorno. A parte il letto sfatto, non c'era alcun disordine di cui discolparsi. Però c'era odore di chiuso. L'amico andò ad aprire subito le imposte per far entrare la luce opaca del giorno e un po' d'aria fresca.

« E scusa se ti ho avvertito così tardi » aggiunse. « Ero talmente sconvolto che sono rimasto insonne fino all'alba e poi sono crollato. Ma appena sveglio ti ho scritto subito l'sms » si giustificò.

« Allora, cosa è successo? » chiese lui, per tagliare corto.

Pietro Zanussi gli porse la sedia che stava davanti alla scrivania. « Credo che la tua idea abbia funzionato » disse, indicando lo schermo del computer dove era già aperta la pagina del sito internet dedicato a Zeno con l'elenco degli avvistamenti del bambino. « Aggiungere il riferimento al carnevale di venticinque anni fa ha smosso qualcosa » confermò. Era eccitato e anche scosso per la scoperta.

« Ha lasciato un messaggio in segreteria? » chiese Gerber, sicuro che la novità fosse arrivata dal telefono.

« Stavolta ha fatto molto di più » rispose l'altro. Poi andò a sedersi sul letto, le mani appoggiate sulle ginocchia, le spalle ricurve e lo sguardo perso nel vuoto. « Stanotte è scattata la sirena del sistema antifurto del negozio. Capita, quando va via la corrente. »

Gerber rammentò il forte temporale che si era abbattuto sulla città e che l'aveva tenuto sveglio.

« Anche se sapevo che non c'era nulla di cui preoccuparsi, sono sceso per controllare. Ma, siccome parte sempre una segnalazione in automatico al servizio di sorveglianza privata, ho dovuto attendere l'arrivo del metronotte e poi compilare il verbale in cui dichiaravo che si è trattato di un falso allarme... Tutta l'operazione, alla fine, mi ha portato via una buona mez-z'ora. »

Lo psicologo si accorse che Pietro Zanussi divagava. Sperava che lo stillicidio d'informazioni terminasse e che arrivasse presto al punto.

« Quando sono risalito in casa, la porta d'ingresso era aperta. »

« Sei sicuro? »

L'altro annuì. « Ho trovato dei segni sullo stipite, è stata forzata con un cacciavite o con un altro arnese a punta. »

Ecco il motivo del suo turbamento, pensò Gerber.

« E poi c'erano delle impronte bagnate sul pavimento » proseguì, indicando i punti esatti in cui la pioggia ormai si era asciugata.

« Come fai a sostenere che non sia stato un ladro? »

« Non è stato un ladro » affermò quello, sicuro. « Non ha portato via niente, ho controllato. »

« Niente? » Lo psicologo era ancora un po' scettico.

« Il mio portafoglio era sul comodino » disse l'altro, mostrando che era ancora al proprio posto. « Dentro ci sono cento euro, non li ha toccati. E anche l'orologio d'oro del babbo. »

Il vecchio Longines col cinturino in pelle era posato in grembo a una piccola madonna di gesso.

« Eppure ha avuto tutto il tempo per guardarsi intorno, aprire i cassetti, frugare » continuò.

« Invece nulla? » Gerber era incredulo.

« Chiunque è entrato qui stanotte ha voluto solo mandare un avvertimento. »

Se si trattava davvero di qualcuno coinvolto nella sparizione di Zeno, sembrava strano che non avesse almeno controllato i raccoglitori sulla scrivania in cui Pietro Zanussi conservava le risultanze del caso della scomparsa del fratello. L'intruso aveva sicuramente visto la cartina dell'Argentario attaccata al muro, con le bandierine per segnare le zone di ricerca: possibile che non fosse stato colto dalla curiosità di verificare se esisteva davvero uno sviluppo nelle indagini che potesse riguardarlo?

Pietro Zanussi poteva anche sbagliarsi. In fondo, presentava tutte le caratteristiche di un soggetto paranoico. Solitario, ossessionato da ciò che era accaduto venticinque anni prima, pieno di rancore. Ma Gerber adesso aveva un altro problema.

Se il vecchio amico invece aveva ragione, che significato avrebbe dovuto attribuire lui a quell'episodio? Che Eva aveva detto la verità riguardo alla presenza di Zeno al carnevale estivo? Oppure che era bastato aggiungere un avvistamento fittizio alla lista del sito internet per risvegliare l'interesse di qualcuno?

Anche se l'idea che esistesse un fantasma rimaneva campata in aria, l'ipotesi che ci fosse un rapitore adesso acquistava concretezza. Gerber considerò che, involontariamente, una bambina di dieci anni aveva rimesso in moto un meccanismo che si era arrestato venticinque anni prima.

« Come è andato il gioco dei ceri? » domandò Pietro Zanussi, a cui aveva anticipato la rimpatriata della banda di Porto Ercole.

Lui scosse il capo, senza aggiungere che il fallimento era dipeso dalla scarsa memoria di suo cugino Iscio, dalle polemiche di Dante, dalla strafottenza di Ettore, dall'insofferenza di Carletto, dalla diffidenza di Deborah e dalla superficialità di Giovannone.

« Peccato » commentò l'altro. Rimasero in silenzio per qualche secondo, poi l'amico si ridestò improvvisamente. « E c'è un'altra cosa » disse. « Quasi me la dimenticavo... »

Gerber lo vide prendere il Longines del padre dal grembo della madonna di gesso.

« Ogni sera, prima di andare a letto, ho l'abitudine di caricare l'orologio. Stamattina, stavo per rimettermelo al polso, ma ho notato subito una cosa strana. »

Girò il quadrante verso di lui in modo che constatasse con i propri occhi.

« L'orologio è fermo alle tre e ventitré. »

« Però di domani » aggiunse l'altro, indicando il quadrante con la data.

« Non è possibile che ieri sera tu l'abbia regolato male? »

« Lo escludo » gli assicurò. « Qualcuno ha modificato il giorno e l'orario di proposito. »

Potevano esserci mille spiegazioni per quella leggera anomalia. Ma, senza un motivo specifico, a Pietro Gerber tornarono in mente le parole di Eva prima dell'ultima seduta.

La bambina aveva attribuito due frasi all'amichetto immaginario.

...Dice che non ci rimane molto tempo. Dice che presto sarà tutto finito...

Quelle lancette puntate sul futuro risvegliarono le sue paure irrazionali. Sentì che doveva tornare subito alla tenuta di San Gimignano per ascoltare la fine della storia del signore con gli occhiali.

32

Rimise piede alla tenuta che erano da poco passate le sedici. Quando salì nella stanza di Eva, la bambina stava disegnando con ancora indosso l'assurdo vestito da principessa. Davanti a lei, un altro ritratto di Gerber. Stavolta i lineamenti erano più marcati, come se in un solo colpo fosse invecchiato di vent'anni. Lo psicologo si domandò se quello fosse realmente il suo aspetto attuale, segnato da giorni di insonnia e tormento.

« Mi sono svegliata e tu non c'eri più » lo rimproverò la piccola paziente, poiché alla fine dell'ultima seduta lui l'aveva lasciata dormire come il protagonista della storia che stava narrando sotto ipnosi.

« Dormivi tanto bene, non volevo disturbarti » mentì lui.

La bambina gli riservò uno sguardo afflitto: non aveva creduto alla bugia.

Gerber si sentì improvvisamente in colpa.

« Anche tu mi abbandonerai, vero? » domandò Eva, tornando a fissare il disegno.

Le si avvicinò. « No, non succederà » le promise. E stavolta era sincero.

« Io sono cattiva? » chiese con un filo di voce.

« Non sei cattiva. »

«Ma tu hai lo stesso paura di me.»

Non seppe cosa replicare. Poi disse: «Il tuo amichetto mi fa paura».

Eva inspirò profondamente. «A volte anche a me...»

«Non voglio che ti faccia ancora del male, lo capisci, vero?»

«Lui è cattivo perché è triste.»

Un'analisi perfetta, pensò Gerber. E capì che se avesse fatto in modo che l'amico immaginario non fosse più triste, sarebbe riuscito ad aiutare anche Eva.

«Adesso continueremo da dove avevamo interrotto. Va bene per te?»

La bambina cercò ancora l'approvazione dell'amichetto, rivolgendosi alla solita sedia coi braccioli accanto all'armadio bianco. Poi annuì all'indirizzo dell'ipnotista.

Gerber richiuse la porta. Sistemò il piccolo metronomo portatile e avviò la lancetta. I rintocchi invasero l'ambiente, prendendo possesso del silenzio.

Eva sapeva già cosa fare. Si portò le mani in grembo, chiuse gli occhi e iniziò a cadenzare il respiro come le aveva insegnato.

Poco dopo, il movimento delle pupille sotto le palpebre si arrestò, i muscoli del corpo si rilassarono. Era il segno che era entrata in trance.

L'ipnotista attese. Si aspettava che l'amico immaginario facesse sentire la propria presenza. Ma non accadeva nulla.

«Lo so che puoi sentirmi» disse alla falsa personalità nascosta nella bambina. « Voglio conoscere la fine della storia. »

Il respiro della paziente iniziò ad accelerare.

« Adesso vuoi dirmi come sei morto? » E poi aggiunse: « È stato il signore con gli occhiali, vero? »

33

Non lo so.

So soltanto che a un certo punto apro gli occhi e non ho più sonno. Sono sveglissimo. Mi alzo dal letto e sono solo. È buio. È notte. Sento dei rumori di sotto, allora spio dalla finestra.

Vedo una cosa strana.

Il signore con gli occhiali mi tiene in braccio e andiamo verso la sua macchina. Mi mette nel bagagliaio e poi mi chiude dentro. Com'è possibile se sono ancora in questa stanza? Capisco che potrei seguirlo e vedere dove mi porta. Ma non voglio sapere dove sta andando.

Invece rimango qui.

Adesso so cosa ha scritto sul muro grigio con la penna blu.

34

«Improvvisamente, so molte cose di lui» proseguì il bambino con la voce di Eva. «Non so come le ho imparate. Le so e basta. È come stare nella sua testa. Posso sentire quello che pensa. Tutto quanto... Per esempio, ora so che era tanto tempo che lui stava cercando un bambino come me. E che, quando mi ha visto al carnevale estivo, ha capito che non poteva lasciarsi sfuggire l'occasione... E scopro anche che lui aveva questa idea fin da piccolo. Perché sentiva una specie di desiderio segreto dentro la pancia. E voleva sapere cosa si prova a sfidare Dio. Ma ora so che a Dio non importa se i bambini muoiono. E il signore con gli occhiali voleva provare almeno una volta a sentirsi come si sente Dio, prima di diventare vecchio e di morire... Perché la sua vita non gli piace, la sua vita è tutta una bugia. E allora ha bisogno della mia per guarire dalla noia che lo sta uccidendo piano piano. Perché, altrimenti, lui va con la sua macchina sull'autostrada, si ferma su un ponte e poi si butta giù. Lui lo potrebbe fare, io lo so: ci ha pensato milioni di volte... Ma il signore con gli occhiali adesso ha un motivo per non buttarsi dal ponte dell'autostrada. E ogni volta che nella sua testa apparirà di nuovo l'idea di morire, lui penserà a me e la scaccerà via... E potrà vivere per sempre nella sua bella casa, con la moglie bionda e le sue due belle bambine. Loro non sapranno mai nulla di me, ma non fa niente... Io sto bene qui, anche se ogni tanto mi sento solo. Mi mancano babbo e mio fratello grande. Mi manca il caldo del sole sulle guance. Mi mancano gli abbracci e il pane con la marmellata. Mi manca la mia mamma. »

Eva si bloccò su quell'ultima frase.

Il racconto era straziante, ma Pietro Gerber non doveva lasciarsi condizionare. « Poco fa, hai detto che ora sai cosa c'è scritto sul muro... Qual è la parola? »

« Il signore con gli occhiali sul muro ha scritto 'perdono' » fu la risposta.

« Perché avrebbe dovuto? Non capisco... » Era esasperante, pensò. Non ne poteva più di tranelli e giochetti. « Il tuo nome è Zeno? » chiese d'un tratto, citando per la prima volta l'amichetto d'infanzia. « Ti chiami Zeno Zanussi? »

Era l'unico modo per demolire finalmente quell'inganno. Era venuto il momento di scoprire se la doppia personalità di Eva si era impadronita dell'identità di un bambino scovato negli articoli di cronaca nera conservati in rete, costruendogli intorno una storia inventata. E l'ipnotista voleva la dimostrazione che non si sbagliava asserendo che alla base di quella sceneggiata ci fosse una causa patologica.

Schizofrenia infantile.

Ma, ancora una volta, Eva scombinò i suoi piani e lo disorientò.

« Lui sa che tu sai » disse all'improvviso, modificando anche il tono di voce che si fece allarmistico. « Il signore con gli occhiali sa che lo stai cercando. E adesso sta venendo qui. »

35

Prima il tempo che stava per scadere. Poi la promessa che presto tutto sarebbe finito. E infine questo.

Pietro Gerber prese la decisione e la comunicò a Maja. « Stanotte resterò qui con voi. »

« Credi davvero che arriverà qualcuno? »

« Non lo so » fu costretto ad ammettere. Le aveva raccontato l'epilogo spiazzante dell'ultima seduta. Ormai si era fatto travolgere dagli eventi e una paziente di dieci anni aveva il completo dominio su di lui. Compresa l'influenza per convincerlo che potessero esistere forze sconosciute e misteri insondabili che travalicavano i confini della ragione.

Poco prima del tramonto, la signora Vannini si congedò come ogni sera per far ritorno a San Gimignano. Gerber e Maja non le fecero capire nulla di quanto era successo e che, forse, stava per accadere. Lo psicologo finse solo di trattenersi oltre il dovuto per consultarsi con la ragazza e magari chiamare insieme Beatrice Onegli Catelani.

« Ho preparato lo sformato di pasta » li informò la governante.

Nessuno dei due, però, aveva fame.

Per tutta la sera, lo psicologo attese che la ragazza finisse di occuparsi di Eva. Maja aiutò la bambina a fare il bagno, le servì la cena, le lesse una storia e la mise a dormire. Quindi tornò da lui.

« Prima di andare a letto, sono riuscita a convincerla a togliersi quel maledetto vestito da principessa » gli comunicò, esausta.

Pietro Gerber, invece, era più lucido e presente che mai. Doveva esserlo.

Aveva ristudiato gli appunti presi sul taccuino nero dedicato al caso. Molte delle note erano in contraddizione fra loro. Per la prima volta nella sua carriera, non aveva una strada sicura da percorrere, né una strategia per proseguire. Mise via il taccuino, scoraggiato.

Il *signor B.* non sarebbe stato contento.

Maja continuava a guardare fuori dalla portafinestra della cucina, la campagna immersa nell'oscurità, con la nebbia che scavalcava le colline circostanti, riversandosi nella piccola valle in cui si trovava la tenuta e cancellando totalmente la vista del paese in lontananza. « Pensi che accadrà qualcosa? »

Non prima delle tre e ventitré di stanotte, si disse lo psicologo, rammentando l'orario e la data fissati sul Longines di Pietro Zanussi. Probabilmente, anch'io sto diventando paranoico.

Maja Salo si strinse nel cardigan che le aveva già visto indossare una volta e che, probabilmente, sostituiva l'abbraccio caldo di cui aveva bisogno. Quindi si allontanò dalla portafinestra per tornare da lui. Gli prese la mano con l'anulare fratturato, osservò il bendaggio ormai logoro. « Non mi hai detto come è successo. »

Cadendo in una tomba, stava per confessare. Ma si trattenne. « Sono scivolato in casa. »

La ragazza scrutò il suo sguardo per capire se avesse detto la verità. Poi sentenziò: « Dobbiamo cambiare questa fasciatura ».

Erano seduti l'uno di fronte all'altra accanto al tavolo di quercia, all'ombra della cappa del grande camino spento. Maja srotolava le bende con gesti delicati, reggendogli il palmo fra le mani. Gerber la lasciava fare, in balia di lei. Intanto poteva sentire il suo fiato caldo e il profumo dei capelli rossi.

Avrebbe voluto che quel silenzio perfetto non finisse.

« Come mai l'ipnosi e perché i bambini? » chiese invece la ragazza. « È stato solo per via di tuo padre? »

« Ho sempre pensato che nella mente di chi è ancora piccolo ci sia un residuo di qualcosa di primigenio, un'autenticità non ancora corrotta, uno spazio libero e anche qualcosa di prezioso. » Poi aggiunse: « I bambini possiedono risposte che disorientano gli adulti. Tu credi sia solo un caso? Noi sorridiamo ogni volta che ci illuminano con la loro saggezza, quando dicono qualcosa che ci spiazza. Li trattiamo come quando i cuccioli fanno qualcosa di tenero e inaspettato, pensiamo siano solo buffi. Invece c'è molto di più ».

« Hai ragione » convenne lei.

« Tu come mai hai scelto parapsicologia? » chiese, poiché sospettava che sotto non ci fosse soltanto un semplice interesse scientifico a esplorare fenomeni sconosciuti.

« Ti ho già detto che mia madre era finlandese, mio padre italiano. Li ho persi entrambi quando ero molto piccola. Incidente stradale. »

« Mi dispiace, non volevo essere indiscreto » si scusò. Non immaginava che il motivo che aveva spinto Maja fosse personale.

« Sono stata cresciuta dagli zii materni e non mi è mancato l'affetto di cui avevo bisogno... Però c'è sempre stata un'ansia, mi ha inseguito per tutta la vita. Non si può esprimere a parole. Se fossi costretta a sceglierle, direi che assomiglia a una curiosità inesauribile o a un bisogno impellente di non accontentarmi delle spiegazioni, di cercare sempre una risposta alternativa che possa essere audace, rischiosa e anche incosciente. »

« Pensi che se i tuoi non fossero morti non saresti spinta a farlo? »

Maja prese un respiro. « La morte era il mio marchio: la povera orfanella. Mi ha accompagnato durante l'infanzia e l'adolescenza. Ero quella che, senza volerlo, si ritrovava sempre cucita addosso una storia triste. Gli altri vedevano la malinconia nei miei sorrisi: onestamente, non so nemmeno come ci riuscissero. Mi compativano anche quando sembravo felice, per loro quel sentimento non poteva essere autentico e questo solo per ciò che era capitato ai miei. » Fece una pausa. « Ho odiato i miei genitori. Ma non perché mi avevano lasciata sola. Li detestavo perché, a causa loro, non riuscivo a liberarmi di quella fama. »

Gerber aveva vissuto un'esperienza simile, essendo rimasto orfano di madre a due anni. « Allora è questa la ragione dei tuoi studi... »

« A differenza di tutti gli altri, io ero la più giustificata a cercare prove dell'aldilà. Tant'è che, appena ti ho menzionato l'incidente stradale dei miei, anche tu hai pensato che la motivazione fosse quella. » Gli occhi le brillavano.

Gerber capì cosa volesse intendere. « La morte dei tuoi non c'entra nulla, è solo un alibi perfetto. » Era sinceramente colpito.

Maja fece spallucce. « Mi sono detta: perché non sfruttare la cosa per andare a frugare un po' in ciò che gli altri studiosi si rifiutano d'indagare per imbarazzo o perché hanno timore di non essere presi sul serio? »

« Molto astuto » convenne Gerber. « Mio padre, invece, non è stato altrettanto furbo: all'esterno interpretava il ruolo del meraviglioso *signor B.*, in casa era il vedovo inconsolabile. Ma, naturalmente, la vera faccia dietro la maschera era riservata solo a suo figlio » confidò, amaramente. « Si è tormentato fino alla fine dei suoi giorni domandandosi perché la moglie gli fosse stata strappata via così presto. E, quando sono precipitato dal balcone e il mio cuore si è fermato per mezzo minuto, non ha sfruttato l'occasione per chiedermi l'unica cosa che gli premeva veramente sapere. E io sono sicuro che invece morisse dalla voglia.»

«Cioè cosa avevi visto là sotto» intuì Maja. «E scommetto che anche tu non vedevi l'ora di rispondergli che non c'è nulla.»

«Abbiamo una cosa in comune» le confermò Pietro Gerber con un sorrisetto. «Entrambi abbiamo odiato i nostri genitori.»

«È sempre stato così? Oppure c'è stato anche un momento in cui gli hai voluto bene?»

Lui si bloccò, la domanda l'aveva colto alla sprovvista. «Dopo l'estate della mia breve morte, ho cominciato a pensare che il buio avesse preso Zeno al mio posto... *Quid pro quo*... Era un'idea strampalata, lo so. Ma forse era la stessa che angustiava mio padre. Perché da quel momento si è come staccato definitivamente da me.»

«Credi che fosse per paura di perderti? È un meccanismo di autoprotezione abbastanza comune quello di tenere a distanza le persone a cui vogliamo più bene.»

«Io lo definirei semplicemente egoismo: non voleva soffrire un'altra volta, come con mia madre» controbatté lui. «Mi ricordo il funerale di Zeno...»

«Che funerale?» Maja, ovviamente, non poteva sapere che si era trattato di una finzione.

«Dieci anni dopo la scomparsa, la famiglia organizzò una piccola cerimonia al cimitero delle Porte Sante» chiarì. «Ciascuno dei presenti mise in un baule qualcosa che ricordasse Zeno.»

Aveva ancora la scena davanti agli occhi. All'epoca aveva ventuno anni, ma quel giorno si sentiva come se ne avesse ancora undici.

Iscio aveva portato un mazzetto di figurine dei calciatori. Carletto un mattoncino della Lego. Giovannone un Soldino del Mulino Bianco. Ettore un pacco di gomme Target, a forma di sigaretta. Dante una macchinina Bburago. Deborah una foto con tutti loro insieme sulla spiaggia.

« Io lasciai nella cassa un gagliardetto della Fiorentina. »

« Perché mi stai raccontando questa storia? » protestò gentilmente la ragazza. « Ti ho chiesto se ricordi un momento in cui hai voluto bene a tuo padre. Che c'entra questo con la mia domanda? »

Gerber la fissò. « Il *signor B.* venne con me quel giorno e mise un'audiocassetta nel baule. Quando mi voltai per domandargli perché proprio un nastro, senza guardarmi, lui mi mise un braccio sulla spalla. » Fece un lungo respiro. « Quello fu l'ultimo gesto d'affetto di mio padre. Ero già grande e non me l'aspettavo. Rimasi lì, immobile, come pietrificato. Il cuore mi batteva forte e avevo paura che lui se ne accorgesse e che scostasse il braccio. Non volevo che quel contatto così intimo terminasse... Ecco: quello è stato il momento in cui forse gli ho voluto più bene in assoluto. Pochi anni dopo sarebbe morto. »

Il ricordo lo aveva scosso nel profondo. Aveva toccato anche Maja perché, senza alcuna avvisaglia, lei si sporse per baciarlo. Ma lui si ritrasse.

Stettero in silenzio per un tempo che sembrò infinito. La ragazza continuava a reggergli la mano col dito fratturato, ma si era bloccata.

Gerber si sentì in dovere di spiegare in parte quella reazione. « Anni fa c'è stata una paziente, l'unica adulta che abbia avuto in terapia. Da allora preferisco evitare coinvolgimenti emotivi con persone collegate alla mia professione o ai casi di cui mi sto occupando. » Notò che anche solo evocare Hanna Hall aveva ancora un effetto deflagrante su di lui. « Mi rendo conto che tutto questo è accaduto perché lo abbiamo voluto entrambi » continuò, riferendosi al bacio mancato. « Mi dispiace se da parte mia ti sono arrivati segnali in tal senso. »

Maja sembrava sinceramente delusa. E ciò lo distruggeva.

« Ho capito, non importa » affermò lei. Abbassò lo sguardo e tornò a dedicarsi alla fasciatura.

Al momento, però, Gerber non aveva tempo per pensare a quel problema. La notte avanzava, la sua ansia cresceva.

36

Verso mezzanotte, Maja Salo dormiva appoggiata al tavolo di quercia. Gerber, invece, era insofferente. L'attesa lo stava consumando.

Salì al piano di sopra a controllare Eva coricata nel proprio letto, immobile e imperturbabile come la notte in cui la palla con la neve era caduta da sola dalla mensola. La bambina bionda aveva un'aura intorno a sé, si disse l'ipnotista. Un'energia sibillina che la rendeva una creatura unica al mondo.

Come Hanna Hall.

Il pensiero lo colse alla sprovvista. Ma poi si rese conto che il paragone non era poi così azzardato. Entrambe avevano uno strano effetto su di lui. Proprio come con Hanna, Gerber si rese conto di essere intimorito da Eva, anche se alla bambina aveva detto il contrario. L'unica differenza era che per la paziente adulta lui aveva provato anche un'attrazione. Qualcosa che non aveva a che fare col sesso o la fisicità. Qualcosa che poteva rapportarsi forse al magnetismo oscuro che certi esseri di un'altra dimensione esercitano sui mortali.

Per quanto non avesse più notizie di lei da anni, Hanna conservava ancora un potere su di lui.

Per questo continuava a vederla intorno a sé e aveva chiesto a un investigatore privato di confermargli che non fosse pazzo. Ed era anche ridicolmente convinto che, se avesse baciato Maja poco prima, riaprendo gli occhi lui avrebbe visto Hanna nella stanza.

Richiuse la porta sul sonno di Eva e si voltò verso il buio alle proprie spalle. Non era mai stato lì di notte, pensò.

Un richiamo proveniva dal profondo di quella casa. Come un segnale invisibile che solo la mente poteva percepire. Non avrebbe saputo dire se si trattava realmente dell'influenza di un bambino fantasma o se era di nuovo vittima di suggestione.

Ma qualcosa c'era.

Decise di esplorare l'antica dimora. I suoi passi risuonavano negli ambienti, il suo fiato si condensava nel freddo delle stanze. I lenzuoli bianchi che coprivano i mobili sembravano sudari. Nella penombra, ogni cosa appariva addormentata.

Le vestigia stanche di un mondo spento.

Prestando attenzione, si potevano ancora udire le voci degli abitanti che si erano avvicendati fra quelle mura nel corso dei secoli. La musica, le feste, le risate. Anche le urla e i pianti. Ciò che rimaneva era silenzio che si posava su tutto come polvere.

Gerber si arrestò in mezzo a uno dei corridoi, attratto da qualcosa che luccicava sul pavimento di cotto. Si chinò e vide che si trattava del braccialetto con i porcospini della signora Vannini, probabilmente lo aveva smarrito. Lo prese e lo agitò per farlo tintinnare. Un perfetto richiamo per gli spettri, si disse.

Quindi se lo mise in tasca, con l'intenzione di restituirlo alla governante il mattino seguente.

Sempre che il sole fosse sorto, pensò. Perché ormai non sapeva più cosa aspettarsi e non era certo più di niente.

Il signore con gli occhiali sa che lo stai cercando. E adesso sta venendo qui.

Inspirò profondamente. Il giro notturno in quella casa piena di invisibili ricordi aveva prodotto un effetto calmante. Qualunque cosa fosse accaduta alle tre e ventitré, lui era pronto.

Poco prima dell'ora stabilita, Gerber scese di nuovo in cucina e andò a posizionarsi davanti alla portafinestra da cui poteva controllare la valle.

Attinse a tutta la propria fede di uomo razionale, sperando che Eva si fosse sbagliata quando aveva annunciato l'imminente arrivo di un intruso. Pregò con tutto se stesso che la logica lo sostenesse in quella prova così difficile.

Ma quando vide due luci avvicinarsi in lontananza fendendo la nebbia, tutto vacillò.

Erano i fari di un'auto. Si aprirono un varco nel muro bianco, la macchina spuntò poco dopo e si arrestò davanti al cancello che immetteva nel piazzale. Rimase col motore acceso per un tempo che sembrò un'eternità. Non si vedeva chi ci fosse al volante, né si riusciva a leggere la targa. Anche il modello risultava indistinguibile a quella distanza e con quel buio. Ma

Pietro Gerber era sicuro che gli abbaglianti non fossero l'unica cosa puntata su di lui.

C'era anche lo sguardo muto oltre il sottile diaframma del parabrezza.

Lo psicologo rimase immobile, in attesa. Poi accadde una cosa incomprensibile. L'auto davanti al cancello iniziò le manovre per invertire la marcia.

Quindi riprese il sentiero sterrato in senso opposto, tornando da dove era venuta. Pochi secondi e fu inghiottita di nuovo dalla coltre lattiginosa che si richiuse subito.

L'addormentatore di bambini si rese conto che non gli interessava conoscere il volto dell'uomo alla guida. Si sarebbe accontentato di sapere se portava gli occhiali.

37

Attese l'alba seduto su una sedia della cucina. Assistette mentre Maja Salo si ridestava dopo aver dormito per tutta la notte appoggiata al tavolo. Lui, invece, non era riuscito ad allentare la tensione.

« Cosa è successo? » chiese la ragazza al risveglio. « È venuto qualcuno? »

Gerber continuava a fissare il vuoto in cerca di qualcosa da dire. Qualcosa che avesse un senso soprattutto per lui. « Non potete restare qui » disse con una voce che non gli sembrava più la sua. « Oggi tu ed Eva verrete a stare a casa mia a Firenze. »

« Lei non può muoversi » ribadì l'altra, come se lui non lo sapesse già.

La guardò. « Dovremo trovare un modo » insisté. « Magari stasera, dopo il tramonto. » Il problema degli agorafobici, a parte il terrore degli spazi ampi, era legato alla luce del giorno. « Qui non è più sicuro. » Non voleva allarmarla ma, qualunque cosa stesse accadendo dentro e fuori quella casa, lui si sentiva responsabile.

Prima che Maja potesse replicare, la bambina bionda apparve sulla soglia. Si stropicciava gli occhi, ancora assonnata. Dalla sua espressione s'intuiva che stesse cercando di decifrare la scena inusuale di loro due, insieme a quell'ora.

« Buongiorno » la salutò la ragazza, forzando un sorriso e fingendo che fosse tutto normale. « È ancora presto. Non vuoi tornartene a letto e dormire un altro po'? »

« Vorrei la mia colazione » disse invece la piccola. « Ieri sera la signora Vannini ha detto che avrebbe portato una ciambella. »

« La signora Vannini non è ancora arrivata » la informò Maja.

Eva ci pensò su. « Vanno bene anche i biscotti » stabilì e andò a prendere posto al tavolo di quercia.

Gerber la seguì con lo sguardo. Passandogli davanti, anche lei lo fissò senza parlare. In quel dialogo muto c'era anche il segreto di ciò che era accaduto quella notte. Entrambi sapevano. Entrambi avevano deciso di far finta di niente davanti a Maja Salo.

Lui si sforzava di capire cosa gli stesse sfuggendo. C'era qualcosa di sbagliato in quella stanza. E non era Eva. Sono io l'errore, si disse. Aveva i nervi a pezzi. Stava crollando.

Un impulso improvviso.

Si alzò dalla sedia e si recò nel piccolo sgabuzzino accanto alla cucina, dove qualche giorno prima aveva visionato i resti della palla di vetro con la neve andata in frantumi. Si mise a cercare qualcosa sugli scaffali. Lo trovò in una cassetta per gli attrezzi che stava in mezzo ai detersivi.

La spatola di metallo era perfetta per ciò che aveva in mente.

Salì al primo piano della casa e si diresse con passo deciso verso la cameretta di Eva. Spalancò la porta e si ritrovò ancora una volta circondato dalle insopportabili margheritine. Si guardò intorno per individuare la parete da cui cominciare.

Scelse quella accanto all'armadio bianco, dove c'era la mensola coi peluche da cui era precipitata la palla con la neve. Si avvicinò stringendo l'utensile nella mano e lo puntò verso la carta da parati, pronto a strapparla. La rabbia lo invadeva.

Perdono.

Non c'è nessuna parola scritta qua sotto, si disse. Nessuna. Il signore con gli occhiali non esiste. Non ha mai messo piede in questa casa. Così come in questa stanza non c'è mai stato un bambino di cinque anni, tantomeno Zeno Zanussi.

Ansimava. All'improvviso avvertì il peso delle proprie membra e tutta la stanchezza. Incrociò il proprio sguardo nel vetro della finestra accanto. Gli occhi striati di sangue, l'espressione da pazzo.

Se lo faccio però è finita, pensò. Se guardo cosa c'è sotto questa maledetta carta da parati, dopo non potrò più tornare indietro. Che esista o meno una scritta, non fa differenza. Perché se ammetto anche solo la possibilità che sia vero, avrò perso comunque.

E, soprattutto, non potrò più aiutare Eva. E, con lei, nessun altro bambino. Mai più.

Ma poi si voltò verso la sedia vuota, come se volesse farsi guardare. Quindi sferrò il primo colpo di spatola.

Appena l'utensile si piantò nel muro, quest'ultimo tremò e produsse un cupo rimbombo.

Gerber non se l'aspettava. La scoperta lo paralizzò. Lasciò cadere la spatola e, dopo qualche secondo, diede una manata alla parete: la vibrazione e il rumore gli confermarono che non era in pietra massiccia come il resto dell'antica dimora. Si trattava di una sottile barriera di cartongesso. Probabilmente la stanza di Eva era stata ricavata da un ambiente più ampio.

Lo psicologo si girò istintivamente verso la mensola coi peluche.

Quindi si mosse e uscì in corridoio, piazzandosi di fronte alla soglia della cameretta della bambina. A destra c'era una porta. Si avvicinò per aprirla.

All'interno le imposte erano chiuse, ma riuscì lo stesso a distinguere un letto singolo con accanto un comodino. Probabilmente una sistemazione per gli ospiti, attualmente non utilizzata. Gerber non era interessato all'impiego della stanza, quanto al divisorio in comune con l'ambiente vicino.

Si accostò alla parete e, tastandola, andò in cerca di un punto preciso. Serrò i pugni e li abbatté con forza sul cartongesso. Poi tornò rapidamente nella camera accanto.

Sul pavimento sotto la mensola c'era una strage di peluche.

Improvvisamente, era tutto chiaro. Ora sapeva come aveva fatto la palla con la neve a cadere dal ripiano. Un espediente semplicissimo, quasi grottesco. Lui si era lasciato ingannare perché il trucco implicava la presenza di qualcuno nella stanza degli ospiti. Qualcuno che aveva percosso il divisorio come aveva fatto lui, facendolo vibrare. Accettare quell'ipotesi significava anche ammettere che qualcuno aveva intuito la presenza della microcamera.

Credi che non mi sia accorta della memory card fra i resti della palla con la neve?

«Maja...» Il nome della ragazza gli affiorò sulle labbra, ma lo pronunciò senza fiato. Ripensò a ciò che lei gli aveva detto dopo la notte in cui era avvenuto il fatto.

Saranno state le tre. Stavo dormendo nella mia stanza che sta proprio di fronte alla cameretta di Eva, il rumore mi ha svegliata. Mi sono precipitata da lei e l'ho trovata seduta sul letto che indicava qualcosa davanti a sé, nell'oscurità. Ho acceso la luce e ho visto la palla rotta per terra in mezzo a tutti i peluche.

La domanda che Gerber evitava di porsi si impose lo stesso alla sua attenzione. Poteva ancora fidarsi di lei?

38

Aveva bisogno di fuggire da quel luogo. Andò a rinchiudersi in macchina. Ma, invece di mettere in moto, rimase nel piazzale deserto a osservare la casa.

Il silenzio opprimente che albergava in quelle stanze l'aveva seguito fin lì. Quel silenzio ti si appiccicava addosso. Allora allungò una mano verso la radio e l'accese. Le note di un pianoforte misero in fuga il silenzio, che andò a nascondersi chissà dove, come un ratto che ha paura della luce. Gerber chiuse gli occhi e si lasciò andare col capo e le spalle sul sedile, abbandonandosi alla dolcezza di Chopin.

In cosa sto sbagliando? si chiese. Se era stata sufficiente una parete di cartongesso a ingannarlo, era evidente che il suo approccio mancasse di qualcosa.

Comprese che le cause della propria inadeguatezza erano state molteplici. Prima le varie sincronicità con la storia di Zeno e poi gli eventi inspiegabili che si erano accompagnati a quelle. La rottura della palla con la neve aveva rappresentato la massima distrazione. Non riusciva a perdonarsi di essersi affidato a una valutazione superficiale delle persone coinvolte a vario titolo in quella vicenda.

A cominciare da Maja Salo.

L'errore era avvenuto all'inizio: quando aveva deciso di occuparsi del caso di Eva, aveva dimenticato di applicare un'importante lezione del *signor B.*

Se vuoi conoscere un bambino, devi conoscere bene anche la sua famiglia.

Di solito, prima di accettare un paziente, era buona regola indagare sui familiari perché spesso l'origine di molti disturbi si celava tra le mura domestiche. Stavolta aveva trascurato quell'aspetto fondamentale della terapia perché i genitori di Eva erano assenti.

Non è una giustificazione, si disse, rimproverandosi.

La verità era che aveva fatto un'eccezione per Maja. Si era accontentato del fatto che la ragazza fosse ciò che più si avvicinava a una parente. E adesso realizzava che era stato imperdonabile da parte sua.

In fondo, cosa sapeva sul conto della giovane finlandese a parte ciò che lei stessa gli aveva raccontato?

Anzi, Beatrice Onegli Catelani aveva già smascherato la bugia che riguardava l'università. Il fatto che la ragazza si fosse spacciata per una studentessa d'arte quando invece stava scrivendo una tesi in parapsicologia avrebbe dovuto insospettirlo.

Chi conosce certi fenomeni, in teoria, è in grado anche di simularli, si disse.

Perché non ci aveva pensato prima? Cosa gli aveva impedito di essere imparziale? Era vittima di un'infatuazione? Si sentì ridicolo e anche in colpa.

Ma a parte Maja, sullo sfondo rimanevano ancora due figure misteriose. I genitori di Eva.

La madre alle Barbados rappresentava un enigma. Tralasciando l'opinione negativa della signora Vannini e l'unica telefonata intercorsa fra loro, non ne aveva mai approfondito il ruolo nell'esistenza della figlia, né il perché avesse deciso di affidare la bambina alle cure di una straniera che non aveva mai incontrato di persona.

E poi, da qualche parte, c'era un padre senza volto.

Mentre formulava quel pensiero, la musica di Chopin alla radio fu interrotta da un disturbo nella trasmissione. Gerber spalancò gli occhi e, infastidito dal suono stridente, abbassò subito il volume, ma senza neutralizzarlo del tutto perché, in quel frangente, la sua attenzione andò al primo piano della grande dimora.

Eva lo stava osservando da dietro i vetri della finestra di camera sua.

Per un attimo gli sembrò che la sgradevole interferenza che aveva cancellato la melodia di Chopin provenisse da lei. Ma poi qualcosa lo distrasse da quel pensiero assurdo, perché si accorse che lo sguardo della bambina era rivolto a lui ma le sue labbra si muovevano come se stesse conversando con qualcun altro.

Però non si vedeva nessun altro con lei nella stanza.

In quel momento, a Gerber parve di udire anche qualcosa nel rumore costante che proveniva dalla radio. Alzò di nuovo il volume e si mise in ascolto. Ogni tanto si avvertiva un leggero cambiamento d'intensità nello scorrere del fruscio, come onde che si innalzavano per poi sparire. Girò la manopola fino a portarla al massimo. Fu allora che apparve. Non durò molto, appena un secondo.

Un mormorio.

Gli tornò in mente la vecchia radio a transistor nel soggiorno della villa di Porto Ercole, quella che lui e gli amici della banda avevano usato per intercettare un eventuale messaggio di Zeno. Da piccolo, l'esperimento non aveva funzionato, ma adesso il paragone con ciò che stava accadendo gli mise i brividi.

Tuttavia il brusio non si ripeté, il disturbo svanì e tornarono le note di Chopin. Gerber si accorse che anche Eva era sparita dalla finestra.

E fu come se quella scena surreale non fosse mai accaduta.

Non sta succedendo niente di strano, si disse ripensando alla parete di cartongesso. Esiste una spiegazione logica per tutto, ne sono sicuro.

L'unica cosa inspiegabile rimane quella bambina.

Se solo fosse riuscito a capire quanto c'era di autentico in lei e quanto invece era premeditato per attirare la sua attenzione, forse sarebbe riuscito davvero ad aiutarla.

...Mi diceva che sono la sua regina...

Rammentare quelle parole lo fulminò. L'unica volta che gli era sembrato che Eva avesse manifestato un'emozione sincera era coincisa col ricordo del padre.

...Lui sta in cielo...

Proprio la bugia che le era stata raccontata per far sparire l'uomo dalla sua esistenza suggerì a Gerber cosa avrebbe dovuto fare. Ottemperando alla lezione del *signor B.*, prese il cellulare e compose il numero di Calindri.

« Ho bisogno di un altro servizio » disse. « Qualcosa che non c'entra nulla con l'incarico che le ho affidato. »

« Dovrò rintracciare un altro ex compagno di giochi? » domandò l'investigatore privato, col solito spietato sarcasmo.

« Stavolta il compito sarà un po' più difficile » affermò lui.

39

Si sbagliava. Per Calindri era stato molto più semplice del previsto portare a termine il compito che gli aveva assegnato. Nel giro di un'ora, aveva un indirizzo. L'addormentatore di bambini si rimproverò di non averci pensato prima.

L'Arno, ingrossato dai temporali degli ultimi giorni, cavalcava impetuoso fra gli argini, imbizzarrendosi sotto Ponte Vecchio. Pietro Gerber si lasciò il fiume alle spalle, inoltrandosi nel centro storico. Superò Palazzo Pitti e si immise in via Maggio, nota per gli edifici rinascimentali e, altresì, per essere la strada degli antiquari di Firenze.

Nelle vetrine era un florilegio di fregi dorati, mobili, preziose ceramiche, cornici, dipinti, arazzi e manufatti di pietre rare.

La bottega che lo interessava era proprio sull'angolo, non molto in vista. L'ingresso era sotto il livello stradale e vi si accedeva tramite cinque gradini.

Gerber li discese con un barlume di speranza.

All'interno, il negozio era un piccolo labirinto. Si addentrò attraversando una serie di archetti che scandivano una successione di salette con le volte a botte, colme fino all'inverosimile di arredi e suppellettili. In sottofondo, i rintocchi di una pendola.

Il proprietario spuntò da dietro un basamento in marmo rosa che reggeva un busto femminile in arenaria. « Buongiorno » lo salutò. « Cosa posso fare per lei? »

Sull'ottantina, molto elegante. Completo grigio pied de poule, pochette con piccoli motivi bianchi e cravatta rossa. Un paio di occhiali di tartaruga appoggiati su una chioma candida. Al mignolo, un anello con un piccolo rubino. Teneva fra le mani un barattolo di gommalacca e un panno per lucidare il legno.

Aveva davanti l'uomo che raccontava a Eva storie di re, di cavalieri e di castelli. A cui piacevano i dolci, specie le caramelle. Che le aveva insegnato a contare fino a dieci e anche a leggere alcune parole. Che la faceva sedere sulle proprie ginocchia e che cantava per lei mentre ascoltavano insieme l'opera alla radio.

L'uomo che la figlia credeva fosse morto.

« Mi chiamo Pietro Gerber » si presentò. « Sono uno psicologo infantile e in questo momento mi sto occupando di sua figlia Eva. »

L'altro non commentò subito. Serrò le labbra, irrigidendosi. Nello sguardo un'evidente preoccupazione. « Mia figlia si chiama Clara » lo corresse.

Lui pensò subito a un errore di persona.

Ma poi quello disse: « Sua madre le cambia continuamente nome ».

Si accomodarono dietro un paravento rosso, dove l'antiquario teneva il proprio ufficio privato. Un angolino con due poltroncine *voyeuse* in tessuto verde damascato, poste davanti a un tavolo da gioco col ripiano intarsiato che ora serviva come scrivania. Sul muro, una madonna nutrice del Seicento. In un angolo, un mobiletto neoclassico con sopra un bollitore elettrico per il tè.

«Come sta Clara?» fu la prima domanda di Guglielmo Onegli Catelani, che intanto accese una lampada Tiffany in ottone e vetro.

Gerber avrebbe voluto essere franco, ma temeva di metterlo in agitazione. «Sto cercando di aiutarla» si limitò a dire.

Evidentemente, l'altro era a conoscenza dei problemi della bambina. «Anch'io ci ho provato» affermò, con un tono tormentato. «Ogni sforzo è stato inutile.»

«Perché si è allontanato da lei?» chiese lo psicologo.

Quello lo fissò, oltraggiato. «È questo che le ha detto?»

Ce l'aveva con Beatrice, era ovvio. «La sua ex moglie mi ha parlato di varie incomprensioni e anche di un disegno» asserì, riferendosi all'episodio in cui Eva aveva ritratto la sorellina che il padre aveva perso da piccolo, senza conoscerla e senza che lei l'avesse mai vista.

«Ancora questa storia» si lamentò l'antiquario. «Non so cosa le abbia raccontato quella donna, ma non sono scappato via. Semplicemente, non ho mai creduto che il disegno fosse opera di Clara.»

«Neanch'io» lo rincuorò lo psicologo. «Ma Beatrice sembra convinta che vostra figlia abbia un dono speciale.»

« Lo so cosa va dicendo in giro » affermò, seccato. Poi aprì gli sportelli del mobiletto accanto e tirò fuori una bottiglia di acquavite e due bicchieri di cristallo. « Sono stato estromesso dalla vita di Clara » si lamentò.

Beatrice sosteneva più o meno la stessa cosa riguardo a sé, notò Gerber, ma attribuiva la decisione alla bambina. Uno dei due genitori, perciò, mentiva. Tuttavia, per ora la pena di quell'uomo sembrava autentica.

Guglielmo Onegli Catelani versò il liquore per entrambi e proseguì: « Beatrice aveva ventisette anni quando ci siamo conosciuti, io quasi settanta. Giovane, bellissima: non avrei mai immaginato che potesse interessarsi a me e, ovviamente, alla mia età non pensavo certo di diventare padre. Ma poi ci siamo sposati e due anni più tardi è arrivata Clara ».

Non era ancora il momento di chiedere il motivo per cui Beatrice avesse cambiato nome alla figlia. Gerber voleva che prima l'altro si sfogasse. Perciò, accettò l'offerta dell'acquavite ma senza bere.

« Mi sono lasciato ingannare. E mi ha portato via tutto. »

Secondo le informazioni che gli aveva fornito Calindri, l'uomo era diventato antiquario per necessità. Ma lo psicologo per il momento si astenne dal domandare quale fosse l'inganno di cui parlava l'altro.

« Beatrice ha dilapidato un intero patrimonio » proseguì. « L'unica proprietà che le è rimasta è la tenuta di San Gimignano. Io l'ho supplicata di lasciarla a Clara. Se un giorno si vendessero la casa e i terreni, gli acquirenti non mancherebbero: è una dimora di pregio. Ovviamente, il ricavato dovrebbe andare alla bambina, per garantirle un avvenire. Ma Beatrice si oppone: per impedirmi d'interferire, ha chiesto che mi togliessero la patria potestà e il tribunale le ha dato ragione.» L'uomo ingollò d'un sorso l'alcol nel proprio bicchiere.

«Un tribunale le ha tolto la patria potestà?» ripeté Gerber, curioso di conoscere i motivi di una decisione così estrema.

L'uomo abbassò lo sguardo. «Io non ho mai alzato un dito su di lei o sulla bambina» si difese.

Però i giudici erano convinti che Beatrice e la figlia fossero state vittime di violenze domestiche: lo psicologo non aveva elementi per stabilire se si sbagliassero e se l'uomo che aveva davanti fosse realmente innocente. Siccome non gli interessavano nemmeno le beghe economiche, provò a deviare la conversazione. «La sua ex moglie insiste con la storia delle facoltà paranormali: ha affidato vostra figlia alle cure di una studentessa di parapsicologia.»

«E lei che ne pensa?» lo interrogò l'altro, ansioso di conoscere l'opinione di un esperto.

«Penso che tutto questo è un po' eccessivo per una bambina di dieci anni.»

Quello si lasciò scappare un sorrisetto amaro. «Clara ne ha tredici.»

Era stupefatto. «Tredici?»

«Un'altra bugia di Beatrice. Scommetto che neanche la bambina lo sa.»

Inoltre, l'isolamento e l'impossibilità di frequentare altri coetanei stavano logorando la sua salute mentale, considerò Gerber.

«Anche l'agorafobia non è mai stata diagnosticata da nessun esperto» rincarò l'uomo.

Lo psicologo non accennò al sospetto di schizofrenia. «Che senso ha mentire sul nome e sull'età?»

«Davvero non l'ha ancora capito, dottore?» Sembrava sinceramente sorpreso, si versò altra acquavite. «Lei non è il primo specialista che quella strega cerca di imbrogliare. Per questo cambia nome alla bambina: in questo modo, nel vostro ambiente non gira la voce che c'è una paziente che passa da uno psicologo all'altro.»

«D'accordo, ma che scopo ha tutto questo?»

«La madre di Clara cerca qualcuno che certifichi che è tutto vero. Per quanto ne so, ci è andata vicina un paio di volte.»

«Egocentrismo?» Poi l'ipnotista rifletté, ipotizzando una qualche forma della sindrome di Münchhausen per procura. «Certo, è proprio così: se sei la madre di una bambina speciale, anche tu sei speciale.»

«Ma Beatrice non è pazza, dottore» specificò l'altro. «Aveva in testa un piano fin dall'inizio...» Guglielmo Onegli Catelani si alzò, portandosi appresso il bicchiere. Si piazzò davanti al quadro della madonna nutrice, fissandolo da vicino come se volesse perdersi fra i dettagli del dipinto. Intanto, continuava a parlare. «Quando l'ho conosciuta, Beatrice non ha mai accennato al suo interesse per l'occultismo. L'ho scoperto mentre era incinta. Lei insisteva col fatto che Clara avesse già in sé qualcosa di straordinario, se lo sentiva» aggiunse con sufficienza.

«Beatrice vede cose che non esistono e col tempo ha convinto anche la bambina» affermò lo psicologo. «È questo che sta cercando di dirmi?»

«Non ho voluto assecondarla e, quando ho provato a oppormi, mi ha tagliato fuori» confermò l'altro, voltandosi di scatto verso di lui. «Ma temo che ci sia molto di più...» L'uomo si incupì.

Gerber colse il suo turbamento. «A cosa si riferisce?»

«A un gruppo di fanatici» rivelò l'antiquario, sprezzante. «Si interessano di spiritismo e altre pratiche esoteriche» spiegò poi, infervorandosi. «Beatrice si è avvicinata a loro o forse l'hanno adescata, non mi è mai stato chiaro. Fatto sta che poi ha tentato di coinvolgermi. Davanti ai miei continui rifiuti, ha desistito. Pensavo che fosse soltanto una semplice divergenza di vedute, non immaginavo che avrebbe portato alla fine del nostro matrimonio.»

«Li ha mai incontrati?»

«Una volta sola. Beatrice mi trascinò a una seduta spiritica. Una farsa colossale» chiosò. «Non riuscivo proprio a comprendere questa fissazione per l'aldilà.» Si placò e fece una pausa. «Credo che Beatrice mi abbia scelto non solo perché ero ricco, ma anche perché l'attraeva l'idea che io fossi molto più vecchio di lei: diceva che ero fortunato perché mi trovavo vicino al confine della vita e potevo percepire meglio i segnali provenienti dall'altro mondo. E si arrabbiava quando le rispondevo che l'unica cosa che percepivo chiaramente erano gli acciacchi dell'età.»

«Che tipi sono questi fanatici di cui mi parla?»

«Insospettabili» commentò. «Il problema è che avevano un incredibile ascendente su Beatrice: lei ne era totalmente succube e penso lo sia ancora.»

«Che genere di ascendente?»

«Beatrice non era più padrona di niente, era obbligata a consultarli per tutto, perfino per le piccole cose... Clara aveva qualche mese e un pomeriggio uscirono insieme. Poco dopo, Beatrice la riportò a casa per cambiarle il vestitino giallo. Immaginai che l'abito si fosse sporcato o lacerato. Invece qualcuno le aveva detto che quel colore non andava bene: da allora, il giallo sparì dal guardaroba della bambina.» Scosse il capo. «Quei maledetti sono potenti e anche ben introdotti. Non mi stupirei se ci fossero loro dietro la decisione dei giudici che mi hanno condannato... Controllano Beatrice e lei non si ribella, limitano anche i suoi spostamenti.»

«Da quel che mi risulta, la sua ex moglie vede vostra figlia di rado perché è continuamente in viaggio» lo aggiornò Gerber, per smentire l'idea che la donna fosse prigioniera di qualcuno. «Adesso è in crociera alle Barbados.»

Quello aggrottò la fronte. «In crociera?»

«Le sembra strano?»

«Non credevo fosse possibile... Ma forse per Clara è un bene.»

Non aveva elementi per valutare se tutto ciò che quell'uomo gli stava riferendo fosse solo il frutto del rancore accumulato. Doveva essere prudente nel gestire le informazioni ricevute.

« Se vuole davvero aiutare mia figlia, la porti via dalla madre » insisté l'altro. « Io credo di aver parlato anche troppo. Penso sia il caso che il resto lo scopra da sé. » Poi aggiunse sottovoce: « Ma faccia attenzione alle domande che pone... »

Capiva la sua ritrosia. Probabilmente neanche l'antiquario sarebbe stato così disponibile con lui se gli avesse parlato degli strani fenomeni di cui era stato testimone o delle sincronicità emerse fra il racconto dell'amico immaginario di Eva e il suo passato. L'uomo avrebbe diffidato se si fosse accorto di quanto lui era coinvolto psicologicamente ed emotivamente. « Allora potrebbe consigliarmi dove cercare. »

L'antiquario prese un blocchetto e una penna, mettendosi a scrivere. « Non so se le sarà utile, ma è qui che si riunivano. »

Gerber attese. Forse adesso aveva davvero una traccia per capire cosa stesse accadendo. Poco dopo, Guglielmo Onegli Catelani staccò il foglietto dal blocco e glielo porse. Sotto un indirizzo c'erano tre parole in latino.

Audire Discere Videre

Ascoltare, imparare, vedere – tradusse lo psicologo.

40

Pietro Gerber scrutava con soggezione le nubi scure di quella fredda mattina che incombevano sopra la sua testa. La pioggia sarebbe stata una liberazione dal senso di oppressione che provocava quel cielo nero.

L'indirizzo sul foglietto che stringeva in una mano corrispondeva a uno stabile d'impianto trecentesco, austero ed elegante, nella centralissima via de' Tornabuoni.

Lui era fermo sul marciapiede opposto e, oltre a controllare il cielo, osservava il palazzo da almeno trenta minuti, studiando quelli che entravano e uscivano sotto lo sguardo di un solerte portiere. Intanto si domandava perché il padre di Eva l'avesse mandato lì. In fondo, si trattava di un condominio di lusso dove avevano sede anche un paio di studi legali e una società immobiliare.

Nulla indicava un uso diverso dell'edificio.

E poi Gerber aveva sempre immaginato che certe consorterie si riunissero in luoghi appartati, lontano da occhi indiscreti. E che gli adepti ci tenessero a preservare il proprio anonimato. Perché, invece, scegliere una strada tanto nota e con un continuo viavai di gente e di turisti? Per quel poco che ne sapeva, tutto ciò era incoerente. E cominciava a sentirsi un po' ridicolo a stare lì.

Una gocciolina gli precipitò sul naso, seguita poco dopo da altre uguali. L'intensità aumentò in breve tempo.

La pioggia che aveva tanto invocato iniziò finalmente a cadere.

Non appena il portiere dello stabile si affrettò a ritirare la guida rossa all'ingresso per sostituirla con un grande zerbino, Gerber decise di rompere gli indugi e si avviò verso l'entrata principale. Come sperato, approfittando della distrazione del custode, superò la guardiola senza ostacoli e, imboccato l'atrio con la tromba delle scale, si mise a salirle diretto al terzo piano.

Sul largo pianerottolo c'erano tre porte a due ante, ben distanziate. Controllò di nuovo il biglietto dell'antiquario e andò in cerca della targhetta d'ottone con la scritta «*Audire Discere Videre*».

La trovò.

Arrivato davanti all'uscio, doveva decidere cosa fare. Non aveva pensato a una strategia. Poteva girare i tacchi e cercare altrove la storia di quell'appartamento, partendo per esempio dall'individuazione del proprietario o della proprietaria. Oppure poteva semplicemente bussare e vedere cosa sarebbe accaduto.

Scelse la seconda opzione e si attaccò al campanello. Ma quando schiacciò il pulsante, non udì alcun suono. Riprovò, accostando anche l'orecchio e cercando di capire se in qualche parte della casa riecheggiasse un cicalino. Niente.

La corrente è staccata, si disse. Solo allora notò che la porta era diversa da quelle degli altri appartamenti. Il legno non era più tanto lucido e c'erano delle scalfitture. Afferrò uno dei pomelli che stavano sulle ante e lo strattonò per verificare la tenuta della serratura. Dal rumore, sospettava che fosse a malapena una piastra con una piccola sbarra metallica che si richiudeva dall'esterno con una semplice chiave seghettata.

Quei dettagli davano l'idea che l'appartamento fosse disabitato.

C'era solo un modo per scoprirlo. Gerber auspicò che l'antiquario non l'avesse ingannato. La curiosità prevalse sulla ragionevolezza: sfruttando lo scroscio della pioggia che rimbombava nella tromba delle scale, lo psicologo diede una prima spallata allo stipite.

Al terzo colpo, la porta si spalancò.

Davanti a lui, un lunghissimo corridoio su cui affacciavano diverse stanze. Nella penombra, un pulviscolo leggero in sospensione, quasi una bruma. Gerber si immise nell'appartamento, richiudendosi subito la porta alle spalle. Attese qualche secondo, cercando di cogliere un rumore che potesse rivelare la presenza di un inquilino. Gli unici suoni, oltre alla pioggia, erano gli scricchiolii del vecchio parquet sotto i suoi piedi. Quella specie di squittio accompagnò i suoi passi cadenzati mentre si addentrava nella grande casa.

Quando gli occhi si abituarono all'oscurità, notò un dettaglio perturbante. Le pareti erano rivestite da una carta da parati con delle margheritine. Mancava totalmente l'arredamento. Gerber vide scorrere davanti a sé solo una successione di camere vuote, con le imposte chiuse forse da decenni.

Che ci faccio qui? si chiese.

Guglielmo Onegli Catelani gli aveva indicato il posto senza essere sicuro che fosse ancora in uso. D'altronde, l'unica volta che l'antiquario era stato lì risaliva a molti anni prima. O forse l'uomo aveva semplicemente ingigantito la propria storia, ammantandola di un mistero che non trovava riscontri nella realtà.

Arrivato quasi alla fine della sua esplorazione, Gerber stava per rinunciare e tornare indietro. Ma fu frenato da un suono che ormai era diventato familiare.

Stavolta il fischio che aveva già udito non era solo nella sua testa, ma sembrava provenire proprio da un punto dietro un angolo cieco.

Decise di seguire il richiamo dell'omino di cera. Svoltò e si ritrovò davanti un secondo corridoio. In fondo a quel passaggio c'era una porta aperta. Al centro di una stanza senza finestre c'era un tavolo rotondo con un'unica gamba. Sul tavolo, sette candele.

Ed erano accese.

41

Gerber era a metà strada fra la porta d'ingresso e la stanza col tavolo rotondo. Probabilmente, sarebbe stato più saggio voltarsi e andarsene.

Ci mise un po' a trovare il coraggio di avanzare.

Sette candele accese. Non era casuale. Sette omini di cera, come quel pomeriggio d'estate di venticinque anni prima all'Argentario. Aspettavano solo qualcuno che pronunciasse la parola « Arimo ».

Una parte di lui era sinceramente intimorita dalla scena. L'altra, però, era irritata. Qualunque fosse la finalità dello spettacolo che aveva davanti, Pietro Gerber attinse a tutto il proprio scetticismo per affrontarlo. È solo un'altra recita, ripeté a se stesso. Qualcuno vuole che io creda per forza a qualcosa. È venuto il momento di alzare il sipario e vedere cosa c'è dietro.

Per questo aveva bisogno di verificare di persona.

Appena varcò la soglia della stanza, fece spaziare lo sguardo. Ovviamente, non c'era nessuno. Solo quei sette ceri che emanavano un profumo dolciastro, pregnante e fastidioso.

Gerber iniziò a girare intorno al tavolo antico, figurandosi i partecipanti a una seduta spiritica. Non c'erano sedie, perciò presunse che di solito stessero in piedi. Si chiese il motivo. Nel suo immaginario, il rito si svolgeva con soggetti seduti che si tenevano per mano. Almeno era ciò che aveva sempre letto nei romanzi e visto al cinema. Si sentì improvvisamente sciocco e fuori luogo. Chissà cosa si aspettavano da lui gli artefici di quella messinscena. Volevano spaventarlo? Intimidirlo? Doveva intenderla come una minaccia o cos'altro? Per dimostrare che non aveva alcun timore, si chinò sulle candele dall'odore stomachevole e soffiò su ogni fiammella, fino a spegnerle tutte e sette.

Appena si raddrizzò, fu colto da un improvviso capogiro. Un sudore freddo. Si appoggiò al tavolo, sperando che la sensazione di nausea che l'aveva invaso svanisse presto. L'ambiente cominciò a ruotargli velocemente intorno. Il sostegno delle braccia sul ripiano venne meno e, di colpo, si ritrovò a precipitare. Senza avere il tempo di portare in avanti le mani, urtò il pavimento con la parte sinistra del volto. La fitta si ripercosse dalla tempia allo zigomo, fino alla mascella.

La vista era offuscata. Ma riuscì lo stesso ad accorgersi che qualcuno era entrato nella stanza. Un'ombra di bassa statura che saltellava intorno a lui e al tavolo con le candele spente. Nella nebbia dei sensi, comparve la risata cristallina di un bambino.

Dice che si mostrerà soltanto quando sarà il momento.

Chiunque fosse, a un certo punto si arrestò accanto a Gerber. Si piegò sulle ginocchia e lo scrutò con occhietti vispi e curiosi. Ciocche di capelli appiccicate dal sudore sulla fronte. Lentiggini sul naso, sulla pelle il colorito dell'estate. Indossava una maglia della Fiorentina. Sul suo viso si spalancò un sorriso sdentato.

« Ciao, Pietro » disse Zeno Zanussi, riconoscendolo.

Gerber avrebbe voluto domandargli cosa ci facesse lì. Ma al momento era solo felice che il suo compagno di giochi scomparso non fosse morto. Tuttavia, si domandò come mai dopo tanto tempo non fosse cambiato affatto.

« Lui non è come gli altri bambini. Lui non cresce mai » aveva detto Eva la prima volta che gli aveva parlato del suo amico immaginario. « Ha sempre cinque anni. »

42

« Dottor Gerber. »

Chiunque l'aveva schiaffeggiato, adesso lo chiamava per nome.

« Dottor Gerber! »

Si sentì afferrare per le ascelle e trascinare sul pavimento. Era totalmente in balia dello sconosciuto.

« Dobbiamo andarcene da qui prima che qualcuno ci denunci per violazione di domicilio. »

Strizzò gli occhi e vide che l'uomo che lo portava fuori dalla stanza aveva qualcosa di familiare. Impiegò ancora qualche secondo a realizzare che lo conosceva. « Calindri » gracchiò con un nodo in gola.

L'investigatore privato lo aiutò a mettersi seduto con le spalle contro il muro del corridoio. « Mi dice che cavolo combina? »

Gerber era intontito.

L'altro proseguì la reprimenda. « Quando mi ha chiesto di rintracciarle quel Guglielmo Onegli Catelani, ho capito subito che stava per cacciarsi in qualche guaio. Così ho deciso di tenerla d'occhio. »

« Mi ha seguito? » chiese lo psicologo, che ancora non riusciva a mettere a fuoco l'accaduto.

« Sì, l'ho seguita » gli confermò quello. « E, a quanto pare, ho fatto bene. Adesso riprenda fiato in fretta e poi togliamoci di mezzo: questo posto mette i brividi.»

Lui inspirò ed espirò profondamente. La nausea stava svanendo.

Intanto Calindri continuava a tartassarlo. «Mi spiega perché si è introdotto nell'appartamento?»

Gerber si voltò verso la stanza col tavolo e le candele. Ancora gli risuonava nella testa la risata allegra del piccolo Batigol. Chissà come avrebbe reagito l'uomo con l'orologio da taschino alla notizia del suo recente *rendez-vous* con un fantasma. Scoppiò a ridere.

«E adesso che c'è?» chiese l'altro. «Perché fa così?»

Ma quella di Gerber era una risata nervosa. «N.D.G.» disse, giocando con gli acronimi che piacevano tanto all'investigatore privato. «Niente di grave» precisò.

Calindri gli scrutò le iridi. «A me sembra S.E.D.S.»

«Cosa?» chiese, fra le lacrime.

«Sotto effetto di stupefacenti.»

Il commento scatenò un altro attacco di ilarità. Poi Gerber iniziò a placarsi. L'ultima osservazione di Calindri gli aveva acceso un'idea nella testa. L'effetto esilarante che stava sperimentando poteva essere lo strascico di qualcosa. Si rimise in piedi a fatica.

«E adesso dove va?»

Gerber ignorò la domanda e si diresse nuovamente nella stanza in fondo al corridoio. Barcollando, afferrò una delle candele sul tavolo rotondo, la annusò ancora una volta ma solo per un istante, trovando conferma all'odore dolciastro.

Se la mise in tasca.

Intanto Calindri cercava di intuire la gravità della singolare situazione in cui si ritrovava coinvolto. « Quanto devo preoccuparmi? »

« Va tutto bene » gli assicurò Gerber, tornando da lui.

« Quando l'ho conosciuta, aveva già un aspetto pessimo. Ma adesso mi sembra peggiorato. E non mi riferisco soltanto al livido che ha sulla faccia, al dito bendato o al fatto che sembra uscito da una centrifuga. »

Gerber provò a ricomporsi. « Stavo aspettando una risposta. E credo di averla ottenuta. » Si sforzava di mostrarsi sereno, ma era comprensibile che l'altro non gli credesse.

« Quindi posso presumere che non si caccerà in altri guai? »

« Può presumerlo » confermò. Era davvero grato a Calindri per essere giunto in suo soccorso. Chiunque avesse allestito la scena con le sette candele accese sarebbe potuto tornare lì e approfittare del fatto che lui era privo di conoscenza.

Il teatrino degli spiriti era per me, si disse. Ma ancora gli sfuggiva la finalità. E aveva altresì timore di scoprirlo.

Aveva bisogno di ulteriori spiegazioni. E c'era un solo posto dove cercarle. Doveva convocare ciò che rimaneva della Confraternita degli ipnotisti fiorentini.

43

Pietro Gerber rammentava ancora la prima volta in cui aveva sentito nominare la Confraternita degli ipnotisti fiorentini dal *signor B.*

Poco più che ventenne, aveva appena espresso al padre il desiderio di intraprendere la sua stessa professione. Il genitore allora lo portò nella storica farmacia Münstermann, in piazza Goldoni.

Nel retrobottega c'era una scala da cui si accedeva a un ammezzato. Lì ogni giovedì sera, dopo l'orario di chiusura, si riuniva in segreto un consesso di ipnotisti per cimentarsi nell'oscuro gioco dell'Oblivio.

Il giovane Gerber non avrebbe mai dimenticato la passeggiata fra gli arredi odorosi di essenze, le ampolle dai colori brillanti. Né l'emozione di poter essere accettato in una sorta di gruppo di iniziati.

E non avrebbe scordato nemmeno la propria sorpresa, nonché l'imbarazzo nello scoprire che la famosa confraternita non era altro che un gruppo di quattro amici che si incontravano regolarmente da anni per una partita a carte.

Il proprietario della farmacia aveva concesso loro l'uso di una stanzetta, dove i vecchi compagni di scorribande, col nobile pretesto di far sopravvivere un gioco d'azzardo sparito da secoli, trascorrevano la notte a fumare sigari e bere buon vino.

Anche la definizione di « Confraternita degli ipnotisti fiorentini » era un'invenzione per burlarsi di lui. Ed era stato proprio il *signor B.* a coniarla.

Da allora, però, Pietro Gerber era diventato un membro effettivo della comitiva. E aveva imparato che poteva contare sugli amici del padre ogni volta che ne avesse avuto bisogno.

Anche se non era un giovedì e la farmacia di giorno era aperta al pubblico, riuscì a convocarli con un breve preavviso. Salite le scale dell'ammezzato, si ritrovò davanti ciò che restava della confraternita.

Il *signor F.*, ordinario di psicologia clinica e ipnosi curativa, e il *signor R.*, che era uno specialista di ipnosi regressiva. Gerber si rivolgeva a loro nello stesso modo in cui ormai chiamava il padre.

Erano seduti intorno al tavolo in cui di solito si giocava l'Oblivio, ma con la luce del mattino quel luogo perdeva il proprio fascino, tornando a essere un angusto stanzino. I due anziani ipnotisti indossavano ancora i cappotti, segno che erano arrivati da poco.

« Come sta il *signor Z.*? » chiese subito Gerber. Dopo la morte del *signor B.*, c'era stata la defezione di un altro membro.

« Non benissimo » gli confermò il *signor F.*, come sempre il più elegante.

« Se ne sta chiuso nella stanza degli orologi e non

esce più di casa» aggiunse il *signor R.*, togliendosi il cappello.

Era il prezzo da pagare per il contributo che l'esperto di parasonnie gli aveva fornito nel caso dell'Affabulatore: Gerber non riusciva a liberarsi del senso di colpa per avergli chiesto aiuto in passato per risalire all'identità celata dietro le iniziali A.D.V.

«Anche tu hai un aspetto orrendo» gli disse il *signor F.*

«È la seconda volta che me lo dicono oggi, grazie» replicò Gerber, sarcastico.

«Qual è l'urgenza stavolta?» domandò il *signor R.*

«Potete dirmi tutto ciò che sapete riguardo alla trance artificiale?»

Ogni ipnotista all'inizio del praticantato sceglieva un *oggetto guida*, anche detto «manufatto empirico» o «feticcio di transizione». Attraverso l'oggetto scelto, il terapeuta stabiliva un contatto esclusivo col paziente. Il metronomo di Gerber oppure un pendolino, una spirale, una piccola torcia elettrica o il disco che s'incantava del *signor B.*: esistevano mille strumenti per accedere all'inconscio.

Gli ipnotisti più bravi preferivano servirsi solo del tatto o della voce. Gerber sapeva che ai migliori era sufficiente toccare leggermente il soggetto in alcuni punti del corpo o parlargli con una determinata cadenza per farlo scivolare in uno stato di sospensione. Lui non era ancora a quel livello e probabilmente non ci sarebbe arrivato mai.

Al di là dei metodi che richiedevano sempre il consenso psichico e la collaborazione del paziente, c'erano altri modi per ottenere lo stesso risultato senza che questi se ne accorgesse.

« Esistono filmati subliminali » gli confermò il *signor F.* « Sequenze rapidissime di immagini, apparentemente slegate fra loro, che invece svolgono una potente azione di suggestione. »

« Oppure, particolari combinazioni di luci e suoni » disse il *signor R.*

« E qualcosa di meno evidente? » domandò.

I due non capivano cosa intendesse.

Allora Gerber infilò la mano nella tasca dell'impermeabile per estrarre la candela che aveva preso dal tavolo dell'appartamento disabitato. La lanciò e il *signor F.* fu il più lesto ad agguantarla al volo.

« Che roba è? » chiese il *signor R.*

L'altro si rigirò il cero fra le mani, quindi l'annusò. Esattamente come Gerber, aveva colto subito l'odore dolciastro. « Ibogaina » sentenziò prontamente.

« *Ibo*-cosa? » domandò Gerber.

« Una sostanza con effetti allucinogeni. Si ricava da una pianta africana, l'iboga. »

« E tu l'hai assunta, Pietro? » chiese il *signor R.*

« L'ho inalata » specificò lui. Però almeno aveva avuto una conferma ai suoi sospetti su come funzionavano realmente le sedute spiritiche in quel posto. Niente di soprannaturale. Gli adepti avevano solo imitato gli stregoni di qualche tribù del Congo, nonché un discreto numero di ipnotisti del primo Novecento che non disdegnavano simili espedienti per generare lo stato di trance.

La droga era sicuramente nella cera. Ecco perché non erano presenti sedie intorno al tavolo rotondo. Per inalarla era preferibile posizionarsi sopra la candela stando in piedi.

Gerber si era fatto l'idea che le persone che avevano organizzato la trappola in cui era caduto avessero una certa dimestichezza con le tecniche di manipolazione della mente. E ciò riguardava di sicuro anche Eva.

« Dove l'hai presa? » lo interrogò il *signor F.*, rilanciandogli la candela.

Ma lui, memore di quanto era accaduto al *signor Z.*, stavolta avrebbe coinvolto i due amici il meno possibile. Perciò, tacque.

« Io lo so da dove viene » intervenne di nuovo il *signor F.*

« Lo sai? » domandò, sorpreso, il *signor R.* « E cosa aspetti a dirmelo? »

« A Firenze ci sono una cattedrale, nove basiliche e svariate chiese di cui si fatica a tenere il conto. Da sempre, però, proliferano culti paralleli di vario genere, sette e consorterie segrete: strade, monumenti e palazzi del centro storico sono pieni di simboli esoterici che si affiancano a quelli propriamente religiosi. »

Pietro Gerber ne era consapevole, ma non lo interruppe.

« Anche ai giorni nostri, alcuni individui hanno ancora l'esigenza di entrare in contatto con l'occulto. Ogni tanto si sente parlare di gruppi di seguaci di un particolare credo, di riti magici e misteriose figure di iniziati. »

Gerber ebbe la netta sensazione che il *signor F.* avesse già avuto a che fare in passato con le persone che si dedicavano allo spiritismo nella casa di via de' Tornabuoni. « Potresti aiutarmi a venirne a capo? »

« Non so molto di più, purtroppo. Posso dirti solo che è gente pericolosa, Pietro. Venerano i bambini. »

L'ultima affermazione lo colpì. Approfittò di quel riferimento per fare a entrambi una rivelazione. « Ho in cura una bambina che sostiene di comunicare con un amico immaginario. Credo che sia stata istruita su cosa dire e come comportarsi, perfino mentre è sotto ipnosi. »

« È impossibile » affermò subito il *signor R.* « Se finge, non è in trance. »

« Lo è » ribatté Gerber. « Ho svolto tutte le prove necessarie e non ho dubbi al riguardo. Ma il fatto è che temo di non essere io a controllarla. È come se fossi solo uno spettatore passivo. »

« Tu stai descrivendo un caso d'*indottrinamento* » s'intromise il *signor F.* « L'indottrinamento richiede uno stato di cattività » spiegò. « Funziona come con gli animali del circo che imparano a svolgere compiti lontanissimi dal loro istinto e dalla loro natura. »

Lo psicologo pensò immediatamente che la casa in cui la bambina viveva confinata poteva essere paragonata a una gabbia.

« Sono necessari un abile istruttore e un soggetto predisposto, particolarmente vulnerabile. »

« Come un minore » intervenne il *signor R.*, che iniziava ad afferrare cosa intendesse il collega.

« Ma non è come fargli imparare a memoria un copione » ci tenne a puntualizzare l'altro. « Semmai un canovaccio o una traccia generale. L'effetto si ottiene ricorrendo a sostanze psicotrope che generano falsi ricordi. »

Gerber escluse che Eva fosse sotto l'effetto di qualche stupefacente. « Non è possibile, avrei notato i segni » disse, scuotendo il capo e respingendo quindi l'ipotesi dell'indottrinamento. « Il fatto è che la bambina sa esattamente cosa dire e quando dirlo » asserì, ripensando ai precisi tempi di reazione. « È come se qualcuno comunicasse realmente con lei » disse, consapevole dell'assurdità delle proprie affermazioni.

Dall'espressione dei due, comprese quanto si sforzassero di non mostrare il proprio scetticismo.

Non poteva biasimarli, ciò che sosteneva era semplicemente folle.

« La bambina come descrive il suo amico immaginario? » chiese il *signor F.*, forse soltanto per riempire il silenzio imbarazzato.

« Non lo descrive, lei sente solo la voce » disse Gerber, che era già pronto a congedarsi.

« La voce, hai detto? » La domanda del *signor R.* non sembrava di circostanza.

« Sì » confermò.

« Forse, allora, ciò sarebbe possibile attraverso un generatore di frequenze. »

Gerber intuì che si trattava di un dispositivo elettronico. Chissà perché, la sua mente andò a quando con la banda di Porto Ercole provavano a contattare Zeno con una radio a transistor.

« È un apparecchio che serve a emettere una gamma di suoni » lo descrisse il *signor R.*

« Da anni vengono svolti precisi studi sull'influenza del suono sulla psiche » aggiunse il *signor F.* « Il rumore browniano o marrone, detto così perché è il prodotto di moto browniano o passeggiata aleatoria, ha un enorme potere curativo ed è utile per determinate patologie. E così anche il rumore viola, che ne è l'inverso. »

« O il rumore bianco contro l'insonnia » convenne il *signor R.* « Il blu che attenua l'ansia, il grigio che fa sparire claustrofobia e senso di vertigine o il verde che crea euforia. Ma questi sono i colori buoni. »

« Perché, esistono anche suoni di colore cattivo? » domandò Gerber.

« Sono quelli che riescono a penetrare le nostre difese e a raggiungere il luogo in cui si forma la coscienza » rispose il *signor R.*

« Non se ne parla molto, l'argomento è quasi un tabù » asserì il *signor F.* « Però, fin dagli anni Sessanta, sono stati condotti esperimenti con particolari acufeni capaci di incidere sulla volontà delle persone, condizionando comportamenti e risposte. »

Alla parola « acufeni », Gerber ripensò al fischio che aveva sentito in diverse occasioni. Il linguaggio segreto degli omini di cera. All'inizio aveva pensato che fosse una specie di allucinazione, ma in quel momento si rese conto di aver udito il fischio sempre prima di qualche evento cruciale.

Come un annuncio.

Il ritrovamento della stilografica smarrita. La fossa al camping. La telefonata di Beatrice Onegli Catelani. La scoperta del tavolo con le sette candele.

Ma non riusciva ancora a credere che Eva fosse controllata a distanza con un apparecchio. «Mi sarei accorto se ci fosse stato un suono durante le sedute con la bambina» replicò ai due.

«Non ne sarei così sicuro» affermò il *signor R.* «L'orecchio umano può udire suoni nell'intervallo dai 20 Hz ai 20 kHz. Ma, diventando adulti, alcune frequenze spariscono dal nostro spettro uditivo. Un rumore superiore ai 17 kHz, per esempio, sarà percepibile solitamente da un soggetto con meno di vent'anni.»

Intervenne il *signor F.*: «Un po' di tempo fa, ho sorpreso alcuni studenti che si scambiavano sms durante le mie lezioni: avevano sostituito le suonerie dei cellulari con un sibilo di una frequenza superiore agli 8 kHz che il mio orecchio anziano non riusciva più a percepire... E ho saputo di un grande albergo del centro che ha installato un dispositivo che di notte produce un fastidiosissimo stridio sui 12 kHz per evitare che i giovani bivacchino nelle strade vicine disturbando il sonno degli ospiti».

Il *signor R.* non si stupì. «Ricordo il caso di un sedicente mago che asseriva di poter comunicare per via telepatica alla figlioletta di dieci anni dei numeri a caso suggeriti dal pubblico: in realtà, aveva in tasca una trasmittente con cui inviava segnali che solo lei poteva udire.»

Gerber rammentò ciò che era avvenuto appena quella mattina, quando nell'abitacolo della sua auto Chopin era stato interrotto da un fastidioso disturbo sonoro.

Eva era alla finestra e, in apparenza, stava parlando con qualcuno. Ma non si vedeva nessuno nella stanza.

Pur colpito dalla coincidenza, lo psicologo preferì rimanere cauto. «E questo suono artificiale di cui parlate potrebbe, per esempio, essere modulato... in una voce?»

I due si guardarono a vicenda. «È ciò che stiamo cercando di dirti» confermò il *signor F.* Il *signor R.* annuì.

«Quindi mi state dicendo che è possibile che la bambina comunichi e riceva istruzioni da un suggeritore, come in una trasmissione radio che può sentire soltanto lei? E che questo può accadere anche mentre è in trance?»

Il *signor R.* allargò le braccia. «Se le sedute si svolgono presso il tuo studio, non ti sarà difficile risalire all'origine del segnale elettronico del generatore di frequenze.»

Ma gli incontri con Eva avvenivano alla tenuta. Ecco perché Maja aveva tanto insistito per fare le sedute in casa. L'agorafobia era solo una scusa. La constatazione gettò una nuova ombra sul ruolo della ragazza. Però Pietro Gerber aveva finalmente una spiegazione credibile per il dono di Eva. « Grazie, era proprio ciò che speravo di sapere. »

« Ma c'è un'altra possibilità » lo frenò il *signor F.* « Una spiegazione patologica » specificò.

« Quale sarebbe? » domandò lui, che invece pensava di andar via da lì con una risposta esaustiva.

« Gli schizofrenici riescono a mentire anche sotto ipnosi » proseguì l'altro. « Perché la bugia che raccontano è radicata in loro. »

« Sei sicuro che la bambina che hai in cura non lo sia? » gli chiese a sua volta il *signor R.*

No, non ne era sicuro.

44

«Allora, ha trovato ciò che stava cercando?» domandò subito Guglielmo Onegli Catelani.

«A quanto pare, qualcuno sapeva che sarei venuto da lei. E che poi lei mi avrebbe indirizzato all'appartamento disabitato di via de' Tornabuoni» spiegò Gerber, camminando per strada mentre parlava al cellulare. Gli riusciva ancora difficile riferirsi apertamente a una setta. «Ma, di nuovo, sono costretto a chiedermi a che pro.» Non sapeva fino a che punto potesse fidarsi dell'antiquario. Quando era stato da lui, aveva avuto l'impressione che omettesse volutamente qualcosa. «Adesso però lei deve dirmi tutto ciò che sa» gli intimò. «Altrimenti le assicuro che chiudo la chiamata e contatto subito la sua ex moglie per sentire anche la sua versione dei fatti.»

«Quei bastardi hanno messo gli occhi sulla mia Clara ancora prima che venisse al mondo» esplose l'uomo, rabbioso.

«Non certificherò che sua figlia abbia realmente dei poteri medianici» lo tranquillizzò, riferendosi ai timori che l'altro gli aveva esposto quando si erano visti. Cioè che Beatrice in passato aveva portato Eva da uno psicologo infantile all'altro, perché qualcuno mettesse nero su bianco l'esistenza del suo dono.

« Non ha capito una cosa fondamentale » replicò l'uomo. « Quelli l'hanno incastrata non appena lei ha accettato il caso. »

Gerber ripensò al momento in cui Maja Salo si era presentata nel suo studio. Alla lettera con la parola « Arimo ». Al fatto che la ragazza avesse confessato che lui era l'ultima speranza per Eva, perché tutti gli altri psicologi di Firenze avevano rifiutato di curare i suoi disturbi.

« Dopo che è stato qui, ho preso informazioni sul suo conto. »

« E allora? »

« Lei ha molto da perdere. »

« Io? » si ritrovò a domandare, divertito.

« Ci pensi bene, dottore » proseguì l'antiquario. « Una bambina con presunti poteri medianici, uno stimato professionista che non sa come spiegarli e ne rimane spiazzato: quei fanatici non hanno bisogno di un documento ufficiale, a loro basta un fallimento che porti la sua firma. »

« La mia reputazione di psicologo è abbondantemente compromessa » ribatté, sarcastico.

« Ma il nome che porta ha ancora un peso, dottor Gerber. Non la chiamano forse 'l'addormentatore di bambini', come suo padre? »

La constatazione gli riecheggiò nella testa come un monito. Gli si formò un nodo in gola e il pensiero corse subito al *signor B.* Se il credito di Pietro Gerber come psicologo infantile era stato quasi del tutto dilapidato, la fama del padre era ancora integra e autorevole. L'idea di esporre al ridicolo il cognome che aveva ereditato insieme alla professione lo gettò nella disperazione. Provò vergogna per se stesso, per essere stato così stupido. Probabilmente, se fosse stato vivo, il *signor B.* avrebbe condiviso quel sentimento. « Qual è lo scopo? » insisté con veemenza.

« Conosco persone che sarebbero disposte a dare tutto ciò che possiedono pur di sapere se ci aspetta qualcosa nell'aldilà. Ho ottant'anni, so di cosa parlo. »

Ecco l'obbiettivo delle sedute spiritiche con le candele all'ibogaina. Nuovi accoliti, nuovi fondi. « Tutto questo... per denaro? »

« È il motivo principale per cui esistono le sette. Non penserà mica che ci credano davvero? E Beatrice è stata usata per portarmi via ogni cosa. »

Gerber rallentò il passo fino a fermarsi del tutto. La gente continuava a passargli accanto ma lui rimaneva immobile col telefonino in mano.

« Quelli possiedono proprietà di pregio in tutta la Toscana » continuò Guglielmo Onegli Catelani. « Circuiscono poveri sciocchi come la mia ex moglie, promettendo di metterli in contatto con il sovrannaturale e poi si prendono tutto ciò che hanno. »

Beatrice è vittima ma anche complice, si disse Gerber.

« E lei, caro dottore, ci è cascato in pieno. »

Sì, era cosi.

« Scommetto che per ingannarla hanno sfruttato un episodio doloroso del suo passato » infierì l'antiquario. «Con me hanno usato la morte della mia sorellina, ma gli è andata male.»

Avevano creato falsi riscontri al racconto di Eva. Tutte le sincronicità con la scomparsa di Zeno facevano parte di un preciso disegno per confonderlo e poi approfittare del conseguente stato di paranoia indotto.

E c'erano sempre loro dietro la serie di episodi misteriosi.

Il fischio dell'omino di cera. La riapparizione della stilografica. La caduta della palla con la neve. La presenza che si era manifestata al camping mentre lui era dentro la fossa. L'intruso che si era introdotto nell'appartamento di Pietro Zanussi. L'auto giunta di notte fino al cancello della tenuta per poi fare inversione nella nebbia.

Ormai potevano uscire tranquillamente allo scoperto. Avevano bisogno di lui e lui, lasciandosi coinvolgere, li aveva accontentati.

«Clara si può ancora salvare, secondo lei?»

Il padre della bambina lo incalzava, ma al momento Gerber era stordito.

«Dottore, mi risponda, la prego...»

Provò a tornare lucido per un momento. Si serviranno della bambina come di un fenomeno da baraccone per attrarre altri allocchi da truffare, si disse. E la sua disfatta come psicologo serviva a dimostrare che era tutto vero. «In principio, credevo di trovarmi di fronte a un caso di schizofrenia infantile» confessò. «Ma adesso ritengo che, per farle recitare al meglio la parte della medium, sua figlia venga imbeccata da un suggeritore. »

Anche mentre Eva è in trance, pensò. Quando asseriva di sentire la voce di un bambino, non stava fingendo. Era sincera. Gerber si pentì di aver dubitato di lei. Avrebbe dovuto capirlo prima che Eva ci credeva a tal punto da innescare reazioni psicosomatiche come i lividi che aveva su braccia e gambe. Lui aveva visto come si manifestavano i rossori, perché invece aveva pensato che mentisse?

« Come è stato possibile? » si domandò il padre, in ansia.

« Posso ancora fare qualcosa per sua figlia » dichiarò Gerber, convinto.

« Davvero? » Nella voce dell'antiquario c'era una nota di autentica speranza.

« Se riesco a farla cadere in contraddizione, posso ancora dimostrare che è stata plagiata. Ma, soprattutto, riuscirò a risvegliare la sua mente e a liberarla dalla presenza dell'amico immaginario. »

45

Parlando con l'antiquario, Gerber aveva avuto la conferma che Eva era solo uno strumento. Dietro a tutto il disegno c'era una mente sottile, o forse anche più di una.

Ma la nuova consapevolezza si tirava appresso anche una seconda conseguenza. La bambina aveva sempre toccato i tasti giusti con lui. Le affinità fra il racconto dell'amico immaginario e la storia del piccolo Batigol servivano proprio a disorientarlo.

A ben guardare, però, ciò di cui era stato vittima erano trucchetti dozzinali, di semplice decifrazione. Fino ad allora era riuscito a smascherare gran parte degli espedienti che avevano rischiato di confonderlo. Dietro la caduta della palla con la neve c'era un semplice muro di cartongesso. L'azione di qualche complice spiegava la presenza che si era manifestata fuori dalla fossa al camping o l'intruso in casa di Pietro Zanussi. L'acufene che lui stesso percepiva poteva essere tranquillamente un suono artificiale. E le sincronicità con la vicenda di Zeno erano state ricavate ad arte da notizie reperibili in rete.

Ma allora, perché non era arrivato prima a ipotizzare che Eva potesse avere un suggeritore?

Il *signor F.* e il *signor R.* gli avevano spiegato che

un semplice apparecchio elettronico avrebbe potuto generare una specie di voce che una bambina solitaria poteva tranquillamente attribuire a un amico invisibile. Ma i due ipnotisti erano stati fin troppo gentili nell'omettere di sottolineare un aspetto della vicenda. Cioè che, per ingannare un bravo terapeuta con un trucco da imbonitore, era necessario che la vittima fosse in qualche modo predisposta a lasciarsi raggirare.

Coinvolta, era la parola esatta. Oppure, suggestionabile.

Fino a quel momento, lui non si era dimostrato all'altezza dei propri avversari.

Dopo un'intera giornata di pioggia intensa, le strade del Chianti erano quasi impraticabili. Il Defender avanzava a rilento fra detriti, rami caduti e rigagnoli fangosi che scendevano dalle colline.

Il buio della sera non aiutava certo a orientarsi.

Gerber era prono sullo sterzo, pronto a schivare eventuali ostacoli. Dopo il tramonto c'era stato anche un brusco cambio della temperatura esterna. Di conseguenza, il suo calore corporeo faceva appannare il parabrezza: gli aeratori nel cruscotto non ce la facevano a dissipare la patina di vapore. Gerber si cacciò una mano in tasca per cercare un fazzoletto con cui pulire il vetro. Inaspettatamente, ne estrasse il braccialetto con i porcospini che aveva rinvenuto per terra la notte precedente, vagando per la grande casa. Si era anche ripromesso di restituirlo alla signora Vannini appena l'avesse rivista. Ma proprio quel pensiero lo costrinse a considerare che, nonostante fossero trascorse appena poche ore, gli eventi da allora si erano succeduti con una velocità stupefacente. Chissà se quel pomeriggio la governante era riuscita a tornare come sempre a casa propria, a San Gimignano. Una parte di Pietro Gerber sperava che il tempaccio l'avesse trattenuta insieme a Eva.

Non si fidava più di Maja Salo.

Certamente la ragazza sapeva che il vero nome della bambina era Clara e che, in realtà, aveva tredici anni. Nonostante fosse sempre concentrato sulla strada, Gerber non poteva evitare che le idee si affastellassero, aumentando la sua confusione. Provava a mettere ordine, cercando di prendere una decisione. Sgombrato il campo da tutte le assurde teorie sul sovrannaturale, c'era ancora da capire come la studentessa finlandese riuscisse a manovrare la bambina.

Era combattuto.

Più si affannava a cercare una spiegazione logica che inchiodasse la ragazza e più si augurava di non trovarla affatto. Però c'era molto di più in ballo. Cosa sarebbe accaduto se non fosse riuscito a spiegare razionalmente gli strani fenomeni che avvenivano in quella casa e, soprattutto, a smentire che Eva avesse un dono insondabile? Un nuovo fallimento, come era accaduto con l'Affabulatore, avrebbe determinato la sua fine. Non si sarebbe rialzato da un altro disastro. Il misterioso A.D.V. gli era già costato caro. E, cosa peggiore fra tutte, stavolta avrebbe dovuto dire addio per sempre ai suoi piccoli pazienti.

Intanto, all'orizzonte emerse la sagoma della grande dimora. Si accorse subito che qualcosa non andava. Non c'era nemmeno una luce accesa.

« Un fulmine ha fatto saltare la corrente » lo informò Maja al suo arrivo. « È successo all'incirca un'ora fa. » Non riusciva a nascondere la propria ansia. O forse non voleva.

La governante era andata via poco prima del blackout. Eva era rannicchiata in un angolo della cucina, impaurita.

Gerber le si inginocchiò davanti. « È solo buio » disse, per rassicurarla. E tu sei soltanto una bambina, pensò, sentendosi di nuovo colpevole per aver dubitato di lei. Per farsi perdonare, le aveva preparato una sorpresa. « Prima di venire qui, sono passato da Vivoli e ho comprato una quantità *mostruooosa* di gelato » le rivelò, facendo una smorfia con la bocca. « E siccome il frigo senza corrente non funziona, mi sa che saremo costretti a mangiarlo tutto prima che si sciolga. »

Le strappò un piccolo sorriso. Fino a quel momento, non era mai accaduto.

La comparsa dello psicologo, comunque, sembrava provvidenziale. « Ho una torcia in macchina » disse a Maja.

Poco dopo, faceva luce mentre la ragazza frugava fra gli scaffali dello sgabuzzino.

« Sono sicura che la signora Vannini ha una bella scorta di candele » disse lei. Finalmente estrasse una scatola che ne conteneva diverse e di vari colori, anche se molte erano appena dei mozziconi.

Insieme a Gerber e sotto la supervisione silenziosa di Eva, cominciarono a girare per la casa con l'idea di piazzare i ceri su ogni davanzale. Oltre che in cucina, anche in bagno, sulle scale e, naturalmente, nelle camere da letto.

Mentre compivano l'operazione, lo psicologo indicò la bambina con lo sguardo. « Di portarla via stasera non se ne parla » disse a Maja. « Le strade sono impraticabili. »

« Forse è meglio così » concordò la ragazza. « Non avrei saputo cosa fare se avesse avuto una delle solite crisi. »

Gerber finse di credere ancora alla storia dell'agorafobia perché aveva un piano preciso per quella notte. Intanto osservava la piccola. Da quando aveva messo piede in casa, non le aveva sentito pronunciare neanche una parola. Chissà dov'è la sua mente adesso, si chiese. Mentre percorrevano uno dei corridoi, si accorse che ogni tanto Eva si voltava per controllare qualcosa. Fino a quel momento, l'amichetto immaginario se n'era rimasto stranamente silenzioso. Gerber considerò che si era sempre manifestato quando Maja Salo non era presente.

« Sei riuscito a riposare un po'? » gli domandò la studentessa, rammentandogli la sua nottata insonne.

« Un po' » mentì.

« Oggi ho chiesto alla signora Vannini di prepararti la camera degli ospiti » lo informò, premurosa.

« Grazie » si limitò a dire. Non sapeva più come reagire alle sue attenzioni. Non era in grado di stabilire se fossero autentiche o se lei si stesse solo attenendo a un copione, in combutta con le persone che avevano plagiato Eva.

Quando ebbero terminato il tour delle candele, erano già le venti. Come promesso alla bambina, lo psicologo tirò fuori tre vaschette di gelato artigianale. Aveva scelto più gusti, per non scontentare nessuno. Maja stava per prendere le coppette, ma lui la frenò.

« Non ce ne sarà bisogno » disse, facendo l'occhiolino a Eva e sfoderando tre cucchiai per mangiare il dolce direttamente dalle confezioni.

Quindi si apprestarono a cenare in quel modo insolito, intorno al grande tavolo di quercia.

Gerber si sentiva in gran forma quella sera. Nonostante fosse molto provato dagli ultimi avvenimenti, non si stancava di parlare e fare battute a beneficio delle sue commensali. Pur non riuscendo sempre a smuovere Eva, almeno aveva la sua attenzione.

Raccontò anche che il *signor B.* lo portava da Vivoli da bambino e che quello era il loro rituale preferito la domenica pomeriggio, prima di andare al cinema. Omise che, paradossalmente, il gelato era forse l'unico modo escogitato dal padre per trasmettergli un po' di calore.

Tuttavia, aveva avuto una buona idea. E si compiacque per essere riuscito a ripristinare un clima rilassato.

Doveva essere una serata memorabile. Perché la notte che li attendeva sarebbe stata lunga.

A un certo punto Gerber si congedò dalle sue ospiti. « Stasera faremo una seduta d'ipnosi » annunciò con un sorriso tranquillizzante. Poi salì da solo nella cameretta della bambina.

46

Quando Eva e Maja lo raggiunsero al piano di sopra, Gerber le accolse sulla soglia. Aveva preparato ogni cosa.

Lo scrittoio era illuminato da una serie di candele e sul ripiano c'erano fogli e pastelli nuovi di zecca. E c'era anche il metronomo portatile. L'ipnotista aveva sistemato alcuni cuscini sulla sedia che stava davanti al tavolo, in modo da renderla più confortevole.

Dopo aver richiuso la porta, si rivolse alla bambina. « Visto che ti piace disegnare, adesso faremo un esperimento. Ti va? »

Eva annuì, sembrava incuriosita. Gerber l'accompagnò al proprio posto e, intanto, indicò a Maja di sedersi sul letto a baldacchino.

« Davvero vuoi che resti? » chiese lei, stupita.

Stavolta aveva intenzione di tenerla d'occhio. « Sì, per favore. »

Gerber si assicurò che la piccola paziente fosse comoda, con la schiena ben dritta. Le fece appoggiare il braccio sinistro sul tavolo e le consegnò un pastello nero. Reggendole il polso, guidò la mano destra verso il centro del foglio bianco. « Adesso chiudi gli occhi » la esortò.

La bambina, invece, lo guardò. « Come farò a disegnare con gli occhi chiusi? » domandò, sensatamente.

« È una specie di magia » le assicurò Gerber. « Fidati di me. »

Eva decise di fidarsi. Quindi lui avviò il metronomo: batteva un tempo rallentato, quasi soporifero.

« Concentrati » disse l'ipnotista alla bambina. « Respira come ti ho insegnato. »

Lei obbedì, iniziando a inspirare ed espirare ritmicamente. Nel giro di un paio di minuti, cadde in uno stato di trance profonda. Ondeggiò sulla sedia, come se stesse per cadere. Gerber l'afferrò per le spalle e la raddrizzò. La resse finché la sua mente non memorizzò la postura, quindi la lasciò andare. Eva era di nuovo in equilibrio, perfettamente seduta.

« Vorrei che disegnassi un fiore per Maja » le disse.

La bambina non si mosse per qualche secondo. Ma poi la mano col pastello iniziò a vergare delle linee sul foglio.

Anche la ragazza si sporse dal letto a baldacchino per guardare.

Eva sembrava seguire una traccia mentale: come la puntina di un giradischi che percorre un solco nel vinile e riproduce suoni inaspettati, così lei raffigurava una rosa a stelo lungo, con tanto di foglie e piccole spine. I tratti non erano precisi e Gerber era sicuro che a occhi aperti avrebbe fatto molto meglio. Ma il suo talento naturale per il disegno le permetteva lo stesso di visualizzare il fiore.

Quando ebbe terminato, lo psicologo prese il primo foglio per osservarlo, quindi si complimentò con lei: «Ottimo lavoro» affermò. «Adesso ti va di fare una casa?»

Seguirono, nell'ordine, un cavallo, un albero e una bicicletta. Eva acconsentiva disciplinatamente a tutte le richieste di Pietro Gerber. La scrittura automatica sotto ipnosi era un metodo che lui usava di frequente coi piccoli pazienti. Di solito avveniva nella «stanza dei giochi», un particolare ambiente ricavato all'interno del tribunale per i minori, in cui i bambini venivano ascoltati come testimoni di un crimine o di un abuso di cui spesso erano anche vittime. Per non turbarli, gli psicologi che collaboravano con la procura avevano creato uno spazio protetto, arredato come una normale cameretta e stipato di giocattoli e peluche. Unica differenza, una parete con un falso specchio dietro il quale si celavano giudici, giuria e avvocati difensori. Gerber era un maestro di quelle sedute d'ipnosi: spesso gli bastava mettere davanti ai bambini carta e matite e, chiacchierando di tutt'altro, quelli riproducevano da soli una scena drammatica a cui avevano assistito oppure abbozzavano il volto dei loro aguzzini. Lui non chiedeva quasi mai di disegnare un soggetto specifico, limitandosi ad aspettare che sul foglio emergesse qualcosa dalle profondità del loro inconscio.

Ma quella notte con Eva era diverso.

Tant'è che, dopo diversi test, quando fu sicuro che la bambina era pronta, andò a piazzarsi vicino alla sedia coi braccioli accanto all'armadio bianco, che fino a quel momento aveva volutamente ignorato. Quindi disse: « Adesso vorrei che disegnassi il tuo amico immaginario ».

L'obiettivo era costringerlo a venire allo scoperto.

Dice che si mostrerà solo quando sarà il momento.

Ma Gerber era convinto che Eva sapesse chi le parlava. O, perlomeno, che lo sapesse il suo inconscio.

La nostra mente ha occhi migliori dei nostri, era una delle massime preferite del *signor B.*

Per questo l'ipnotista aveva formulato la richiesta ora che la bambina era in trance. E, soprattutto, l'aveva fatto davanti a Maja Salo. Se la ragazza era la suggeritrice, non avrebbe potuto fermare la mano di Eva. C'era solo da augurarsi che la giovane paziente non manifestasse lividi sulla pelle perché stava disobbedendo agli ordini. E se sul foglio fosse apparso il volto della studentessa finlandese, allora lui avrebbe avuto la prova che cercava.

Trascorsero interminabili secondi. Poi Eva iniziò ad avere una reazione inaspettata e perturbante. Tenendo sempre le palpebre abbassate, girò il collo verso la sedia vuota accanto all'armadio. Stette così, immobile, come in attesa di qualcosa.

Dopo qualche attimo, spalancò gli occhi.

Gerber non se l'aspettava. Maja lo cercava con lo sguardo, ma lui era concentrato su Eva. Dal respiro, comprese che la bambina era ancora sotto ipnosi.

Allora lui ebbe un'intuizione, ma si trattava di un azzardo e non sapeva se avrebbe funzionato. In segno di sfida, andò ad accomodarsi sulla sedia coi braccioli.

Da quella posizione, si accorse di una cosa che non aveva mai notato. La scoperta gli serrò la gola e gli strinse lo stomaco.

Eva non cercava la sedia con lo sguardo. Cercava l'armadio bianco.

47

Aprì entrambe le ante dell'armadio bianco e guardò dentro. Davanti a lui, solo una sfilata di abitini appesi.

« Non c'è niente lì » confermò Maja a bassa voce alle sue spalle. « Prendo e ripongo continuamente i vestiti di Eva, mi sarei accorta se ci fosse stato qualcosa di insolito. »

Ma Gerber non le credeva. La bambina continuava a fissare proprio in quella direzione.

Allora spostò le grucce, controllò l'interno con l'ausilio di una candela. Tastò le superfici, compresa la parte superiore. Poi chinò lo sguardo. Da un angolo in basso spuntava un pezzo di cavo nero. Gerber si inginocchiò per osservarlo da vicino. Era stato tranciato perché dalla guaina di plastica fuoriuscivano dei filamenti di rame.

« A cosa serve? » chiese Maja.

Lo psicologo ignorò la domanda, era convinto che lei conoscesse già la risposta. Immaginò che, fino a poco prima, sul fondo dell'armadio ci fosse un piccolo altoparlante collegato a un generatore di frequenze. Se lo figurò come una scatoletta metallica oppure di legno, qualcosa di poco appariscente. Gerber era sicuro che la voce che suggeriva a Eva cosa dire o fare provenisse da un dispositivo collegato a quel cavo nero.

Avveniva in una frequenza non percepibile dall'orecchio di un adulto, proprio come gli avevano spiegato il *signor F.* e il *signor R.*

Ecco perché, quando interagiva con l'amico immaginario, la bambina si voltava sempre nella stessa direzione.

Ma qualcuno, forse accorgendosi che lui si stava avvicinando rapidamente alla verità, si era premurato di togliere di mezzo l'apparecchio.

Seguendo il percorso del filo all'esterno del mobile, vide che spariva semplicemente nel muro.

Intanto Maja lo incalzava: « Puoi dirmi che succede, per favore? »

Gerber si voltò verso di lei, le appoggiò entrambe le mani sulle spalle, con un gesto protettivo, ma anche per fissarla bene. « Dimmi la verità: quando sei venuta da me, hai detto che ero l'ultima speranza perché nessun altro psicologo infantile aveva voluto occuparsi del caso di Eva. Ma mi hai definito 'l'addormentatore di bambini', segno che sapevi bene chi ero. »

« Sì » confermò la ragazza, intimorita.

« Chi ti ha parlato di me? »

Maja abbassò gli occhi. « Strano, non me lo ricordo. »

« Quella sull'addormentatore di bambini è un'informazione precisa, come puoi non ricordare da chi l'hai sentita? »

« Giuro che non lo so. »

« Cos'altro sai sul mio conto? »

Lei ci pensò su. « Che hai un'ex moglie che si chiama Silvia e un figlio, Marco. Entrambi vivono a Livorno. »

« Io non te li ho mai nominati » ribatté Gerber, scuotendo il capo. Prima che lei potesse replicare, disse: « Parlami del tuo fidanzato ».

« Quale fidanzato? »

« Quello con cui, secondo la signora Vannini, stavi litigando l'altro giorno al telefono. »

« Non è vero. »

« Allora con chi stavi parlando? »

Sembrava sempre più confusa.

« Saresti d'accordo a sottoporti a una seduta d'ipnosi? » le chiese, a bruciapelo.

« Per quale motivo? »

La risposta era che così avrebbero stabilito se fino a quel momento gli aveva soltanto mentito. Voleva credere che anche lei fosse stata in qualche modo plagiata o manovrata. Anche se Maja Salo in quel frangente gli sembrava sincera, lui aveva comunque bisogno di una prova.

« Se è per il bene di Eva, allora sì » rispose la ragazza.

Provò l'insensato istinto di abbracciarla, ma furono entrambi distratti da un breve tonfo sordo. Veniva da sopra le loro teste. Sollevarono gli occhi verso il soffitto.

« Cos'è stato? » chiese Maja.

L'ipnotista puntò la porta. « Aspettami qui » le disse.

Uscì dalla stanza e si diresse subito verso le scale che conducevano al piano superiore. L'oscurità gli veniva incontro nei corridoi della grande casa. Ma lui era più che mai intenzionato a scoprire la fonte del rumore che aveva appena udito. Poteva essere qualsiasi cosa: un oggetto fatto cadere dal vento o da un animale selvatico che si era introdotto da una finestra o da un lucernaio lasciato aperto. Oppure un soprammobile rimasto in bilico per anni sul bordo di un ripiano, che aveva scelto proprio quel preciso momento per lasciarsi cadere.

O un fantasma.

Ma, come Gerber aveva imparato dalla storia della palla con la neve, era più probabile che dietro quel suono si celasse una persona in carne e ossa.

La trasmittente di cui si era servito il suggeritore non poteva essere lontana. Chissà, magari seguendo il rumore avrebbe trovato anche quella.

Arrivò alla base dei gradini e stava per salire, ma gli parve di sentire dei passi affrettati. Stavolta venivano da sotto di lui.

Fu colto da una sensazione di pericolo che si materializzò come un brivido lungo la schiena. Avvertì l'immediato bisogno di ripercorrere a ritroso il tragitto compiuto e tornò rapidamente nella cameretta della bambina.

«Allora?» domandò la ragazza con i capelli rossi, ansiosa.

Le fece cenno di tacere. Poi si avvicinò al suo orecchio. «Non ne sono sicuro, ma credo che ci sia qualcun altro in casa» le sussurrò.

Lei si portò una mano alla bocca, ma si trattenne dall'urlare. Poi si voltarono entrambi verso Eva, che continuava a fissare il vuoto con occhi spiritati.

Maja non capiva cosa stesse accadendo. Lui le fece cenno di risedersi sul letto a baldacchino. Poi si diresse nuovamente dalla bambina.

« Va bene, dimentica ciò che ti ho chiesto prima » le ordinò, sciogliendola dal vincolo di ritrarre l'amico immaginario.

La paziente tornò lentamente a voltarsi verso lo scrittoio, come un automa.

Lo psicologo cambiò il foglio davanti a lei e riposizionò la sua mano col pastello. « Adesso voglio che disegni tua madre. »

Eva non fece nulla, forse era incerta su come comportarsi. Gerber intuì che la bambina doveva prima stabilire se ciò contravveniva o meno alle disposizioni ricevute fino ad allora dal suo suggeritore. Perciò non la forzò.

Poi accadde. La piccola paziente iniziò a tratteggiare qualcosa.

L'intruso non poteva che essere Beatrice Onegli Catelani, Gerber ne era convinto. Nessuna crociera alle Barbados: la donna non si era mai mossa da lì. E di lì a poco lui avrebbe scoperto anche che aspetto avesse.

Mentre sulla carta bianca cominciava a delinearsi un volto, un coro di sirene infranse il silenzio della notte.

Gerber si precipitò alla finestra insieme a Maja. Un

corteo di tre auto si avvicinava velocemente alla casa. In testa c'era una Mercedes scura di grossa cilindrata, le due macchine che seguivano erano volanti della polizia.

Prima che potesse ipotizzare il motivo di quella visita inaspettata, i veicoli avevano già superato il cancello e si fermavano nel piazzale con la fontana vuota, con uno stridore di gomme e colpi di sportelli che si aprivano e si richiudevano.

Tutti quei rumori scossero Eva, la mano col pastello iniziò a tremare e a scarabocchiare il foglio. L'ipnotista comprese che era finita. Si rivolse a Maja. « Va' di sotto e cerca di trattenerli. »

La ragazza lo guardò senza capire. « Che vuoi fare? »

« Mi bastano pochi minuti » le disse soltanto.

Lei non gli domandò altro e lasciò la stanza per andare ad accogliere gli ospiti che non sembravano avere intenzioni pacifiche.

Gerber tornò nuovamente a dedicarsi alla bambina. Sfilò il foglio con gli scarabocchi che aveva davanti e lo appallottolò, mettendoselo in tasca. Poi si avvicinò all'orecchio di Eva.

« Adesso ti confiderò un segreto » le disse in un sussurro.

48

«Avete sottoposto la minore a pratiche mediche non autorizzate» affermò un uomo brizzolato in completo scuro, rivolgendosi a Maja che gli chiedeva conto di quell'irruzione.

Quando Gerber la raggiunse alla base delle scale, l'uomo le sventolava davanti agli occhi un provvedimento d'urgenza del tribunale per i minori. Ovviamente, era un avvocato.

L'atrio buio della grande casa era invaso da divise, le torce degli agenti spazzavano l'oscurità. C'erano anche quattro donne di mezz'età al seguito del legale. Per il momento, se ne stavano in disparte, silenziose.

Lo psicologo non aveva mai visto una simile mobilitazione di forze dell'ordine per una bambina. Di certo, qualcuno aveva caldeggiato l'intervento. Qualcuno con molta influenza, pensò, rammentando ciò che Guglielmo Onegli Catelani aveva detto riguardo alle persone in combutta con l'ex moglie.

«Sono il dottor Gerber e non ho mai sottoposto Eva a un trattamento medico» si difese subito. «Ieri sera sono venuto in soccorso di queste mie amiche perché ho pensato che potessero essere rimaste isolate a causa del maltempo. Infatti è anche saltata la corrente.» Si augurava che la menzogna reggesse.

Maja Salo gli diede manforte. « Ho chiesto io al dottor Gerber di restare con noi stanotte. »

« Abbiamo una denuncia della madre della bambina » rincarò la dose un ispettore.

La ragazza stava per replicare, ma lo psicologo la frenò prendendole la mano con delicatezza. Non sarebbe servito dire al poliziotto che probabilmente Beatrice era lì in quel momento, nascosta in qualche ala della grande casa. « La madre era perfettamente al corrente della mia presenza » ribatté. « Potete chiedere conferma alla governante, la signora Vannini, che abita a San Gimignano. »

L'ispettore non replicò, probabilmente non aveva elementi a sufficienza per un fermo di polizia. « Dopo che avremo raccolto le vostre generalità, dovrete andare via da qui » ingiunse loro.

« E la bambina? » si oppose Maja, con veemenza. E gli occhi le diventarono subito lucidi.

Gerber si pentì di aver dubitato di lei, credendola complice di quella macchinazione. « È agorafobica » confermò riferendosi a Eva, anche se credeva che in realtà il disturbo fosse stato indotto. « Non può muoversi da qui e non può certo restare sola. »

« Non resterà sola » affermò l'avvocato brizzolato, senza aggiungere altro. Poi fece un cenno alle quattro donne, che salirono subito al piano superiore.

Pur non avendone le prove, Gerber in quel momento si convinse di essere al cospetto di alcuni fra gli artefici dell'inganno di cui era stato vittima. Avrebbe voluto salutarli con il loro motto.

Audire Discere Videre.

Poco dopo, a Maja Salo fu consentito di salire nella propria stanza, scortata da un paio di poliziotti, per raccattare abiti ed effetti personali che la ragazza cacciò alla rinfusa dentro una borsa. Non le avevano nemmeno permesso di salutare Eva.

Gerber la aspettava di sotto, al freddo, accanto al Defender. Era arrabbiato per l'epilogo di quella notte, ed era anche deluso per non essere riuscito ad aiutare la sua piccola paziente, liberandola dal fantasma del bambino che la possedeva.

Uno spettro evocato ad arte nella sua mente, nutrito di falsi ricordi e di bugie.

Se solo fosse riuscito a farle completare il ritratto della madre sotto ipnosi, forse Eva avrebbe potuto vedere coi propri occhi le reali sembianze dell'amichetto immaginario. La rivelazione avrebbe infranto l'incantesimo mentale che la soggiogava.

Mentre formulava quei pensieri, Gerber sollevò per un attimo il capo verso la grande dimora. Le candele sui davanzali avevano trasformato la casa spenta nella casa delle luci. Una fiammella danzava proprio dietro la finestra della cameretta di Eva. Accanto alla candela c'era proprio la bambina. Immobile e silenziosa, con i capelli biondi che le scendevano lungo le spalle, stava ricambiando il suo sguardo. Lo psicologo rammentò quando, all'inizio del loro rapporto, quegli stessi occhi gli avevano trasmesso una sensazione glaciale. Adesso contenevano una muta invocazione d'aiuto. Ma lui non poteva più rispondere a quell'appello. Non poteva più fare nulla per lei.

Fu allora che Eva si avvicinò col viso ai vetri. Socchiuse le labbra e alitò sulla superficie trasparente, creando un piccolo alone di vapore. Quindi, con un dito, la piccola iniziò a disegnare. Un messaggio per Pietro Gerber. Il suo saluto per congedarsi per sempre da lui.

Lo psicologo riconobbe il muso di quello che sembrava un piccolo animale. Ma poi Eva aggiunse degli aculei sulla schiena.

Il porcospino prese subito forma, poi svanì rapidamente insieme alla condensa sul vetro. Tuttavia, l'ipnotista aveva avuto tutto il tempo per capire chi fosse la madre della bambina.

49

Aprì la porta d'ingresso e precedette Maja all'interno, portandole la borsa coi vestiti. Lei lo seguì nella casa buia senza dire una parola. Sembrava ancora un po' spaesata. Non aveva voglia di accompagnarla in albergo e di lasciarla sola, per questo le aveva proposto di andare da lui.

Solo per una notte, l'indomani l'avrebbe aiutata a cercare un'altra sistemazione.

Aveva acceso le luci in tutte le stanze, cosa che non faceva mai. Da quando Silvia e Marco se n'erano andati, aveva preso l'abitudine di aggirarsi come un gatto nell'oscurità. Ma adesso voleva che quel posto sembrasse vivo. Non la tomba di un solitario, depresso, inutile psicologo in caduta libera.

« Mi piace casa tua » disse la ragazza coi capelli rossi. Forse voleva solo essere gentile. Nonostante fosse davvero un bell'appartamento, situato in un palazzo storico al centro di Firenze e arredato con gusto insieme all'ex moglie, Gerber stentava a credere che Maja non avesse notato il disordine in cui versavano gli ambienti o la desolazione che vi regnava.

Le cedette la propria stanza. Dopo averle consegnato accappatoio e asciugamani puliti, approfittò del tempo in cui Maja era sotto la doccia per cambiare le lenzuola al letto matrimoniale. Dopo averle dato la buonanotte benché fossero le tre del mattino, anche lui si chiuse in bagno per darsi una lavata.

Rimase immobile per quasi venti minuti sotto l'acqua calda che scorreva, lasciandosi ripulire dall'inquietudine accumulata. Quando ebbe finito, si guardò nello specchio sopra il lavandino. Oltre la patina di vapore che lo ricopriva, s'intravedeva il volto scavato di un reduce tornato dal fronte, sopravvissuto all'orrore ma sconfitto.

Allungò una mano e, con un dito, disegnò un porcospino sulla superficie umida.

Mentre rientravano in città col Defender, aveva pensato per tutto il tempo a come raccontare a Maja l'ultima rivelazione di Eva. Ma non era più sicuro che il disegno sul vetro della finestra della cameretta fosse un riferimento al braccialetto con i porcospini della signora Vannini. E non avrebbe neanche potuto confermare che la voce che aveva sentito nell'unica telefonata intercorsa fra lui e la madre della bambina fosse la stessa della governante, abilmente camuffata.

Sono Beatrice Onegli Catelani... Non la sento...

D'altronde nemmeno Maja Salo l'aveva mai riconosciuta, eppure aveva avuto più occasioni per parlare con lei al telefono.

Com'era possibile?

Sarebbe bastato andare a San Gimignano, in cerca del fantomatico marito e dei tre figli. Oppure chiedere a Guglielmo Onegli Catelani una descrizione dell'ex moglie per avere la conferma che le due donne erano la stessa persona. La verità, però, era che Pietro Gerber preferiva rimanere nel dubbio. Saperlo non avrebbe cambiato certo le cose. Così optò per la soluzione che gli sembrava più saggia e preservativa.

Non dire niente a Maja.

Le aveva mostrato il foglio col disegno di Eva in cui, in un reticolo di scarabocchi, appariva un volto irriconoscibile e si era rammaricato di non aver avuto il tempo di far completare il ritratto alla bambina. Era stata la decisione migliore. Tenendo per sé l'informazione, l'angoscia sarebbe stata soltanto sua e sarebbe andata ad aggiungersi al resto di ciò che già lo tormentava. Un peso in più o in meno non faceva differenza ormai. Aveva imparato a ignorare cose peggiori. E a sopravvivere nonostante tutto. Perché se solo avesse permesso a quell'idea di mettere radici nella sua mente, sarebbero arrivate anche mille altre domande.

Mentre quella notte alla tenuta sopraggiungevano i visitatori inattesi, aveva chiesto a Maja di guadagnare tempo. E certamente Maja doveva aver pensato che lui intendesse far completare il ritratto alla bambina. La verità era che voleva rimanere solo con Eva.

...Adesso ti confiderò un segreto...

Gerber pensava che le storie non dovessero mai rimanere in sospeso. Anche se alcuni finali non avevano bisogno di parole, ed erano perfettamente comprensibili perfino nel silenzio.

Ma c'era sempre un'eccezione. E lui quella notte aveva dovuto compiere una scelta.

Forzare Eva a terminare il disegno per mettere fine alla storia che lo vedeva coinvolto, oppure fornirle una speranza per liberarsi da sola dalla condizione di reclusa in cui si trovava.

«Adesso ti confiderò un segreto... Il giorno del tuo diciottesimo compleanno, quando sarai abbastanza grande, si aprirà una piccola porta nella tua mente. E ti ricorderai di me. E ripenserai a questo momento. E mi verrai a cercare.»

Sì, aveva fatto la cosa giusta.

Uscito dal bagno con indosso solo un paio di boxer e una t-shirt, con i capelli bagnati e pettinati all'indietro, andò a sistemarsi sul divano del soggiorno, dove c'era un vecchio plaid. Si distese al buio e se lo tirò addosso. Con le mani intrecciate dietro alla nuca, guardava in alto, verso il soffitto che non poteva vedere.

In quel momento, a mente più fredda, considerò che non aveva prove per dimostrare che Eva fosse stata plagiata. Solo una sfilza di felici, brillanti e, in fondo, inservibili congetture. E, beffa delle beffe, non poteva nemmeno liberarsi completamente dall'incognita che la bambina possedesse realmente un dono che la rendeva speciale. Anche se Gerber non voleva crederci, il debito che lui aveva ancora con Zeno Zanussi lo costringeva a non poter negare del tutto che esistesse qualcosa che trascende la logica e la ragione umana.

Ma ora, nel silenzio della propria casa, avrebbe solo voluto che una calma obliante calasse dall'oscurità che lo sovrastava e s'impadronisse di lui, concedendogli una breve tregua, almeno per quella notte. Confidava in un sonno profondo che lo salvasse da tutti i brutti sogni che lo attendevano in agguato nell'inconscio, pronti ad aggredirlo appena si fosse addormentato.

Quando sentì i passi nudi che si avvicinavano al divano, chiuse gli occhi.

La sentì salire su di sé e lasciò fare tutto a lei. Si fece spogliare. Si fece guidare con le mani sul suo corpo. Si fece baciare e respirò il suo respiro caldo. Non c'era bisogno di dirle quanto avesse desiderato quel momento, né quanto ne avesse bisogno. Non sapeva cosa provasse per Maja Salo, per il momento era soprattutto gratitudine. Forse la ragione che li aveva spinti l'uno verso l'altra non era la stessa per entrambi. Non importava. Per la prima volta, dopo tanto tempo, Pietro Gerber si lasciò liberare da qualcuno.

Dopo, sopraffatti dalla fatica, si addormentarono abbracciati.

Un telefono iniziò a squillare.

Gerber si ridestò, vide lo smartphone che richiamava la sua attenzione dal tavolino accanto al divano. Maja era immersa nell'abisso protettivo del proprio sonno. Prima che il suono insistente la raggiungesse fin là sotto, svegliandola, lui si sottrasse al suo abbraccio per rispondere, domandandosi chi potesse essere nel cuore della notte.

Prese il cellulare e lo guardò.

Chiunque ci fosse all'altro capo della linea, aveva pensato bene di celare il numero da cui chiamava. Sullo schermo appariva solo la dicitura « sconosciuto ».

Gerber sentì improvvisamente freddo. Qualcosa gli diceva che quella non era una telefonata come un'altra. Nell'assedio dell'oscurità, la luce del display creava come un'aura minacciosa intorno a lui e a Maja. Si voltò di nuovo in direzione della ragazza che continuava a non accorgersi di nulla. La invidiò. Si rese conto che aveva paura di rispondere.

« Pronto? » domandò a bassa voce.

Solo un respiro. *Lento, regolare, imperturbabile.* Come quello ascoltato sul nastro della segreteria di Pietro Zanussi.

Ce ne siamo accorti solo perché, col passare del tempo, la gente ha dimenticato Zeno e ha smesso di lasciare messaggi. Ma non il misterioso telefonista: lui era il solo a ricordarsi di noi e continuava quella specie di tradizione...

« Pronto? Chi parla? Pronto? » Il suo tono stava diventando stridulo.

Dall'altra parte, seguitavano a tacere.

Ma sono sette anni che quello non chiama più...

L'uomo con gli occhiali non esiste, si ripeté. Era un'invenzione infilata con la forza nella mente di una bambina. Allora a chi apparteneva quel silenzio?

Pochi secondi, poi la chiamata s'interruppe bruscamente. Maja continuava a dormire come se nulla fosse.

50

Si erano dati appuntamento dopo mezzogiorno all'angolo del piccolo diavolo, così detto perché su uno spigolo di Palazzo Vecchietti, all'incrocio con via degli Strozzi, era appollaiato un demonio di bronzo che sorrideva, deridendo i passanti. L'effige ricordava un oscuro episodio della storia fiorentina, quando nel 1245 il monaco Pietro da Verona vide spuntare un cavallo nero imbizzarrito nella piazza del mercato in cui stava predicando il Vangelo. E in quello riconobbe il diavolo. Per scacciarlo, al religioso bastò descrivere nell'aria con la mano una croce: l'animale sparì proprio dietro quell'angolo, in una bruma di fumo che odorava di zolfo.

Ricordando la leggenda che il *signor B.* gli aveva raccontato da bambino, Pietro Gerber pensò che, se avesse visto apparire nello stesso modo l'uomo con l'orologio da taschino, non si sarebbe meravigliato più di tanto.

Con sua grande sorpresa, lo avvistò mentre procedeva con il solito sigaretto nero fra i denti, avvolto anche lui in una nuvola grigia, ma di tabacco all'anice.

«La trovo stranamente bene, dottore» lo salutò Calindri, con tono irriverente.

L'ironia era meritata, pensò Gerber. D'altronde,

da quando si erano incontrati la prima volta, lo psicologo gli aveva sempre mostrato il lato più deprimente di sé. Ci sto provando, avrebbe voluto rispondergli. E avrebbe voluto dirgli pure che non era facile. Ma, da circa un mese, la ragione dei suoi abiti puliti e dell'aspetto più curato si chiamava Maja Salo.

«Venga, le offro il pranzo» disse l'investigatore privato.

Si diceva che la Buca Lapi fosse il più antico ristorante di Firenze. Ubicato nelle vecchie cantine di Palazzo Antinori, doveva parte del nome all'istituzione seicentesca delle buchette del vino, vere e proprie finestrelle a livello strada da cui le famiglie abbienti, proprietarie di vigneti, somministravano la bevanda al dettaglio a un prezzo inferiore rispetto a quello delle osterie, potendo così rimpinguare i forzieri senza esporsi troppo e senza confondersi con chi guadagnava col vizio degli ubriaconi. Unica prescrizione per chi vendeva vino alla mescita era d'accompagnarlo sempre e solo con pane senza sale, così da non alimentare la sete degli alcolizzati. Proprio per questo a Firenze e in quasi tutta la Toscana si serviva solo pane sciapo.

Dopo un antipasto di prosciutto e crostini, Gerber e Calindri si buttarono su una succosa fiorentina cotta alla brace con contorno di fagioli all'olio. Il tutto accompagnato da un Brunello del 2015.

«Non mi ha mai chiesto cosa ci facessi in quell'appartamento disabitato» disse Gerber, riferendosi a quando l'altro l'aveva tirato fuori mezzo svenuto dalla stanza delle sedute spiritiche nella casa di via de' Tornabuoni.

« E non intendo domandarglielo » ribadì quello, addentando un pezzo di carne al sangue.

Ma lui non si arrese. « Ha mai sentito il motto latino *Audire Discere Videre*? »

Calindri ci pensò un momento. « A.D.V. » farfugliò con la bocca piena.

« Cosa? » chiese Gerber, che non era riuscito a cogliere l'ultimo commento.

Ma l'altro non ripeté l'acronimo, ingoiò il boccone e affermò divertito: « Vuole per caso affidarmi un altro incarico? »

« No » rispose subito lo psicologo, ricambiando il sorriso. « Non potrei permettermelo. » Solo che certe volte non poteva fare a meno di pensare a Eva. Dov'era? Come stava? La stavano trattando bene?

« Finalmente l'ho vista nutrirsi » commentò l'investigatore privato, al termine del lauto banchetto.

In effetti, Gerber aveva ricominciato ad alimentarsi regolarmente. Anche quello era merito di Maja che, pur non essendo un fenomeno in cucina, dedicava parte del proprio tempo a studiare le ricette che poi gli preparava ogni sera. Si era messa in testa di fargli riprendere peso. « C'è una donna » si sentì di confidare all'uomo.

Fino ad allora avevano conversato solo di mille cose futili, ma adesso era giunto il momento di affrontare la vera ragione del loro appuntamento. E una premessa su come era radicalmente cambiata la sua vita privata appariva necessaria dato ciò che Calindri stava per comunicargli.

« Perciò devo presumere che lei non abbia più avuto incontri con la persona che mi ha chiesto di cercare » disse infatti l'altro, riferendosi ovviamente ad Hanna Hall.

« Non le ho chiesto di cercarla » puntualizzò ancora una volta Gerber. « Ma solo di controllare se mi stesse realmente seguendo. »

Calindri soppesò le sue ultime parole. « È proprio sicuro di volerlo sapere? »

« Perché non dovrei? »

« Perché c'è un nuovo affetto nella sua vita e, forse proprio per questo, lei non ha più avuto bisogno dell'ossessione di quell'altra donna. »

Stava cercando di dirgli in modo educato che forse la presenza di Maja aveva fatto cessare le visioni di Hanna. Che probabilmente vederla ovunque era dipeso da un bisogno inappagato che si era tramutato in una febbre oscura. E che forse lui stava guarendo.

« Perché tornare a tormentarsi proprio ora? » domandò l'uomo con l'orologio da taschino. « Che bisogno c'è? »

Gerber non poteva confessare che, dopo la telefonata dell'investigatore per fissare quel pranzo, non era riuscito a pensare ad altro. D'un tratto, erano tornati l'ansia e i cattivi pensieri. L'idea che finalmente l'indagine che aveva commissionato avesse dato i propri frutti lo rendeva inquieto.

No, non poteva lasciar perdere se sperava di riconquistare lo stato di pace interiore che si era creato da quando Maja si era trasferita a casa sua. « Ho bisogno di sapere » disse soltanto.

Calindri sollevò le mani in segno di resa, quindi si ripulì il muso col tovagliolo e sgombrò la porzione di tavolo davanti a sé, accantonando piatto e posate, come a voler significare che la parte piacevole di quel convegno adesso lasciava spazio a quella più prosaica.

Gerber si accorse di essere impaziente, la gamba destra sobbalzava sotto la tovaglia.

« Ho fatto quanto mi ha chiesto » esordì l'investigatore privato. « Per settimane ho battuto i luoghi che lei frequenta di solito e spesso l'ho anche pedinata senza che lei se ne accorgesse. A parte la splendida signorina coi capelli rossi con cui spesso ama accompagnarsi, non ho notato alcuna presenza femminile sospetta intorno a lei. »

Si sentì improvvisamente più leggero. Era proprio ciò che sperava di sentirsi dire. Forse era davvero guarito da quella specie di maledizione. E, anche se i suoi precedenti avvistamenti dell'ex paziente erano il prodotto di una sorta di follia, adesso poteva dirsi finalmente libero dal fantasma di Hanna Hall e da tutto ciò che di oscuro quella donna comportava.

Come era usanza della casa, il cameriere portò al loro tavolo un piccolo scrigno con il conto. Gerber se ne impadronì con l'intenzione di pagare.

« Ma sono stato io a invitarla » provò a protestare l'investigatore privato.

Però lui chiuse subito la questione. «Non se ne parla.»

Poco dopo, usciti dal ristorante, si strinsero la mano e Calindri si avviò tranquillo per la propria strada. Gerber si rese conto di essergli grato. E che gli sarebbero mancati il suo orologio da taschino, i sigaretti all'anice, la buona educazione e perfino i suoi acronimi.

51

Il cinema del giovedì sera era diventato un rituale.

Decidevano a turno cosa andare a vedere. Prediligevano l'ultimo spettacolo perché avevano notato che il pubblico in sala era più attento. Poi, tornando a casa a piedi, parlavano a lungo del film, scambiandosi commenti e impressioni.

Di solito, rientrando nell'appartamento, facevano subito l'amore. In realtà, ogni pretesto era buono per togliersi i vestiti e perdersi l'uno nell'altra.

Gerber non era più abituato a tutto quel contatto umano, né ad avere intorno una persona per così tanto tempo. Ma, poco a poco, stava riprendendo confidenza con la parte di sé che sentiva ancora il bisogno di legarsi a qualcuno.

Ovviamente, il cinema del giovedì era una delle tante iniziative di Maja per farlo uscire dal proprio guscio. A lui piaceva essere travolto da quell'entusiasmo. Grazie a lei, pian piano si stava riprendendo la propria vita.

Chissà, forse molto presto avrebbe potuto ricominciare anche a lavorare coi bambini.

Ma in quella fresca serata di metà aprile, dopo il cinema cominciò a farsi sentire una strana malinconia. Il mattino seguente, Maja avrebbe dovuto prendere un volo per Helsinki per andare finalmente a discutere la tesi all'università. Gerber avrebbe voluto accompagnarla, ma poi avevano deciso di comune accordo che non era ancora il momento di formalizzare la loro relazione. Non tanto per gli altri, ma per loro stessi. Nessuno dei due sapeva ancora come definire il sentimento che li accomunava e non avevano intenzione di ipotecare il futuro. Per il momento preferivano evitare d'interferire con gli eventi ufficiali delle rispettive vite.

Gerber aveva acconsentito a quella semplice regola di buon senso. Anche perché non aveva ancora detto nulla a Marco della loro relazione e dubitava che Maja fosse pronta a conoscere il figlio.

Rispettoso di quel patto, quella sera non aveva menzionato il viaggio dell'indomani. Dopo aver visto un meraviglioso thriller coreano, avevano consumato una quarantina di minuti di sesso annullante sul divano del soggiorno. Poi, senza neanche rivestirsi, avevano mangiato un piatto di pasta al pomodoro seduti sul tappeto. Però, finito l'effetto euforico prodotto dalla combinazione di ormoni e carboidrati, la realtà della separazione imminente era calata su di loro come una cappa scura.

«Starò via fino a martedì prossimo, al massimo mercoledì» gli assicurò poco dopo Maja, parlando dalla camera da letto mentre finiva di preparare i bagagli.

Gerber intanto lavava i piatti della cena e mugugnò qualcosa. Non immaginava che gli sarebbe pesato così tanto dover stare lontano da lei per quasi una settimana. Nonostante non ne facesse parola, il malumore gli si leggeva in faccia e la ragazza l'aveva capito subito.

«E poi ho bisogno del guardaroba estivo, visto che mi sono portata appresso solo abiti invernali.»

Lui non aveva idea di quanto fossero calde le estati in Finlandia. Ma, considerando l'afa di Firenze, nutriva il sospetto che, al suo ritorno, Maja avrebbe dovuto fare comunque shopping. Per quieto vivere, rinunciò a farglielo notare. Aveva perso il conto delle giornate trascorse insieme ma, in quel lasso di tempo, non avevano mai litigato. Aveva scoperto che lei era piuttosto sensibile riguardo a una serie di cose che lui evitava accuratamente di menzionare. Non si parlava di parapsicologia, perché avevano visioni diametralmente opposte. Di conseguenza, fra gli argomenti che non venivano toccati c'era anche Eva.

Dopo le prime settimane, non avevano più citato la bambina, anche perché Gerber temeva di cedere al bisogno di rivelarle ciò che le aveva tenuto nascosto. Sarebbe stata la fine del loro rapporto, perché era sicuro che Maja non avrebbe compreso le ragioni per cui aveva deciso di preservarla e di tenersi tutto per sé.

Però, sbirciando le prime pagine della sua tesi, aveva scoperto una dedica a Eva. Avrebbe potuto dirle almeno che in realtà si chiamava Clara, ma si era astenuto anche da quello.

«Cosa vuoi che ti porti da Helsinki?» domandò lei, apparendo per un attimo sulla soglia della cucina.

Rimase pensieroso davanti all'acquaio, con un piatto sgocciolante fra le mani. Non ne aveva idea ma non sapeva nemmeno come dirglielo.

Maja fece schioccare le dita. « *Grillimakkara* » asserì. Poi sparì nella stanza accanto.

Qualunque cosa fosse, Gerber si rese conto che non sarebbe mai stato in grado di ripeterne il nome.

La ragazza tornò poco dopo da lui con i bicchieri in cui avevano bevuto il vino, glieli affidò perché lavasse anche quelli. « Dovremmo fare un viaggio insieme » propose, di punto in bianco. « Sì, penso che sarebbe un'ottima idea. » Poi, vedendo che lui non reagiva e continuava a fissare il rigagnolo d'acqua che scendeva dal rubinetto, gli si accostò e gli passò una mano fra i capelli. « Non rendermela più difficile di quanto non sia già » quasi lo pregò.

Lui evitò di guardarla, poi si asciugò le mani bagnate con uno strofinaccio. « Aspetta qui » le disse, allontanandosi. Ricomparve, poco dopo, con una macchina fotografica. « Questa è la mia vecchia Reflex, vorrei che la portassi con te. »

Maja la osservò. « È magnifica » commentò, rigirandosela fra le mani. « Davvero, è meravigliosa. »

« Ho pensato che potresti immortalare i tuoi posti preferiti di Helsinki, oppure i luoghi in cui sei cresciuta. Così, al tuo ritorno, guarderò le foto e sarà come essere stato lì con te. »

Una lunga pausa di silenzio.

La ragazza si morse le labbra. Poteva sembrare che stesse per scoppiare a piangere, invece tratteneva una risata. « È una cosa sdolcinata: lo sai, vero? » riuscì a malapena a dire, prendendolo in giro.

« Noooo » obiettò Gerber con lo stesso tono. « Non lo è assolutamente. »

Maja lo prese per la camicia e lo tirò a sé. « E cosa abbiamo sempre detto delle cose sdolcinate? »

« Che ci fanno venire la nausea. »

« Che ci fanno venire la nausea » ripeté insieme a lui. Poi gli stampò un bacio sulle labbra. « Però la Reflex mi piace: mi sa che la metterò in valigia » affermò e se la portò appresso in camera da letto.

Gerber sorrise, sapeva di averla colpita. Ma i suoi occhi erano più tristi che mai.

Il suono insistente che lo svegliò veniva dalle profondità della casa. Lo squillo di un telefono in lontananza. Gerber aprì gli occhi, cercando di ricordare dove avesse lasciato lo smartphone. Si voltò verso Maja che continuava tranquillamente a dormire dalla sua parte del letto. Una sensazione già provata. Un *déjà vu* della situazione che si era creata la prima notte che la ragazza era stata lì e avevano fatto l'amore sul divano del soggiorno.

Poi, siccome il cellulare continuava a suonare, decise di alzarsi.

Aggirandosi a piedi nudi nell'appartamento buio, provava un'insolita curiosità che si mischiava al timore di ciò che lo aspettava.

Lo smartphone era appoggiato sul tavolo della cucina. Lo schermo proiettava verso l'alto un cono di luce verde, come il portale di un'altra dimensione.

Lo squillo aveva qualcosa di strano. Era distorto. Si avvicinò a piccoli passi e si affacciò per leggere il display.

Sconosciuto.

Ancora una volta, la mente rievocò il ricordo del silenzioso telefonista della segreteria di Pietro Zanussi.

Cosa vuoi da me?

Gerber era convinto che, se avesse risposto, dall'altra parte ci sarebbe stato ad attenderlo un nuovo silenzio, intercalato dalla leggera cadenza di un respiro umano.

Mentre provava a decidere cosa fare, avvertì una presenza alle proprie spalle. Si voltò di scatto.

« Che succede? » chiese Maja dalla soglia, stropicciandosi gli occhi.

« È come un mese fa » le disse, parlando assurdamente a bassa voce come se il telefono potesse sentirlo. « La prima volta quasi credevo di averlo sognato. »

La ragazza fece una smorfia perplessa. « Come 'sognato'? »

« Per sette anni, neanche una telefonata » proseguì, continuando a fissare l'apparecchio sul tavolo. « Adesso ha ricominciato. »

Maja scosse il capo, rinunciando a capire. Quindi si voltò, sbadigliando. « Vado a fare pipì e poi ce ne torniamo a dormire. »

« Non ho intenzione di rispondere » le disse, indicando il cellulare.

La ragazza si bloccò, poi spostò lo sguardo sullo smartphone sul tavolo. « Rispondere *a cosa*? » chiese, stupita.

Dal tono della domanda, Gerber intuì che Maja non sentiva ciò che sentiva lui. E allora capì.

Il telefono squillava soltanto nella sua testa.

Infatti, appena formulò quel pensiero, lo smartphone smise di emettere suoni.

La ragazza gli si avvicinò, preoccupata. « Che sta succedendo? »

Lui andò in cerca di una risposta credibile che la tranquillizzasse. « Ho fatto un brutto sogno » disse soltanto.

Lei prima lo scrutò, poi accettò la spiegazione. Gli prese la mano con l'intenzione di riportarlo a letto. Gerber si lasciò trascinare, ma diede un'ultima occhiata al cellulare sul tavolo.

Se non era del tutto impazzito, solo una persona poteva aver messo quello squillo nella sua testa.

52

L'accompagnò in aeroporto di prima mattina. In macchina, nessuno dei due accennò a ciò che era accaduto quella notte. Maja dava l'impressione di essersene addirittura dimenticata, presa com'era dall'ansia di aver messo in valigia tutto ciò che le serviva per il viaggio.

Dopo averla salutata con un bacio frettoloso mentre era in fila per l'imbarco, Gerber si mise alla guida del Defender per rientrare subito a Firenze. Era diretto allo studio nella mansarda. Doveva verificare la propria teoria e c'era solo un modo per farlo: evocare gli spiriti degli omini di cera e tornare dove non aveva alcuna voglia di rimettere piede.

Nel passato.

Riaprì la mansarda dopo molti giorni d'assenza. L'ambiente che per anni era stato familiare gli sembrò improvvisamente estraneo. Una domanda lo accolse oltre la porta.

Che ci faccio qui?

Mosso da una nuova urgenza, attraversò il corridoio senza accendere le luci, guidato dal solo chiarore del giorno che filtrava dalle imposte chiuse. Passò davanti alla porta dello studio del *signor B.*, ma evitò di soffermarsi con lo sguardo. Varcata la soglia della propria stanza, puntò la Eames Lounge Chair.

Prima di accomodarsi, si sfilò dalla tasca il taccuino nero con gli appunti sul caso di Eva che aveva portato con sé.

Non l'aveva riposto nell'archivio, come faceva di solito. Forse perché, nella sua testa, c'era ancora qualcosa di irrisolto. E non riguardava la bambina, per la quale purtroppo non poteva più fare nulla. Almeno fino a quando lei non fosse stata abbastanza adulta per andare a cercarlo.

Si sedette al proprio posto, sperando che l'abbraccio della poltrona lo confortasse. In effetti, ebbe il potere di rilassarlo. Nell'aria, insieme al pulviscolo, c'era l'odore dolciastro del caminetto spento.

Gerber accese la lampada accanto a sé, si sistemò gli occhiali e cominciò a sfogliare il taccuino.

Epurando le parti che riguardavano il racconto immaginario di Eva, rimaneva quanto aveva annotato dopo gli incontri con Pietro Zanussi.

Nella fattispecie, andò in cerca delle pagine che contenevano il resoconto di quando il fratello di Zeno l'aveva fatto entrare nel proprio appartamento sopra il negozio di tessuti, mostrandogli l'esito dell'indagine sulla scomparsa che portava avanti in solitaria da venticinque anni. In particolare, Gerber era interessato alla parte in cui si parlava del silenzioso telefonista che, in occasione di ogni anniversario della sparizione del piccolo Batigol, sentiva il bisogno di chiamare il numero che la famiglia aveva fatto stampare sui volantini con la foto del bambino, sperando di ricavare informazioni utili per il ritrovamento. La sadica tradizione dell'anonimo molestatore era andata avanti per molto tempo.

Fino a sette anni fa.

Gerber rilesse l'ultimo appunto, rammentando anche la spiegazione che Pietro Zanussi si era dato riguardo al motivo per cui il misterioso telefonista aveva improvvisamente cessato quell'unico contatto.

Magari la telefonata annuale era solo un test, una maniera per capire se, dopo la chiamata, qualcuno si sarebbe messo di nuovo a dargli la caccia. Visto che però non accadeva, a un certo punto deve essersi sentito abbastanza sicuro della propria invisibilità e del fatto che sarebbe rimasto impunito. Allora ha interrotto di punto in bianco.

Ma poi il vecchio amico aveva aggiunto una postilla al discorso.

O chissà, magari quel bastardo è crepato.

Dopo quanto era successo la notte precedente, dopo lo squillo fantasma del telefono, quelle ultime parole acquisivano un nuovo significato e un altro valore. Pietro Zanussi era convinto che il rapitore di Zeno continuasse a chiamare per tenere sotto controllo la situazione. E forse era davvero così.

O forse c'era dell'altro.

Forse quel silenzio non era una minaccia, ma significava vergogna per qualcosa. Un insostenibile senso di colpa.

Forse il telefonista è un omino di cera, si disse Gerber, ricordando la regola del gioco d'infanzia per cui chi veniva toccato non poteva più parlare. Forse muore dalla voglia di raccontare, ma non può farlo. Per svelare ciò che sa, sta solo aspettando che qualcuno dica « Arimo ».

Per un po', lui aveva pensato davvero di essere prossimo a svelare il mistero della scomparsa di Zeno. Ma ogni volta che sembrava vicino a qualcosa, la soluzione si allontanava di nuovo. Era come se una parte di sé rifiutasse la verità. Perché, in fondo, sarebbe bastato un semplice calcolo per arrivarci. Ma ciò avrebbe anche comportato un enorme sacrificio da parte sua, oltre a un'indicibile sofferenza.

Perché l'uomo che aveva messo lo squillo del telefono nella sua testa non poteva che essere suo padre. E, guarda caso, il *signor B.* era morto da sette anni.

53

Impruneta era un piccolo comune in prossimità di Firenze, sui colli a ridosso della val di Greve, percorsa dall'omonimo fiume. Il paese doveva il proprio nome alle pinete che nel Medioevo ricoprivano la zona, ma i fiorentini avevano l'abitudine di aggiungervi un articolo facendolo diventare « l'Impruneta ».

La casa di riposo era un edificio bianco a poca distanza dal santuario.

Gerber si era ripromesso varie volte di andare lì, ma poi aveva sempre trovato una scusa per rimandare. Per farsi perdonare le visite mancate, aveva acquistato dei narcisi ed era passato apposta dalla pasticceria Robiglio per un vassoio di gallettine al latte.

All'ingresso dell'istituto aveva intercettato una suora chiedendo di poter vedere una delle ospiti. Alla domanda se fosse un parente dell'interessata, aveva avuto la tentazione di rispondere che era proprio così, anche perché la donna che cercava era sicuramente la figura che, nella sua vita, più si avvicinava a una madre.

Era da poco passato mezzogiorno e alla casa di riposo era appena terminato il pranzo. Gerber fu fatto accomodare nella sala comune, che al momento era deserta.

Poco dopo, la suora accompagnò Adele.

Secondo i suoi calcoli, l'ex governante della villa di Porto Ercole aveva appena superato la settantina. Però sembrava più bassa di come la ricordava. O forse ero solo più piccolo io, si disse.

La donna lo riconobbe e, insieme al sorriso, allargò subito le braccia per stringerlo a sé. Gerber non si sottrasse e fu investito immediatamente dal profumo inconfondibile di Acqua di Colonia, l'odore che quand'era piccolo agiva come un balsamo sulle lacrime da ginocchia e gomiti sbucciati, bernoccoli e contusioni varie. L'abbraccio di Adele aveva sempre rappresentato un rifugio sicuro in un periodo della vita in cui i giochi dell'infanzia somigliavano a battaglie e la sera ogni bambino tornava a casa lacero e ferito come un reduce di guerra.

« Pietro caro, da quanto tempo. Vieni, mettiamoci qui » disse Adele, prendendogli le mani e guidandolo verso la zona coi divani davanti a un televisore spento.

« Lo so, sarei dovuto venire prima » affermò, consegnandole fiori e dolci.

« L'importante è che tu sia qui adesso. »

Però ultimamente l'aveva pensata molto, soprattutto a causa di Zeno.

« Come stai? Tua moglie e tuo figlio stanno bene? »

Non ebbe il coraggio di dirle del divorzio e nemmeno che Silvia e Marco ormai vivevano a Livorno. « Stanno benissimo » asserì soltanto.

« E Iscio? Lo incontri spesso? »

« Sta a Milano e ci sentiamo ogni tanto » ammise.

« E ti chiede mai di me? »

L'ultima volta che aveva nominato Adele al cugino, lui gli aveva chiesto se per caso fosse morta. « Sempre » mentì.

Ma anche Gerber si pentì di averla paragonata alla signora Vannini, rimarcando il fatto che quest'ultima, con le sue camicette bianche, i jeans e le scarpe da ginnastica, era certamente una versione più moderna di governante, quando invece era soltanto un'impostora.

Intanto, Adele si mise in grembo il vassoio con le gallettine al latte, lo scartò e gliene offrì subito una.

« Sono le tue preferite, no? » disse lui, per dimostrarle che non l'aveva dimenticato.

« Tuo padre me le portava ogni volta che tornava al mare dalla città » asserì lei, accennando a quando il *signor B.* si allontanava da Porto Ercole per andare a lavorare a Firenze.

Sentendo nominare il genitore, Gerber si adombrò. L'idea che potesse essere coinvolto nella sorte di un bambino di cinque anni lo gettava nella più cupa disperazione. Era stato difficile venire lì, comprare dolci e fiori e poi fingere di non avere la morte nel cuore.

La donna si accorse che qualcosa non andava, si sporse verso di lui e gli posò una carezza sulla guancia. « Pietro, che hai? »

Fin da quando era piccolo, Adele era capace di capire le misteriose ragioni di un broncio o anche solo di leggergli in faccia la verità. « Sono venuto per farti una domanda » confessò, in pena. « È un interrogativo che mi porto appresso da venticinque anni. »

« L'estate in cui sei caduto dal balcone » rammentò subito l'altra. « E anche quella in cui è sparito quel povero bambino » aggiunse, senza che ci fosse bisogno di specificare altro. « Prego per lui tutte le sere. »

Forse era una delle poche persone a non essersi scordata di Zeno. Gerber si sentì rincuorato dal fatto che lei lo raccomandasse ancora ai suoi santi in paradiso. « Mi ricordo che mio padre era molto strano in quei giorni. »

« Silenzioso in casa, espansivo fuori » commentò l'altra. « Però lui era sempre così. »

Nessuno meglio di Adele poteva capire quella contraddizione e ciò che comportava per chi viveva accanto al *signor B.*, perché ne era diretta testimone. I conoscenti non avrebbero mai creduto che quell'uomo fosse capace di trasformarsi a seconda della direzione in cui varcava la soglia di casa.

« Hai ragione » concordò Gerber. « Ma dopo il mio incidente era ulteriormente cambiato. » Rammentava che il padre aveva una strana apprensione nello sguardo. All'inizio pensava che la causa fosse il timore di perdere anche l'unico figlio, dopo la moglie. E sembrava proprio che il *signor B.* facesse fatica a riprendere la vita di prima e ad affrontare con fiducia l'ignoto che si cela nel futuro. Ma forse c'era molto di più. « Di notte lo sentivo aggirarsi in corridoio: arrivava fino alla porta della mia stanza e poi tornava indietro, come se non avesse il coraggio di entrare. »

Adele aggrottò la fronte. « Perché avrebbe dovuto comportarsi così? Non capisco. »

« Forse voleva dirmi qualcosa e poi, però, cambiava idea. » Infatti, per anni aveva pensato che volesse chiedergli cosa avesse visto oppure cosa avesse provato nei trenta secondi in cui il suo cuore si era fermato a seguito della caduta dal balcone. Ma adesso non ne era più così sicuro.

« Tuo padre era una persona buona » affermò la donna, rispolverando un ritornello che lui si era sentito ripetere per anni e a cui avrebbe voluto sempre replicare che non era vero, perché nessuno conosceva quell'individuo meglio di suo figlio. « Se non ti ha detto quella cosa, avrà avuto un buon motivo e sono sicura che volesse soprattutto risparmiarti un dispiacere. »

L'altruismo apparente di quell'uomo non reggeva alla prova del cuore né della memoria di Gerber. Lui sapeva bene di che pasta fosse fatto il *signor B.* Ma, per il momento, tralasciò le settimane che erano seguite all'incidente e tornò alla domenica pomeriggio di luglio in cui era scomparso Zeno. « Trascorse molto tempo prima che i residenti della zona, compresi gli Zanussi, si decidessero a chiamare la polizia. »

« Ogni tanto i bambini si allontanavano per giocare e, senza accorgersene, potevano stare via un sacco » li difese Adele. « Il tutto di solito si concludeva con una sgridata e una bella punizione. Nessuno pensava che quella volta potesse essere differente. »

« Ma qui parliamo di tre ore » le contestò Gerber, con gentilezza. « Mio padre cos'ha fatto in quelle tre ore? »

« Era l'unico a insistere che si doveva avvertire subito la polizia » ricordò, confermando quanto aveva già detto in proposito Pietro Zanussi: infatti, anche il fratello maggiore del piccolo Batigol era della stessa idea. « Nessuno, però, gli dava retta. »

Perché nessuno vuol mai pensare al peggio, considerò lo psicologo. E in quel caso erano tutti troppo impegnati a salvaguardare le proprie vacanze. Come quando i bagnini riportavano a riva il cadavere di un annegato e intorno a quello, sulla spiaggia, la gente continuava a prendere il sole o a divertirsi come se niente fosse.

Però il ricordo di un *signor B.* ansioso di avvertire le forze dell'ordine contraddiceva l'idea di un telefonista silenzioso in lotta con tardivi sensi di colpa. O forse, con quell'atteggiamento pubblico, il genitore si stava solo costituendo un alibi in caso di bisogno.

« Mio padre è diventato un altro quell'estate » disse. « Quegli eventi devono aver avuto un peso enorme su di lui, ma credo che questo non basti a spiegare le ragioni del cambiamento. »

« Un figlio che è stato sul punto di morire e un bambino di cinque anni che sparisce nel giardino di casa tua non sono motivi sufficienti? » obiettò l'ex governante.

Non aveva torto, ma lei non sapeva tutto. Lo squillo che Gerber aveva sentito nella propria mente gli imponeva di continuare la ricerca della verità. Perché era anche il desiderio del *signor B.*

« Dev'essere successo qualcos'altro » insisté.

Adele scosse il capo. « Sono troppo vecchia, la memoria fa brutti scherzi... Forse dovresti chiederlo a Iscio: in fondo, quel giorno era presente anche lui. »

Appena qualche settimana prima aveva visto il cugino aggirarsi come stordito durante la ricostruzione del gioco dei ceri con la vecchia banda di Porto Ercole. « L'unico ricordo di Iscio è che da bambini chiamavamo quel posto 'il giardino senza speranza' perché, ogni volta che una palla finiva fra le siepi di ligustro, non c'era più possibilità di ritrovarla. »

La donna sorrise. « Però... » disse poi, senza terminare la frase.

« Però cosa? » le domandò, accorgendosi che lei stava inseguendo un pensiero.

« Una o due settimane dopo che era sparito quel bambino, sono andata a trovare mia sorella a Prato per il suo compleanno. Il pranzo coi miei nipoti è finito prima del previsto e sono tornata subito alla villa. Quando sono arrivata, verso le cinque del pomeriggio, la casa era silenziosa. Poi sono salita al piano di sopra, passando davanti alla porta aperta della tua stanza, e ho visto tuo padre seduto accanto al letto che ti guardava mentre dormivi... Quando si è accorto di me, sembrava sorpreso. Mi ha detto che stava appunto per svegliarti, ma poi ha richiuso la porta. »

Gerber provò un'improvvisa sensazione di vuoto sotto e dentro di sé. Era come se il pavimento si fosse spalancato e lui stesse precipitando. Ma cercò di non darlo a vedere. Inconsapevolmente, quella donna gli aveva appena fornito un altro tassello della storia.

Avrebbe voluto dirle che era stato proprio il *signor B.* ad addormentarlo quel pomeriggio. Ma lui ovviamente non ricordava che quell'estate il padre l'avesse sottoposto a una seduta d'ipnosi.

Ecco da dove veniva lo squillo del telefono che sentiva nella testa.

54

L'idea di essere stato sottoposto a propria insaputa, o a tradimento, a una seduta d'ipnosi da parte del *signor B.* nell'estate del 1997 ormai era ben più di un sospetto.

Pietro Gerber si era persuaso che fosse andata esattamente così. D'altronde, lo squillo fantasma del telefono, messo a dimora nel suo inconscio all'epoca dei fatti, dimostrava ampiamente che il padre voleva che a un certo punto della sua vita lui se ne rendesse conto. In certi casi, bastava una forte emozione a risvegliare l'informazione dormiente. Ecco perché non era avvenuto prima. Gli eventi dell'ultimo periodo gli avevano provocato uno shock. E l'aver resuscitato il caso della scomparsa di Zeno Zanussi aveva fatto il resto.

Gerber guidava verso il centro, inseguendo la propria disperazione. Cosa hai fatto? continuava a domandare al *signor B.* Cosa hai fatto a quel povero bambino? E cos'hai nascosto nella mia mente?

C'era un solo luogo dove poteva essere conservata traccia della famosa seduta nella villa di Porto Ercole. Poiché il *signor B.* registrava sempre gli incontri coi pazienti, la ricerca si sarebbe concentrata nell'archivio privato del padre.

Dopo essere salito di corsa nel suo studio, Gerber si recò immediatamente nella stanza con la giungla di cartapesta dove il genitore ipnotizzava i bambini, immergendoli in un'atmosfera fiabesca. Accese la volta stellata e tutte le luci colorate. Camminando a passo spedito sul prato di moquette, si diresse verso il baobab.

All'interno del grande albero c'erano un registratore e anche i fascicoli dei pazienti, contrassegnati solo con le iniziali per proteggerne l'identità. Ma, oltre che attraverso il metodo alfabetico, si poteva risalire a una determinata seduta tramite un criterio cronologico. Perciò, lui si mise subito in cerca delle audiocassette dei casi di cui il padre si era occupato fra il mese di luglio e l'agosto del '97.

Preso da una foga improvvisa e incontenibile, continuava a scartare tutto ciò che non lo interessava. Era così affannato che gli mancava il respiro. Sapeva che la risposta era a portata di mano, ma sentiva anche che conoscerla non sarebbe stato liberatorio. Anzi, forse l'avrebbe precipitato in un nuovo vortice. Per fortuna, Maja non era lì per assistere allo spettacolo.

Passando in rassegna i nastri di ogni singolo giorno, si aspettava di vederne apparire uno con le proprie iniziali.

P.G.

Ma non accadeva. Finché, però, non s'imbatté in un'anomalia che lo lasciò perplesso. In un fascicolo anonimo datato 9 agosto c'era una custodia di plastica vuota. All'interno, mancava l'audiocassetta.

Un simile errore non era da *signor B.* Perciò lui era sicuro che l'avesse fatto di proposito.

Crollò in ginocchio, la schiena ricurva. Reggendosi

sui pugni, iniziò a piangere. I singhiozzi gli squassavano il petto mentre grosse lacrime calde precipitavano sulla moquette sotto di lui. Odiava quel posto, ma dopo la morte del *signor B.* non aveva mai avuto il coraggio di smantellare la stanza. E adesso, la giusta punizione per la propria vigliaccheria era essere circondato dalla bugia che il padre raccontava ai bambini per entrare nella loro testa.

Proprio quell'ultima considerazione si portò via per un attimo lo sconforto. L'impostura che aveva intorno produsse una specie d'illuminazione.

C'era stato un preciso momento nella triste vicenda di Zeno Zanussi in cui la finzione aveva preso il posto della realtà.

Il suo funerale, si disse Gerber.

Quando amici e conoscenti erano stati invitati a lasciare dentro un piccolo baule qualcosa che lo ricordasse, il *signor B.* aveva messo un'audiocassetta.

55

Le Porte Sante era il cimitero monumentale di Firenze. La fondazione risaliva alla metà dell'Ottocento. Si sviluppava su un bastione michelangiolesco, intorno alla basilica di San Miniato. Da quell'altura si poteva godere di una delle viste più suggestive dell'antica città.

Anche di notte.

Quando Gerber vi mise piede, scavalcando uno dei cancelli laterali ed eludendo la sorveglianza di una videocamera di sicurezza, si soffermò per un attimo sulla distesa di luci arroccate sotto la torre di Palazzo Vecchio e la cupola del Brunelleschi. Il panorama gli alleggerì un poco la consapevolezza di essere l'unico vivente in quel luogo desolato.

Quindi si mosse fra i monumenti funebri, cercando di ricordare dove fosse ubicato quello degli Zanussi.

Erano trascorsi troppi anni dal giorno in cui era stato lì assieme al *signor B.* Ultimamente aveva parlato a Maja di quando il padre, davanti al baule di Zeno, gli aveva poggiato inaspettatamente un braccio sulla spalla.

Un attimo prima, lui gli aveva chiesto perché avesse scelto un'audiocassetta.

Forse si era trattato solo di un gesto impulsivo, dettato dall'impossibilità di rispondere. O forse era stato fatto solo per metterlo a tacere. O magari era davvero la muta richiesta d'aiuto di un uomo disperato che aveva commesso qualcosa di terribile.

L'avrebbe scoperto presto.

Allo scopo si era portato appresso anche una spranga di ferro, nascondendola sotto il Burberry. Finalmente trovò il cippo funerario che cercava. Sotto c'erano quattro lapidi. I genitori di Zeno giacevano l'una accanto all'altro. Sotto di loro, i due posti riservati ai figli. C'era scritto anche il nome di Pietro Zanussi, ma con la sola data di nascita. Gerber provò un'infinita tristezza per il vecchio amico, che ormai si era rassegnato a morire solo.

Alla vista della lastra di marmo con la foto del piccolo Batigol, gli si strinse il cuore.

Era cosciente che ciò che stava per fare non corrispondeva alla profanazione di una tomba, ma si sentiva lo stesso a disagio. Si servì della sbarra di ferro: infilandone la punta sotto un angolo del basamento, provò a fare leva con tutta la forza che aveva. Riuscì a smuovere la pietra solo di pochi millimetri. Tentò di nuovo, spostando la spranga in un altro punto. Finché, anche grazie all'attrito col terreno, non riuscì a farla scivolare quasi totalmente di lato.

Era stremato e anche zuppo di sudore. Ma non poteva fermarsi a riposare. Non avrebbe avuto un'altra occasione se fosse arrivato uno dei custodi. Pertanto, prese lo smartphone e, con l'ausilio della luce dello schermo, illuminò la fossa sotto di sé.

Il piccolo baule era lì, intatto.

Gerber s'inginocchiò e, affondando le braccia nella buca, lo tirò su e se lo appoggiò accanto. Non era sigillato, ma solo chiuso da un piccolo lucchetto. Non ci volle molto a forzarlo. Poi guardò dentro.

Nella miriade di oggetti e fotografie, riconobbe subito ciò che avevano deposto gli amici della banda di Porto Ercole.

Il mazzetto di figurine dei calciatori di Iscio. Il mattoncino della Lego donato da Carletto. Della merendina di Giovannone rimaneva solo la confezione. Le gomme Target a forma di sigaretta di Ettore invece avevano resistito all'usura del tempo. C'era la macchinina Bburago di Dante. La foto con tutti loro insieme sulla spiaggia scelta da Deborah era sbiadita, come consumata dalla malinconia. Accanto al gagliardetto della Fiorentina che aveva lasciato lui, c'era l'audiocassetta del *signor B.*

Gerber la prese senza sapere cosa aspettarsi.

Se la infilò in tasca e si guardò intorno, cercando la via più breve per lasciare quel posto. Restava un'ultima cosa da fare. Ascoltare la cassetta.

56

Si era portato appresso il walkman con cui il *signor B.* riascoltava le sedute coi pazienti. Salito a bordo del Defender, Gerber non riusciva a decidere se rimanere nel parcheggio del cimitero oppure togliersi di torno.

L'ansia di sapere, però, ebbe il sopravvento.

Così, protetto dal cono di luce di un lampione, davanti allo spettacolo silenzioso del belvedere, infilò la cassetta nel walkman, indossò le cuffie ad archetto e premette il tasto « Play ».

« Va bene, Pietro, ora cominciamo. » La voce del padre riaffiorò dal passato, forte e chiara, provocandogli un brivido.

« Perché dobbiamo farlo? » chiese il piccolo Pietro.

« Hai detto che la gamba ti fa sempre male, no? E che non riesci a dormire. Ti assicuro che così il dolore si attenuerà. »

Non ricordava quel dialogo. In realtà, non rammentava nulla di quel giorno. Non si stupì che il *signor B.* l'avesse ingannato per convincerlo a sottoporsi alla seduta, la promessa di mitigare il dolore alla gamba fratturata era un espediente meschino.

« Mi farai sentire la canzone? » domandò, riferendosi al disco dello *Stretto indispensabile* che il padre usava di solito nella procedura di ipnosi.

« Stavolta no. Dovrai concentrarti sul ticchettio del mio orologio. »

Trascorsero un paio di minuti durante i quali non accadde nulla. Poi il respiro di Pietro cambiò. Il rallentamento repentino indicava che era caduto in trance. Gerber si domandò quale sarebbe stata la prima mossa del *signor B.*, perché non capiva lo scopo della seduta. Se il padre aveva un peso che lo opprimeva riguardo alla sorte del povero Batigol, non bastava confessarlo in quell'audiocassetta? Che bisogno c'era di coinvolgere anche lui?

Era convinto che il *signor B.* avesse rinchiuso un segreto nella sua mente.

« Bene, Pietro, adesso vorrei che tornassi al pomeriggio in cui è scomparso il tuo amichetto Zeno... Dove ti trovi? »

« Sono sul balcone della mia camera » rispose, come un automa.

« Raccontami: come stai? »

« Fa molto caldo. Sono seduto sulla sdraio. La gamba ingessata mi prude, non so come grattarmi. E mi annoio a morte. »

« Chi c'è lì con te? »

« Iscio, Deborah, Dante, Ettore, Giovannone, Zeno... Stavolta c'è pure Carletto, è scappato dalla madre che voleva fargli fare i compiti perfino oggi che è domenica... »

« I tuoi amici sono venuti a farti compagnia? »

« Non sono qui per me. Sono qui per il gioco dei

ceri. È più divertente farlo nel nostro giardino, perché ci sono più posti in cui nascondersi. »

« E a te non piace essere escluso, vero? »

« No, non mi piace per niente. »

« Però rimani lì a guardarli mentre giocano... »

« Sì. »

« E cosa vedi esattamente? »

« Fanno la conta per decidere chi sarà il primo omino di cera... Appena si capisce che tocca a Dante, si mettono subito tutti a correre per sfuggirgli... Dante è sempre bravo a questo gioco. »

« Parlami degli altri, dove sono? »

« Giovannone non sa dove nascondersi. Lo sappiamo tutti che non gli piace essere un vivente, perché i viventi devono correre e a lui non va. Così si fa sempre toccare per primo e diventa un omino di cera e può andare a caccia degli altri... Anche stavolta, Dante lo prende subito. Poi, siccome non possono parlare, si mettono a fischiare per scambiarsi le dritte... »

« Chi altro vedi? »

« Deborah ha trovato un ottimo rifugio dietro un mucchio di rami e foglie secche... Carletto è steso sotto al sedile di pietra, Iscio è dietro al capanno degli attrezzi: sono pronti a scappare se ce n'è bisogno... Zeno non ha ancora deciso dove andare: la maglietta della Fiorentina si nota subito ma lui non vuole togliersela mai... Ettore non ha scelto un buon nascondiglio: la sua testa spunta da dietro una siepe. Dante lo vede e lo indica a Giovannone. Si separano per accerchiarlo. Ettore si accorge dell'arrivo di Dante e prova a fuggire, ma si ritrova davanti Giovannone che non lo fa passare... Adesso gli omini di cera sono tre, i viventi quattro. »

Gerber ebbe l'impressione di avere di nuovo undici anni e di essere lì con loro. A distanza di tempo, provò perfino un peso alla gamba che si era fratturato. Come se fosse ancora ingessata.

« Hanno visto Carletto, adesso provano a prenderlo. Lui scappa ma gli cascano i pantaloncini e deve tenerseli su con la mano. Gli si vedono le chiappe. »

« Dov'è Zeno? »

« Sbircia da dietro un albero e si ammazza dalle risate. »

« E Iscio è sempre dietro al capanno? »

« Non lo so. »

Gerber pensò subito all'esperimento risalente a qualche settimana prima, quando coi vecchi amici avevano provato a riprodurre la stessa scena fra proteste, diffidenza e malumori. Il cugino, invece, era stato il più collaborativo, anche se la memoria l'aveva tradito.

« Carletto è stato toccato! » annunciò il Pietro del passato. « Ora gli omini di cera sono in maggioranza! »

Ricordava ancora che il bello del gioco iniziava appena il numero degli omini di cera superava quello dei viventi. Infatti avvenne così anche allora.

« Dante, Ettore, Carletto e Giovannone si guardano in silenzio per dare la caccia a Deborah che però è quella che corre più veloce di tutti perché è la più alta. La vedono dietro il mucchio di rami e foglie e lei scatta come un giaguaro. La inseguono ma non riescono ad acchiapparla. Corrono come dannati, inciampano, sono già stanchi. Lei ride e li prende in giro. Gli dice che sono delle schiappe e ha ragione e continua a cambiare direzione, facendoli impazzire. Devono mettercisi in quattro per fermarla, poi la circondano e Giovannone si lancia su di lei come quando fa i tuffi a bomba al mare. »

« Zeno è sempre lì con voi? » lo interruppe il *signor B.*

« No... Non lo vedo più... » disse il Pietro undicenne, con un lieve senso di smarrimento.

« Però sai dov'è, vero? »

« No, non lo so » rispose, seccato.

« Invece sono sicuro che tu lo sappia. »

« No! » replicò, fermamente.

« È impossibile. Devi vederlo per forza. »

Era ciò che sosteneva anche Pietro Zanussi.

Tu eri lassù, su quel balcone con la gamba ingessata... È possibile che da quella posizione tu non abbia notato o sentito nulla?

Intanto il padre fece una pausa. « Sai, Pietro, a volte vediamo le cose ma non sappiamo di averle viste. La nostra mente lo sa. La nostra mente ha occhi migliori dei nostri » affermò, ripetendo la stessa massima che lui aveva usato con Eva per convincerla a disegnare l'amichetto immaginario. « Però la mente è dispettosa » continuò il *signor B.* « Nasconde l'informazione in un posticino remoto, difficile da raggiungere. E allora dobbiamo fare uno sforzo per andare a riprenderla. »

Nel nastro si sentì che lui cominciava a singhiozzare. « Io non lo so... Giuro che non lo so... »

« Avanti, Pietro, fa' quello sforzo: torna al momento in cui gli omini di cera stavano inseguendo Deborah... Sei distratto dal gioco ma, se ti concentri bene, sono convinto che riuscirai a vedere dove si trova Zeno in mezzo a quella confusione... »

Trascorsero pochi secondi. « Lo vedo » disse. « Sì, io lo vedo » affermò una seconda volta, quasi esultando. « Ma perché sta andando da quella parte? » si domandò poi, e il tono si fece cupo. « Aspetta, fermati... Dove vai? »

« Dove sta andando? » lo incalzò il *signor B.*

« Verso le siepi in fondo al giardino. »

Nel fuoristrada, Gerber provò un improvviso senso d'impotenza. E c'era come un buco nero nella sua memoria.

« Zeno è solo? » chiese il padre.

« No. » La risposta del piccolo Pietro fu come un pugno nello stomaco per Gerber. « Qualcuno lo tiene per mano... »

Anche il *signor B.* sembrava turbato quando domandò: « Chi c'è con lui? »

« Iscio. »

Gerber sentì un conato risalirgli dallo stomaco. Si accasciò sullo sterzo del Defender. Provava l'istinto di strapparsi le cuffie del walkman ma, anche se avrebbe voluto che la tortura terminasse, la registrazione non era ancora finita.

Sul nastro, nessuno disse nulla per un bel po'. Si

udiva solo un silenzio insopportabile. Gerber si sarebbe aspettato una qualche reazione dal padre, che invece non ci fu.

Perché si comportava così?

E allora ebbe come una folgorazione. Lo sapeva già, si disse. Il *signor B.* lo sapeva. Aveva solo bisogno di una conferma da me. Ma come faceva a saperlo?

Poco dopo, fu proprio il padre a fornirgli la risposta.

« Tuo cugino ha bisogno di aiuto, Pietro. Per questo i tuoi zii l'hanno mandato da noi per tutta l'estate. Me ne stavo occupando, ma adesso è troppo tardi. »

Avrebbe voluto che il *signor B.* fosse affranto mentre pronunciava quelle frasi. Invece nelle sue parole si riscontrava il solito distacco.

Ma di che genere d'aiuto aveva bisogno il cugino? Qual era il suo problema? Il *signor B.* non l'aveva specificato.

« Ti ricordi il barboncino di Iscio? »

Saturno, rammentò Gerber. Era morto la primavera precedente l'estate maledetta. Che voleva dire con quella domanda?

Ma poi il padre lasciò cadere il discorso. « Scorderai tutto quello che ci siamo appena detti » gli intimò invece. « Quando sarà il momento, la tua mente ti manderà un segnale » proseguì. « Accadrà fra molti anni. »

Gerber pensò allo squillo fantasma nella sua testa.

« Quando succederà, probabilmente avrai voglia di conoscere la verità o forse no... Sceglierai tu cosa fare... »

Avrebbe voluto protestare perché lo stava caricando di una simile responsabilità. Avrebbe voluto urlargli contro, ma neanche quello era più possibile. Ma almeno il supplizio stava giungendo finalmente al termine.

« Adesso ti addormenterai e farai un lungo sonno senza sogni. Quando ti sveglierai, non ricorderai nemmeno che sono stato qui. »

57

Alle sette e mezzo del mattino, la pioggia scrosciava.

In quella grigia giornata, un uomo si riparava sotto la propria ventiquattrore, affrettandosi nel parcheggio deserto, in mezzo ai palazzi di un condominio, per raggiungere la propria utilitaria.

Appena lo riconobbe, Gerber si mosse subito verso di lui.

« Pietro » disse il cugino, sorpreso per esserselo visto spuntare davanti in quel modo. « Che ci fai a Milano? »

Avrebbe potuto rispondere che aveva guidato tutta la notte, cercando disperatamente di decidere come comportarsi appena arrivato. Un paio di volte aveva pensato addirittura di lasciar perdere e di tornare indietro. Invece gli disse soltanto: « Arimo ».

« Cosa? »

« Arimo » ripeté, serio.

« Che ti prende? Vuoi giocare? » asserì l'altro, pensando che scherzasse. « Dai, non fare lo scemo, saliamo in macchina, così almeno non ci bagnamo. »

Ma lui non si mosse. « Quando a febbraio ti ho telefonato per chiederti se ripensi mai a Zeno Zanussi, mi hai risposto che ci pensi ogni volta che le tue figlie si allontanano da te quel tanto che basta perché tu non riesca più a vederle. »

« Ho detto così » confermò.

« Arimo » ribadì di nuovo lui, per la terza volta.

Iscio si rese conto che non era uno scherzo.

« Perché i tuoi ti mandavano in cura da mio padre? »

Il cugino sembrò cascare dalle nuvole. « Non è vero » replicò. « Non è mai successo. »

« Te lo dico io il perché... Avevi iniziato a covare una rabbia insolita e imprevedibile, e c'era il rischio che diventasse ingestibile. »

« Io sono l'uomo più mite della terra » si difese Iscio, mettendosi a ridere.

« È vero » concordò Gerber. « Ma da piccolo avevi cominciato a sviluppare un'indole violenta. Probabilmente si manifestava in capricci che, invece, nascondevano improvvisi scatti d'ira, comportamenti distruttivi, mancanza di empatia. »

« E tu come lo sai? » Sembrava offeso.

« L'ho visto succedere altre volte coi miei pazienti. »

« E allora perché non me lo ricordo? » Era irritato.

« Perché mio padre ha deciso che avresti dimenticato tutto. »

Il riferimento al *signor B.* ebbe il potere di calmarlo. « Dimenticare cosa? » Iniziava a essere spaventato.

Gerber lo fissò. « Arimo » disse per la quarta volta.

Durante il viaggio, aveva pensato a lungo alla parola chiave che avrebbe potuto sbloccare i ricordi di Iscio. L'unica che gli era venuta in mente era quella che metteva ufficialmente fine al gioco dei ceri. Non era certo che avrebbe funzionato.

« Mio padre quel giorno è stato il più attivo nel chiedere che s'informassero subito le forze dell'ordine. Mi sono chiesto il perché. »

Iscio levò gli occhi al cielo, seccato. « Ancora con la storia di Zeno? »

Gerber ignorò il commento. « Ho capito che il motivo risiedeva nel fatto che, per via del segreto terapeuta-paziente, lui non poteva rivelare ciò che sapeva. »

« Di cosa stai parlando? »

Non aveva prove per sostenere una simile tesi, ma era l'unica plausibile. « Quando Zeno è sparito, lui ha temuto subito che potesse essergli accaduto qualcosa. E ha pensato che potesse esserci un unico responsabile... »

« Io non so nulla » balbettò.

Gerber era sicuro che fosse sincero. « Il *signor B.* aveva due opzioni davanti a sé: che tu confessassi o che la polizia scoprisse la verità. Però, nessuna delle due cose è accaduta. »

« Che cosa ti stai inventando? Sei impazzito? » Iscio era spaesato ma anche in collera. « Io non ho mai fatto ciò che dici » si schermì, ma il tono iniziava a incrinarsi.

« Io ti ho visto. »

La sua frase suonò come una sentenza, perché l'altro tacque.

« Il *signor B.* mi ha costretto a ricordare e poi mi ha cancellato la memoria » proseguì Gerber.

« Perché tuo padre avrebbe dovuto farlo? »

« Perché è qui che entra in gioco la terza opzione del *signor B.*: senza confessione e con le indagini a un punto morto, ha deciso di sottoporti al mio stesso trattamento in modo da permetterti di andare avanti con la tua vita. Quel bastardo non l'ha fatto per te, ma per se stesso. La scelta è stata il frutto di un semplice calcolo: per Zeno non c'era più nulla da fare, per te sì. E siccome anche tu eri soltanto un bambino, lui si è sostituito alla giustizia... e invece ci ha condannati entrambi. »

Il cugino deglutì a fatica, era disorientato. Forse la memoria stava facendo riemergere qualcosa.

« Arimo... »

Stavolta la parola segreta lo inchiodò.

Iscio iniziò a vagare tutt'intorno con lo sguardo, come se stesse inseguendo una mosca invisibile che non riusciva a catturare. Una mosca nera in mezzo alla pioggia battente. Quell'insetto era un ricordo.

« Continuava a ridere... » iniziò a dire, con un filo di voce. « Io gli dicevo di fare piano, che altrimenti gli omini di cera ci avrebbero trovati, ma lui non mi dava retta... »

Gerber intuì che stava parlando di Zeno. Lo lasciò raccontare.

« Poi non lo so cosa è successo... Forse per farlo smettere devo avergli messo una mano sulla bocca. Lui mi ha morso. Mi ha fatto molto male... È stato allora che l'ho preso per il collo e ho iniziato a stringere... e a stringere... e a stringere... e a stringere... »

Era un adulto che parlava come un bambino. La stessa cantilena, le stesse improbabili giustificazioni. Ed era come se si fosse spalancato un abisso da cui esalava il fetore del passato.

« Lui provava a liberarsi, si dimenava, mi dava calci » proseguì Iscio. « Ma io ero più forte... In faccia era tutto rosso e blu, con la bocca aperta e la lingua di fuori... Poi, pian piano, ha smesso di scalciare... Ma aveva sempre gli occhi aperti e continuava a fissarmi. Non lo sapevo che era morto perché non avevo mai visto un morto in vita mia. Però allora ho mollato la presa... »

A Pietro Gerber venne in mente Saturno, il barboncino di Iscio. Il *signor B.* l'aveva menzionato nella registrazione della sua seduta d'ipnosi perché, in realtà, sia lui sia gli zii sapevano bene chi era stato a uccidere il cane. « E dopo? Cosa è successo dopo? »

« Sono tornato da voi... » continuò il cugino. « Stavo per dirvi cosa era successo, lo giuro. Ma poi Deborah mi ha visto e mi ha toccato, facendomi diventare un omino di cera. E allora non potevo più parlare. La maledizione, ricordi? E così nessuno si è accorto di niente... Finché, molti giorni dopo, lo zio non è venuto a cercarmi. »

Alla fine del racconto Iscio si accasciò per terra. Pietro Gerber, che fino ad allora non aveva interferito, si mosse per sostenerlo. Adesso erano seduti entrambi sull'asfalto bagnato, stretti in una specie di abbraccio disperato e senza senso. La pioggia continuava a cadere, incurante di loro.

Il passato arretrò strisciando nel fetido abisso, che si richiuse subito dopo.

Il cugino si aggrappò al suo braccio. « Come farò adesso con Gloria e le ragazze? » chiese con tono supplicante. « Che ne sarà di loro... e di me? »

« Sei l'uomo più mite della terra » gli rammentò lui. « Non hai più fatto male a nessuno da allora. »

« A nessuno » gli confermò Iscio, con un impeto d'orgoglio. « Perciò, visto che lo sai anche tu, potresti farlo di nuovo... »

« Fare cosa? »

« Cancellare tutto nella mia testa e anche nella tua. Tu puoi farlo ancora, vero? »

La terapia del *signor B.* aveva funzionato una volta, ma lui non era più disposto a scendere a compromessi. « Sono sicuro che troverai da solo il modo per risolvere questa brutta situazione. »

Davanti al suo rifiuto, Iscio rimase come paralizzato. Gerber si sciolse dall'abbraccio e si rimise in piedi. Il cugino lo implorava con lo sguardo. Ma lui non avrebbe commesso lo stesso errore del padre. Non si sarebbe sostituito di nuovo alla giustizia.

« Un'ultima cosa » disse. « Dov'è il corpo? »

« Perché vuoi saperlo? » ringhiò l'altro, col rigurgito di una rabbia antica, repressa per tanto, troppo tempo.

« Perché, visto che il *signor B.* si è rivelato un vigliacco, adesso tocca a noi liberare quella famiglia da venticinque anni di silenzio. »

Iscio attese, forse sperando di barattare l'informazione con la propria salvezza. Ma, dato che Gerber non sembrava disposto a concedergli nulla, si arrese. « Il giardino senza speranza... Lo chiamavamo così, noi della banda, no? »

« Allora? »

« C'è una cosa che non vi ho mai detto » affermò, sollevando lo sguardo su di lui. « Io lo sapevo dove finivano tutte le palle che perdevamo. »

L'imboccatura era esattamente lì dove aveva detto il cugino. Fra le ultime due siepi di ligustro in fondo al giardino, verso la fine del promontorio, a un centinaio di metri dalla scogliera a picco sul mare.

Il terreno tutt'intorno era in pendenza quel tanto che bastava a farci scivolare dentro qualsiasi cosa, come la forza di attrazione di un buco nero che ingoia ogni oggetto entri nella sua orbita.

Era lì che finivano le palle perdute.

Aveva un diametro di una quarantina di centimetri, sufficienti a farci passare il corpo di un bambino di cinque anni.

E respirava. Sì, quel foro nella terra emetteva come un respiro.

Mentre il sole calava e le onde urlavano in lontananza, Gerber se ne stava dritto davanti a quella bocca nascosta nella vegetazione, respirando l'alito salmastro che emergeva da essa e avvertendo sul viso il risucchio dell'aria che sprofondava verso il basso ogni volta che la piccola voragine riprendeva fiato.

I bordi dell'imboccatura erano precisi, tanto da non far dubitare che fossero opera dell'uomo. Un pozzo artesiano, la zona residenziale ne era disseminata. Risaliva ai tempi in cui a Porto Ercole non c'era un acquedotto. Uno scavo per attingere acqua dolce dalla faglia. Ma la trivella aveva finito per raggiungere una delle tante cavità sotterranee che invece portavano direttamente al mare.

Ecco perché quel buco per terra se l'erano scordato tutti.

Chissà se il *signor B.* lo sapeva. Se lo sapeva, doveva aver formulato le sue stesse considerazioni. Perché, dall'odore che esalava dall'imboccatura, non c'era alcun dubbio che, qualunque cosa ci fosse finita dentro, il mare dell'Argentario se ne sarebbe impadronito per sempre.

Prima di arrivare alla villa di famiglia, Pietro Gerber era pronto a indicare a Pietro Zanussi il luogo di sepoltura del fratello. Ma adesso era costretto a rivedere i propri piani.

Senza una tomba, rimanevano solo un mucchio di scomode e dolorose domande.

Chissà se il piccolo Batigol era ancora vivo quando era finito in quel buco. Forse respirava ancora. Chissà, magari Iscio all'epoca si era sbagliato credendo che fosse morto subito. Forse quel giorno c'era ancora speranza per lui. Se solo il cugino avesse parlato invece di tornare dagli altri amichetti come se niente fosse, forse Zeno avrebbe avuto almeno una possibilità.

Invece l'aveva cacciato là dentro. Senza alcuna pietà.

Ma, proprio nel momento in cui stava per crollare ogni fiducia di Gerber nei confronti del genere umano, lo smartphone nella tasca del Burberry vibrò. Lo prese. Sul display un messaggio di Iscio. Lo aprì. Era una foto. L'immagine era stata scattata dall'interno di un'auto. Una strada di città. Macchine parcheggiate e passanti ignari. Uno stabile anonimo su cui spiccava una targa illuminata.

COMMISSARIATO DI POLIZIA.

« ...Mai più chiasso né frastuono,
giuro giuro starò buono.
Non farò mai più capricci,
né pasticci, né bisticci.
E se il diavolo ballerino
poi ci mette lo zampino,
finirò dritto all'inferno
e lì ballerò in eterno... »

7 giugno

« Molto bene, Sara. Ora puoi riaprire gli occhi. »

La ragazzina obbedì e, dalla sua poltrona, Gerber allungò un braccio verso di lei per arrestare il movimento della sedia a dondolo.

« Gliel'ho detto che con me non funziona » commentò subito l'altra, con un sorriso impertinente.

Aveva dodici anni, soffriva di un disturbo da deficit di attenzione e iperattività. E quella era la sua prima seduta. Sara sosteneva che lui non sarebbe mai riuscito a ipnotizzarla. Così avevano fatto una scommessa.

« Mi sa che ti devo un bel gelato » le concesse lo psicologo. « Però vorrei lo stesso assegnarti degli esercizi di respirazione per la prossima volta. »

« Perché, non le è bastata questa? Davvero ci vuole riprovare? »

« Scommetterei di nuovo e, se per te va bene, raddoppierei la posta. »

« Ci sto » accettò la ragazzina.

Si strinsero la mano e lui le consegnò un foglietto su cui aveva annotato le prove di rilassamento che doveva svolgere a casa. Per il momento, Gerber non le rivelò che aveva trascorso in stato di trance gli ultimi settantadue minuti. Preferiva che Sara continuasse a credere di avere il pieno controllo della situazione.

Attese che la ragazzina recuperasse le proprie cose, poi l'accompagnò verso l'uscita.

Nella sala d'attesa c'era Maja che leggeva un libro.

« Arrivederci, dottor Gerber » disse Sara sulla soglia, ignorandola volutamente. Poi si mise in punta di piedi per stampare un bacio sulla guancia del suo psicologo. Quindi scappò via per le scale.

Gerber fu colto alla sprovvista da quel gesto. Stava per dirle che aveva dimenticato di prendere un frutto dalla cesta, ma rinunciò.

Intanto alle sue spalle Maja scoppiò a ridere. « Mi sa che ha una bella cotta per te » disse.

« Ma che ti salta in mente? »

« Si vede da come ti guarda... e da come non guarda me » aggiunse lei.

Gerber fece finta di non sentire e le si sedette accanto. « Cosa leggi? » domandò, sfilandole il libro dalle mani.

« L'autobiografia di Elisa Martins » rispose Maja, controvoglia. « Tanto lo so cosa pensi... »

Gerber fece lo gnorri. « Perché? »

« Ti ho già parlato dell'autrice, ma adesso fai finta di non saperlo. »

« È la stessa donna che sostiene di avere un contatto telepatico col figlio scomparso nel nulla tredici anni fa? »

« Proprio lei. E fra un'ora incontrerà i suoi lettori in una libreria del centro: le tracce mentali del ragazzo l'hanno portata in Toscana. Vuole scoprire se Dario è davvero passato da qui e se si trova ancora da queste parti. »

« Molto interessante » ironizzò lui.

Maja gli diede un buffetto sul braccio. « Torta coi becchi. »

Avevano un accordo per cui potevano prendersi in giro o provocarsi a vicenda finché uno dei due non avesse pronunciato la frase fatidica. Nominare la pietanza della loro prima cena al chiarore della luna metteva fine allo scherzo. Gerber si sporse verso di lei e le diede un bacio sulla guancia, come quello che aveva ricevuto da Sara poco prima.

Anche se non condivideva gran parte delle teorie di cui si occupava la parapsicologia, Gerber aveva aiutato Maja a trovare un impiego all'università come assistente del professor Benedetto Elleri. Tutte le mattine, lei si alzava molto presto per andare insieme al neuropsichiatra a sostituire i cartelli con forme, colori, lettere, simboli e numeri nei vari pronto soccorso di Firenze.

« Ah, quasi dimenticavo » disse la ragazza, chinandosi sulla borsa che stava ai suoi piedi per prendere un plico. « Le ho appena ritirate dal laboratorio. »

Gerber sapeva che cosa conteneva la cartelletta. D'altronde era solo colpa sua se stavano spendendo una fortuna per far sviluppare decine di rullini di pellicola. E questo perché le aveva regalato la sua vecchia Reflex. Da allora, Maja si era messa in testa di portare avanti una specie di progetto fotografico. A tale scopo, si recava nei luoghi storici della città dove nei secoli erano state segnalate apparizioni di fantasmi. In realtà, era un pretesto per andarsene in giro ad ammirare tutte le bellezze che si era persa a causa del soggiorno forzato nella tenuta di San Gimignano.

«Dimmi se ti piacciono e sii sincero» gli ingiunse lei, consegnandogli le foto appena stampate.

«Perché non dovrei essere sincero?»

«Perché sei pazzo di me e vuoi solo rendermi felice» concluse, con un mezzo sorriso. Poi controllò l'ora. «Adesso, però, devo andare.»

Si scambiarono un altro bacio, stavolta sulle labbra. Poi Maja uscì e Gerber se ne tornò col plico nella propria stanza.

Era un caldo pomeriggio di fine primavera e non pioveva da settimane. Lo psicologo spalancò la finestra per far cambiare l'aria nello studio. Ne approfittò per soffermarsi sulla vista dei tetti di Firenze su cui si inseguivano stormi di rondini. Lo sguardo spaziava fino a piazza della Signoria affollata di gente, le voci dei passanti salivano dalla strada sottostante fino a lui.

Non aveva altri appuntamenti per quel giorno. Ultimamente aveva ricominciato a occuparsi di qualche paziente, ma aveva deciso di accettare solo pochi casi.

Dopo Eva e, soprattutto, dopo Iscio non poteva permettersi di rischiare un altro crollo nervoso.

Grazie a Maja Salo, i tempi cupi erano alle spalle. Ma lo strascico psicologico lasciato da quelle vicende si faceva ancora sentire. Non aveva più saputo nulla della bambina, ma confidava nell'appuntamento che aveva fissato nel suo subconscio. Inoltre, dopo che il cugino gli aveva comunicato con un insolito messaggio che stava andando a costituirsi, aveva volutamente tagliato i ponti con lui. Aveva deciso di sgravarsi del peso del mondo. E di ignorare il richiamo del buio.

Ma era anche convinto che, prima o poi, il buio avrebbe trovato il modo di stanarlo.

Non poteva farci niente, quel destino era nella natura delle cose. E lui sapeva bene a cosa sarebbe andato incontro quando aveva deciso di raccogliere l'eredità del *signor B.*

Non tutti, infatti, potevano essere l'addormentatore di bambini.

Si staccò dalla finestra, senza richiuderla perché c'era una bella brezza. Andò a sedersi sulla sua poltrona. Per mettersi più comodo, si sfilò le scarpe facendo leva sui talloni. Quindi aprì la cartelletta con le foto di Maja. Iniziò a sfogliarle attentamente, come le aveva promesso. Era diventata proprio brava, doveva ammetterlo.

L'oggetto degli scatti stavolta era il giardino di Palazzo Corsini. Era aperto al pubblico e valeva certamente una visita. Il raffinato disegno delle siepi, il viale centrale costeggiato da eleganti statue di altezza decrescente per generare l'effetto ottico della prospettiva. La peculiarità, però, erano le centotrenta tartarughe che vagavano liberamente fra gli alberi di limone.

Maja si era dedicata con particolare cura a cogliere gli scorci più suggestivi di quell'angolo misterioso della città. Nonostante il posto brulicasse di visitatori, era stata capace di integrare perfettamente la loro presenza con lo scenario.

Ma proprio mentre Gerber scorreva i volti anonimi di quegli sconosciuti, uno sguardo lo costrinse a fermarsi.

Improvvisamente, tutto intorno a lui si arrestò, come congelato in una specie di incantesimo o di maledizione. Svanì il sottofondo del garrito delle rondini e si dissolsero le voci dei passanti. Anche il tempo sembrò frenare la propria corsa. E il suo cuore non batteva più.

Le cose iniziarono a sbiadire. Gli oggetti a cancellarsi. La stanza in cui si trovava scomparve dall'esistenza.

C'era solo la donna bionda nella foto che aveva tra le mani. La sua aria malinconica, il suo magnetismo oscuro. Stavolta non c'era il dubbio che potesse essere soltanto una visione. L'immagine era impressa nella pellicola. Ed era anche la prova che Gerber non era mai impazzito.

Ma c'era anche di più.

Quegli occhi puntati verso l'obiettivo della macchina fotografica erano un messaggio per lui. Ti ho trovato. Mi hai trovata.

E fu come se Hanna Hall, in quel preciso momento, potesse davvero vederlo.

ARIMO: dal latino « *arae mortis* », altari della morte costruiti per celebrare i caduti al termine di una guerra. La parola probabilmente indicava una sorta di tregua per seppellire i morti.

Nota dell'autore

Le pratiche ipnotiche presenti nella storia sono effettivamente utilizzate nelle terapie, gli effetti prodotti sono esattamente quelli descritti. Anche per questo romanzo, ho potuto beneficiare del contributo e della disponibilità della dottoressa R.V. e del dottor G.F. (che per loro espressa richiesta cito solo con le iniziali): grazie ai loro racconti e alla lunga esperienza maturata in materia, l'addormentatore di bambini è diventato un personaggio reale.

Ringraziamenti

Stefano Mauri, editore, amico. E, insieme a lui, tutti gli editori che mi pubblicano nel mondo. Fabrizio Cocco, Giuseppe Strazzeri, Raffaella Roncato, Elena Pavanetto, Giuseppe Somenzi, Graziella Cerutti, Alessia Ugolotti, Patrizia Spinato, Ernesto Fanfani, Diana Volonté, Giulia Tonelli, Giacomo Lanaro, Giulia Fossati e la mia cara Cristina Foschini.

Andrew Nurnberg, Sarah Nundy, Barbara Barbieri e le straordinarie collaboratrici dell'agenzia di Londra.

Charlotte Lefevre, Michael McCaughley e tutto il team di Calmann-Lévy.

Vito. Ottavio. Achille. Antonio Padovano.
Gianni Antonangeli.
La Setta delle Sette.
Antonio e Fiettina, i miei genitori.
Chiara, mia sorella.
Antonio e Vittorio, le mie « eternità future ».
Sara, la mia « eternità presente ».

Questo libro è stampato col sole

Azienda carbon-free

Fotocomposizione Editype S.r.l.
Agrate Brianza (MB)

Finito di stampare
nel mese di ottobre 2022
per conto della Longanesi & C.
da Grafica Veneta S.p.A. di Trebaseleghe (PD)
Printed in Italy